范乃安———

著

媳妇桥的

媳妇们

XIFUQIAO DE

XIFUMEN

河南文艺出版社

·郑州·

图书在版编目（CIP）数据

媳妇桥的媳妇们／范乃安著. —郑州：河南文艺出版社，2017.11（2019.9 重印）

ISBN 978-7-5559-0635-3

Ⅰ.①媳… Ⅱ.①范… Ⅲ.①长篇小说–中国–当代 Ⅳ.①I247.5

中国版本图书馆 CIP 数据核字（2017）第 296804 号

出版发行	河南文艺出版社
本社地址	郑州市郑东新区祥盛街 27 号 C 座 5 楼
邮政编码	450018
承印单位	三河市兴国印务有限公司
经销单位	新华书店
开　　本	700 毫米×1000 毫米　1/16
印　　张	13.75
字　　数	257 000
版　　次	2017 年 11 月第 1 版
印　　次	2019 年 9 月第 2 次印刷
定　　价	38.00 元

作者近照

作者青年时代

目录
Contents

尊雕像铸成的。破"四旧"时，叫嚷着要让它同虎王庙、虎王爷、虎王奶奶一起粉身碎骨，可那几个头脑发热的楞小子抡着铁锤来到时，石虎竟不翼而飞。

当时人们都传说是虎将军显灵了，多少年以后才知道石虎是在深夜被一伙年轻媳妇悄悄转移到老黄河里去了，领头者正是尉蓝。

4

石虎在老黄河水底隐身三十多年，斗转星移到了新世纪。

初夏一个晴朗的日子里，媳妇桥的两名女子觉得石虎应当重见天日了，于是划着小船去寻找。两人轮着潜下水，费了一番功夫，结果叫人好失望。实在是太累了，那个叫柳喜燕的女子抓着船帮上了船，披上放在船头的褂子，对正在摆弄湿漉漉头发的同伴田香歌说："摸了半天也没有摸到影儿，别是被哪个财迷偷偷打捞走给卖了吧？"

田香歌说："我看，还是沉在泥里的可能性大。回头咱再认真些，总有一天会打捞出来！"

"香歌姐，"柳喜燕笑了笑，"哎，你这个村民文化小组长，知道咱虎王庙最大的特色是啥吗？"

田香歌摇摇头："你说呢？"

柳喜燕露出甜美的表情，说："虎王庙里，不仅端坐着威武的虎王爷，还端坐着慈善的虎王奶奶。看来虎王爷和虎王奶奶很有感情呀，一辈子形影不离。这就是最大的特色。"

田香歌会心地笑了起来，说："哈哈，你还真说到点子上了。传说这个虎王奶奶很不一般，是虎王爷的贤内助，有一副助人为乐的好心肠，是个地地道道的好媳妇和巧媳妇，咱村起名叫媳妇桥就与这虎王奶奶有关，所以媳妇桥代代都出好媳妇。"

柳喜燕说："传说，虎王爷和虎王奶奶有一段甜美的爱情故事，你能讲给我听听吗？"

"我真不了解，怎么讲给你听？"田香歌笑着说。

"亏你还是村民文化小组长呢，对虎王爷和虎王奶奶的爱情故事都不了解。"柳喜燕斜楞了田香歌一眼，强忍住笑说道，"对了，你还没有从大闺女过渡到小媳妇呢！嘻嘻嘻……"

田香歌伸手要拧柳喜燕的嘴，说："又胡扯了是不是？"

柳喜燕晃晃脑袋说："胡扯不胡扯我比你自豪，我已经是媳妇桥的媳妇了！你呀，要想干好媳妇桥的村民文化小组长，搞好虎文化，就赶快做媳妇桥的媳妇吧。"

田香歌指着柳喜燕："你呀你，比俺还小一岁，就慌着来俺媳妇桥做起媳妇了，还挺积极呢！"

柳喜燕笑眯眯地说："哎，哎，我问你，目前媳妇桥有两个大小伙供你选择，你是能看中我丈夫的堂哥苗秀河？还是能看中老支书尉蓝的儿子林防风？"

田香歌抿抿嘴，两眼一瞪说："我吗？不告诉你！"

是呀，这是她心中潜藏的一个秘密……

5

苗秀河只顾专心作画，并未察觉田香歌蹑手蹑脚走进来，一声不响地站在他身边，瞪起眼睛看他手中的画笔在宣纸上勾勒、皴擦。画面上漂荡着一只小船，船头坐着手捏铅笔的男青年，正专注地为划桨的姑娘画像。最后几笔太精彩了，田香歌情不自禁地发出惊叹："呀，画得太棒了！"

苗秀河转脸看看田香歌，一时说不出欢迎的词儿，只是咧着嘴憨笑。田香歌说："秀河哥，画面上这两个人，一个是我，一个是你呀……"

昨天中午，田香歌和苗秀河划着小船在老黄河上荡游。坐在船头的苗秀河捏着铅笔，在画板上专注地为田香歌画像。画好了，拿起来让她看："香歌妹，你看，满意吗？"

田香歌停下双桨，接过画像端详着，努力忍住笑，心里暗暗称赞着"好"。

苗秀河见对方不语，有点儿急了，催促道："提提意见呀。"

田香歌摇摇头一撇嘴："看，倒是把我画丑了。"

苗秀河一愣，挠挠头，不好意思地说："那，那就再画一张。"伸手接过画像，坐在船头边思索边看田香歌。

田香歌"扑哧"笑了，若不是急忙将嘴捂住，非大笑出来不可。她咳嗽两声，镇静一下，从发呆的苗秀河手中夺回画像，说道："我呀，也别惩难讲话了，管它是丑是俊呢，收下吧。"说着还是忍不住地"咯咯"笑了，笑得很甜美，笑得苗秀河也咧嘴笑了。

此刻在房间里，苗秀河指着画案上的画说："对这幅画，你别忙着夸，得先提提意见。"

田香歌端详着画，说："意见倒提不出，我只会夸好。"

有些激动的苗秀河这才想起倒上一杯水递给田香歌，说："喝水吧。哎，坐下……"

田香歌笑了笑坐下，觉得这个憨厚实在的年轻人越来越可爱了……

苗秀河心里热乎乎的，他非常喜欢田香歌，可是他不会用甜美的言语表达对她的爱。每次见到田香歌，他总是心慌、脸红、不自在，不知该说什么。

田香歌喝了两口水将杯子放下，起身把自己拿来的一卷纸递给苗秀河："秀河哥，我也画了一幅，请你给指点指点。"

苗秀河把田香歌的画展在案上。这是一幅以"花猫爬树"为题材的工笔画，画得很认真，猫、树刻画得惟妙惟肖。他夸赞说："好，这只大花猫画得生动活泼！"

田香歌笑道："刚才我夸你，这会儿你又夸我，没意思啊。你是美术专科毕业的大学生，我只是个业余爱好者，论起来你应该是我的老师。你对学生画的画，不指出点儿毛病说不过去吧？"

"咦，我可不敢在你面前称老师，"苗秀河有些不好意思地说，"你虽然是个业余美术爱好者，却很有功力。说实话，我对你画的这幅'花猫爬树'真提不出啥来，认为画得很好，真的。"

"真的？"田香歌瞪着苗秀河，"你不提点儿意见，我咋进步呢？"

苗秀河犯愁地挠挠头，想了想，忽然有了建议："我想，如果你画老虎，也一定会画得很好。"

"画虎？"田香歌好奇地问。

"对，画虎。"苗秀河说，"画虎比画猫更有意义。要知道，虎是吉祥物，象征民族精神，在中国人心目中，虎几乎与龙同等重要。"

田香歌来了兴致："说得好！媳妇桥有座虎王庙，媳妇桥的人画虎就更有意义了。实际上，我是很喜欢老虎的。"

苗秀河走动几步，想了想，说："在我国的十二生肖中就有虎，关于老虎的传说、故事多得车载斗量，老百姓都很喜欢虎的艺术形象！你看咱村上，就有不少人家喜欢给孩子戴虎头帽、穿虎头鞋。为啥呢？图的是趋吉避邪、吉祥平安。"

田香歌鼓掌称赞："讲得太好了，秀河哥，你懂得真多！"

苗秀河喝口水说："这些都是听我奶奶讲的。"

苗秀河的奶奶是媳妇桥最年长的老人，年轻人都叫她九奶奶。她不但能讲不少虎文化方面的故事，还能剪出多姿多态的老虎图样，苗秀河说奶奶是个剪老虎的艺术家。

"香歌妹，"苗秀河说，"我奶奶是个剪老虎的艺术家，你争取成为画老虎的艺术家。要是画虎画得好，在艺术市场上肯定会大受欢迎……"

田香歌笑笑说："我不行，我成不了画虎的艺术家。我试着画过老虎，可结果呢，还是画成了猫，因为我对猫太熟悉了，对俺家那只大花猫很有感情，常常画它睡觉，画它爬树，结果画虎总是画成猫！"

苗秀河说："虎在动物学上就属于猫科。虎和猫有差异，也有相似之处。要想画好老虎，需要对虎认真观察，认真琢磨，还要和老虎建立感情，亲近它，读懂它，慢慢就能把它画生动了。这和你能画好猫是一个道理……"

田香歌感觉受到很大启发："秀河哥，请你画一幅老虎让我学习学习，通过学习才会有进步。"

苗秀河说："说真的，我没有画过虎，因为我是画风景画的。这样吧，等我把这几幅风景画画好，就找一些画虎的资料研究一下，摸索着画一幅老虎，画好请你过来共同切磋。"

"好好跟你学学，我就不会把老虎画成猫了。"田香歌笑着说。

"我有个预感，以后你画虎一定会画得相当出色。"苗秀河认真地说。

"谢谢你的吉言，但愿如此。秀河哥，我心中突然冒出一个设想。"

"好，你说说。"

"如果媳妇桥有好多人喜欢画老虎，并且画得很好，你说是不是件好事？"

"当然是好事。到了那一天，媳妇桥就要大发虎财啦！"

"你想想，真那样，不就形成虎文化产业啦？农民开发虎文化产业可是件新鲜事！"

"香歌你真了不起，咋冒出了这个宏伟设想？"

"我也不知是怎么冒出来的。"

"我看主要是你是媳妇桥的村民文化小组长嘛，对虎文化有感情！"

"秀河哥，我想问你，你这个大学生，不会长期在媳妇桥待下去吧？"

"咋不会？告诉你，我想当个自由自在的农民画家，体验农村生活，画农村新貌。你的自学考试也毕业了，你也不会去城市应聘什么工作吧？"

"当然不会。我这辈子也不离开媳妇桥……"看着面前可爱的秀河哥她微微笑了，不知该说些什么才好。苗秀河感觉很幸福，笑笑喊了声"香歌妹"，也是无话可说。两颗心都被对方的真诚所诱惑，开始"怦怦"跳动……

第二章

1

媳妇桥新当选的村委会主任叫赵来好，这天他踌躇满志地对老婆说，往后自己就是媳妇桥的虎王爷了。老婆没有附和他，拿白眼狠狠地瞅着他。他有些发愣，有些悚然。

赵来好的老婆叫陶丽杏，人长得漂亮，脑瓜子灵巧，遇事能出鲜点子，是村里有名的"点子稠"，赵来好打心里喜欢她，为有这么个媳妇感到自豪。陶丽杏是个厉害角色，用她自己的话说是个女强人，赵来好处处得看着她的指挥棒行事。

"你在说啥能话？"陶丽杏两眼瞅着赵来好，"哼，你当上虎王爷了？你有啥能耐？"

赵来好笑着解释："我是说我当上了虎王爷，自然我媳妇就是虎王奶奶了。我这个虎王爷能耐不大，可虎王奶奶是个点子稠，是个贤内助，是个好参谋呀！"

陶丽杏冷冷一笑，说："往后就看你是真听指挥还是假听指挥了。"

2

这天中午，陶丽杏换上一身新衣服，悠闲地倚着院门，拎着根黄瓜慢慢地吃，两眼顺着村街往外望，一个青年男子走进她的视线。

来人中分式发型，西装革履花领带，挎着个黑皮包，打着手机，很气派地走来。

陶丽杏笑嘻嘻地打招呼："哪来的风，把大记者吹来了？"

这位被称作记者的来客叫江浪生，他笑笑说："商元市吹来的风呗。"

陶丽杏将嘴一撇："来俺这老黄河滩媳妇桥有何贵干？"

江浪生瞧瞧前后无人，走近一步嬉皮笑脸地说："想我的丽杏姐了呗。"

陶丽杏比他大两个月，所以他就习惯地称她姐姐，显得亲了一层、近了一步。

陶丽杏一本正经地说："我可不想你这个记者。"

江浪生笑道："是吗？我的丽杏姐。你呀，嘴上说是不想，实际上心中非常想。我没说错吧？"

"咦，看你多会往自个脸上搽粉。别耍好嘴，快说给我捎来了啥好吃的？"陶丽杏说着就伸出一只手来。

江浪生故作一愣："哟，倒是忘了，你看你看，光顾慌着赶车来见你了，咋就啥也没买呢？那就下次再补吧。"

陶丽杏生气地把眼一瞪："那好，今天俺也免招待。"

"不会这样薄情吧？"江浪生笑着说。停了停，忽然想起似的，将手伸进皮包拿出一罐"露露"放到陶丽杏手中，"你看，这是啥？"

"这还差不多。"陶丽杏满意地笑了。她把吃剩的半截黄瓜递给江浪生，"这个送给你了。"江浪生也不嫌弃，接过黄瓜大口吃起来。陶丽杏将易拉罐拉开，抿嘴笑笑喝了一口。

江浪生问："赵来好在家没有？"陶丽杏点点头，二人走进院子。陶丽杏让他先在杏树下等待，等她的招呼再进屋。

3

卧室里，赵来好背靠着墙赤着双脚坐在床上，抽着烟吐着烟圈儿，嘴上嘀咕道："老支书、老主任，没想到我赵来好会当选村主任吧？"这时，只听门外传来问话："赵支书在家吗？"他吓了一跳，连忙下床，将手中的烟捏灭扔在地上，接着就见陶丽杏走了进来。

赵来好以为老婆到外边串门去了呢，没想到她会突然回来。只见她将手中的空饮料罐往窗台上一放，就对他发射出严肃的目光。他有些束手无策，不过还是笑着说了话："看你，咋能喊我赵支书？我连党员都不是，咋会当上支书？村书记兼村主任的尉蓝退休了，我赵来好只是把村主任接了过来，村支书的位子暂时还空着。放心，等我入了党自然也会当上村支书，只是你现在喊我赵支书还有点儿早，不过也不会等得过久。"说完，他拿起杯子想去倒开水。

陶丽杏说："呸！听不出孬好话的猪脑袋，我是故意喊你赵支书的。你赵来好是不能入党，更不可能任村支书的，你能不能解开这个弯？"

"不懂你的意思。"

"不懂？好，我告诉你。"陶丽杏从丈夫手中接过杯子喝口水，"那个田香歌在读高中三年级时就是预备党员，回村不久就转正了，又被尉蓝任命为媳妇桥的村民文化小组长。你不觉得田香歌是你身边的危险人物吗？"

赵来好淡淡一笑："一个小小的村民文化组长，又不是村委会班子成员，屁权没有。老支书说是让她辅导村民学习文化，村里男人都外出打工了，媳妇们个个要忙家务事，谁有闲工夫跟她学习文化？再说尉蓝也退了，她这个文化小组长也就成了聋子的耳朵虚摆设，就让她自生自灭吧……"

陶丽杏立马反驳说："外村都没有村民文化小组长，为啥媳妇桥的尉蓝要在退休前封田香歌为村民文化小组长？尉蓝当时的理由是媳妇桥有个虎王庙，虎王庙有虎文化，村民文化小组长的任务是领着村民学习虎文化发扬虎精神。我看哪，这是个虚幌子，实际上另有来头。"看赵来好不明白，陶丽杏有些恨铁不成钢地说："尉蓝可不是一般的人物，田香歌也不是一般的人物。田香歌从小就喊尉蓝干妈，这能是一般的关系一般的感情？秃子头上的虱子明摆着，她尉蓝是一心想把田香歌拉到村支书的位子上！"

赵来好瞪着眼："照你说，我这个村主任还真兼不成村支书了？"

"不但村支书无望，连村主任的位子也坐不稳。田香歌比你赵来好的脑筋灵活。你想村主任兼村支书，她还想村支书兼村主任呢。谁不想来个党政大权独揽？"

赵来好点点头说："你的分析也有道理。"

"是百分之百正确。不谦虚地说，我陶丽杏要比她田香歌高出一筹，对付她，我有把握运筹帷幄决胜千里。咋，不信是吧？那我问你，媳妇桥村主任这顶帽子为啥会落在你头上？"

赵来好笑道："这叫风水轮流转，该转到俺头上了呗。"

"屁吧！"陶丽杏把眼一瞪，"要不是我托江浪生记者在乡领导面前吹你，上头会了解你是块好料吗？要不是我指使秋石榴东桥、西桥跑着挨家串联为你拉选票，再多的官帽子也戴不到你头上！"

赵来好被媳妇打中了七寸，连忙佩服地说："那是，那是，主要是我媳妇运筹的结果。"

"佩服不？"陶丽杏问。

"真心佩服！真心佩服！"赵来好毕恭毕敬。

"既然真心佩服，那你就要处处服从我的领导，我保证让你这个村主任坐得稳稳当当，然后再圆你入党、当村支书的梦。"

赵来好说："丽杏，你只管放心，请你这个虎王奶奶管好我这个虎王爷。"

"好。赵来好，你听着——"陶丽杏开始以领导的口气发号施令，"今天呢，暂且不议论村里的事，得先说说家中的规矩。你记住，我要是再发现你吸烟，就把你的嘴给打歪！"赵来好一愣怔，又听媳妇说道，"我一看见这地上的烟头子就心烦。还有，大白天不准上我的床！看床都让你变成猪窝了，烦死人了！还不快把被子叠好，把床单扯平！"

"是。"赵来好老老实实照办。

4

院里的江浪生正等得躁急，忽见那只空饮料罐扔了出来，"当啷啷"滚到他跟前。他明白了，这是陶丽杏让他进屋的信号。

赵来好正在整理床单，只听门外有人问："赵主任在家吗？"他应道："在家，在家。"赶忙走出房间，陶丽杏也跟了出来。

"对不起，对不起，"已走进屋门的江浪生打趣道，"我来得不是时候，扫了你们夫妻的雅兴。"

赵来好笑道："看老弟说哪儿去了，我和你丽杏姐光在晚上亲热就够了，这大白天的咋能再干那个。"又嬉皮笑脸地看着陶丽杏，"媳妇，你说是吧？"

"闭住你的臭嘴！"陶丽杏瞪了丈夫一眼，转向江浪生说，"你们男人哪，见面就不会吣点儿好听的。"

"开个玩笑嘛。这说明浪生老弟和我不外气。"赵来好对江浪生说，"看我，连江记者也不喊了，我觉得在自己家那样称呼外气，不如称老弟显着亲。老弟请坐。丽杏，快给老弟泡茶，泡那个菩萨牌的。"

"是铁观音，看你那嘴笨的。"

"就泡铁观音。快去，快去。"

"丽杏姐，我带着杯子哩。"挨着赵来好坐在沙发上的江浪生，从包中拿出一个漂亮的杯子，拧开盖说，"这杯子里放着茶呢，是养生茶，北京的一位大领导送给我的，可贵重了。噢，你只需往这杯里倒开水就行了。"

好个北京的大领导送的贵重养生茶！看这个江浪生多会触景生情，把根本没影儿的事说得很坦然、很逼真。这就是他研究的一种"学问"——不放过任何一个可以炫耀自己、吹牛显摆的机会。吹，就要拣大的吹，就要把听者吹得迷迷糊糊。他认为干自己这行，第一项本领就是吹，能把自己物色的对象唬住了，也就好办事了。赵来好还真就被唬住了，打心里佩服江浪生：能接触北京的大领导，人家还送他高档养生茶，真了不起！他这个村主任交上这个记者朋友可真是交得值。陶丽杏也被唬得心里震动，面带笑容地接过江浪生的杯子，冲进开水恭敬地递过去。江浪生已明白那简单的一句"唬"所带来的效果，他想，如果自己是媳妇桥的村主任，利用虎王庙和虎文化来个"唬"，准能唬来光环与桂冠。他并不打算将此计献给赵来好，自己这次来媳妇桥，唬住赵来好

—— 009 ——

和陶丽杏只是手段，他心中另有目的呢！

江浪生接着跟赵来好拉呱儿："赵兄这一当村主任，往后我可是要常来呀！"

"你若来得少，我可就对你意见大了！咋了，攀不上这位大记者了？"赵来好"嘿嘿"笑着说，"对你说吧老弟，别看俺媳妇桥是乡村，你啥时候来我啥时候得给你弄上几个像样的菜。小卖部里有羊肉，啥时买都现成；老黄河里有鱼，让人划着小船撒上一网，咱们撕开肚皮也吃不了。"

陶丽杏插嘴说："吃鸡也有，咱家里养着一群哩。"

江浪生笑着问："养的是下蛋的母鸡吧？"

赵来好接道："有公鸡杀公鸡，没有公鸡杀母鸡。你来了，管它下蛋不下蛋，请兄弟吃好喝好是当紧。"

江浪生伸出大拇指说："还是赵兄重感情！"

5

赵家今天招待客人的午饭很讲究，鸡鸭鱼肉俱全。三个人吃得痛快、喝得痛快、吹得痛快。因为痛快，陶丽杏便向江浪生说起赵来好："浪生弟你猜，来好当上村主任，对我说了啥？他说他往后就是虎王爷了，说我就是虎王奶奶，让我这个虎王奶奶好好管他这个虎王爷。"

江浪生笑了，然后满脸严肃地说："赵兄，这么说不太妥当。什么当上虎王爷了，如今别说一个小小的村主任，就是县长、市长也不能称自己是当官的，得称自己是公仆，是为人民服务的，哪怕是贪官也得口口声声称自己是公仆。当官的自称是公仆，这个你一定要学会。今后你对外人说话，一定要把自己是公仆、要为村民办好事这套话挂在嘴边，要把发扬虎精神提得响响的。不提发扬虎精神这个口号，你就不是媳妇桥称职的村主任……"他把话说得拐来拐去，主要是为了把赵来好唬得实实在在。这会儿，赵来好已对江浪生佩服得五体投地。

江浪生话头一转，问："听说有一幅古人画的老虎一直在媳妇桥藏着，知不知道是在谁家？"

赵来好说这只是传说，有的说是明朝的唐伯虎画的虎，也有的说是宋朝的宋徽宗画的虎，只是谁也没有见过，更不知道藏在谁家。

江浪生认为，说是唐伯虎画的虎不靠谱，因为唐伯虎从来不画虎，说是宋徽宗画的兴许还沾边儿。

赵来好说，听说宋徽宗是画鹰的。

江浪生说，宋徽宗画鹰这谁都知道，他画老虎是件秘密的事，也就是一直在媳妇桥藏着的这幅老虎。

赵来好说，以前虎王庙院里倒是有一尊老虎石雕，可是被撂进老黄河里了，你说的这张画好像有点儿虚。

江浪生说他喜欢的是宋徽宗画的老虎，有传说就不虚，无风不起浪嘛。赵来好请江浪生在媳妇桥住下，悄悄打听这幅画的下落。

江浪生心里乐了。他哪是在打听什么画呢，这不过是他的幌子。他是想来观察观察媳妇桥有没有他满意的大闺女，要是有，就请丽杏姐给牵牵红线。

第三章

1

一男一女在携手揽腰地翩翩起舞，跳得其乐融融、心旷神怡。男青年叫林防风，二十四岁，长得英俊，穿着整洁。女青年叫白露，二十二岁，脸蛋美，发型美，身姿美。二人跳得投入，含情脉脉。柿树顶枝上，一只长尾巴蓝羽毛的喜鹊在"喳喳"叫着，不知是在为跳舞的人助兴还是在报信儿，只是两人全然没有听进耳朵里，听进的只有那支悠扬的舞曲，对院门外有人喊开门自然也是听不到。

喊开门的是林防风的母亲尉蓝。她刚从河寨乡政府开会回来，自行车后架上还带着块用牛皮纸包着的玻璃匾。在门外喊了半天，儿子就是不来开门。直到光碟放完、舞曲停下，林防风这才听到母亲喊门的声音，擦着脸上的汗去开门。

尉蓝推着自行车走进院子，瞧见擦汗的白露，似乎明白了一切。她朝着白露客气地说："闺女，屋里坐吧。"白露摇摇头，搭腿骑上摩托，对着林防风说声"拜拜"，一踩油门飞快地跑了出去。

"白露！白露！"林防风边喊边跑着去追。

2

尉蓝不明白这个姑娘怎么会这样，一会儿见儿子无精打采地回来了，就问："防风，这是怎么回事？"

林防风不高兴地看看母亲，说："知道这个女孩是谁不？她是咱河寨乡党委书记苏果的外甥女白露！你这个村支书，在人家舅舅的领导下工作呢！"

尉蓝有点儿生气了，却又淡淡一笑，说："看你，这是说的啥话？"

林防风瞪大眼睛说："说的全是大实话，我的村支书妈妈！"

"你说的不是实话。告诉你吧，我已经不再是村支书了。今天上午，苏果书记明确宣布我光荣退休了。这不，还发给我一块光荣退休匾呢。"她把玻璃匾从自行车后架上搬下，走进屋，取下包着的牛皮纸，将它靠墙放在桌上，静静地端详匾上那排"尉蓝同志光荣退休"的大红字……

林防风很郁闷。本来，今天是很开心的日子，会有什么事情能比他和白露一起翩翩起舞更幸福？今天，能将白露邀请到家中亲热地跳舞是件不容易的事，她来了，说明她心中对他埋下了爱的种子，说明以前对她的殷勤追求有了效果。通过这次跳舞，一定会跳出新的火花，结出幸福的硕果！这是他心中甜蜜的想象，没想到母亲的突然回家，像一股凉风把他和白露之间冒出的火苗给吹灭了。

3

林防风一连三次去乡政府大院找白露，都没有见着。他知道，是白露有意不跟他见面。

第四次总算是见到了，白露却对他鼻子不是鼻子眼不是眼的，张嘴就说："以后请你不要再来找我！"

那天，两人被林防风母亲的突然归来扫了兴，舞没有跳足跳够当然不痛快。但这并不是大问题，过后林防风能找到她赔个情也就风平浪静了，两人可以重新约个时间和地点跳个足兴、跳个圆满嘛。但也就是在那天，她回到乡政府院里，舅舅苏果告诉她一个暂时还没有公开的消息：他马上要调到商元市绿城区做副书记，准备把她带到市里找个工作。白露高兴得跳了起来，能从老黄河滩来到商元市工作、生活，是时来运转呀，往后她的一切都要发生变化了，当然包括婚姻。再往下想，就觉得林防风不适合她了，市里会有条件优越的小伙子等待着她，感觉和城里的帅哥翩翩起舞才是最幸福的。于是，她对林防风开始重新审视，也忽然认为，林防风是那么让她不称心，一切的一切都与自己有很大的距离。

听白露说要跟他吹，林防风就像听到晴天炸响一声霹雳，停了半晌，他才说："白露，我是真心爱你……"

白露冷冷一笑："我不爱你。林防风，你应当有自知之明，不必再纠缠本姑娘了！你不是有个青梅竹马的田香歌吗？去追她吧，这才是现实的。"

林防风伸伸脖子咽口唾沫无话可说。可是，他很难接受她对他提出的分手——自己付出的那么多努力难道就前功尽弃了？以前他对她努力追求，是不是真心实意的爱呢？可以说也是也不是，自己的最大动力来自白露的舅舅是河寨乡的党委书记，如果白露嫁给他，舅舅这棵大树会给他带来一片福地。完了，现在全完了……

4

村主任赵来好的母亲名叫麦穗，一个慈眉善目的老太太，这天从西桥来到东桥，进了尉蓝家，进门就说："妹子，你这一退休不当紧，可就苦着咱媳妇桥的群众了！"

"赵嫂，咋能这么说呢？我看媳妇桥会越过越好，不信走着瞧。"

"不用瞧，赵来好那小子非把大伙领到茄子地里不可。你想想，我可是他的亲娘吧，他照样不把我放在心里，那他还能把谁放在心里？"

"不至于吧？"

"我看，他的脑袋瓜在他媳妇脖子上长着呢，媳妇说啥他信啥，叫他打狗他不撵鸡。有人学给我说，俺那个儿媳妇在外边说了，媳妇桥就是要媳妇管男人，要不就不算是媳妇桥的媳妇。你听听，这是说的啥话！特别叫我生气的是，他赵来好不该把你的位子夺去！"

"不能这么说，这位子也不是他夺去的，是我年纪大了，该退下来了。"

"你在台上这么多年落得多好！还不是因为走得正行得端嘛。你号召大伙发扬虎精神，哪个不是声声响应，连我也样样没有落后过。"

"知道你是个老积极。别忘了，要跟上改革开放的新潮流。"

"你是老党员，我听你的。不过，咱们毕竟是上岁数的人了，脑筋和力气都比不上年轻人。说到这里，我可要给你尉蓝提个意见。"

"好哇，我虚心接受。"

"直来直去地说，你在台上这些年样样都好，唯一叫人不满意的，是你没有培养好接班人。田香歌论文化有文化论品行有品行，是块多好的料子，咋就不能把这样的年轻人推上台做媳妇桥的领头人呢？"

这话说得不客气，尉蓝不知咋回答：是呀，为什么没有把这样的年轻人推上台做媳妇桥的领头人呢？她不是没有向上级推荐，是尽力了却没有达到目的，自己当不了上级领导的家呀。现在，她觉得不必对赵嫂作什么解释，解释也解释不清，于是说："赵嫂，你怎么恁糊涂，我退休前不是提议让田香歌当了村民文化小组长吗？这个岗位也很重要嘛。"

赵嫂摇摇头，说："文化小组长啥权也没有，不算个官。人家外村根本没有这个职务，这还不是你出的新点子？"

尉蓝笑笑说："新点子有啥不好？田香歌是个文化人，又是个青年党员，我看让她干这个村民文化小组长合适，村民的文化学习也很需要有一个人抓。可别小看这个文化小组长，干得好了，会叫媳妇桥来个想不到的大变化。我看香歌那闺女能干好，因为她对媳妇桥有感情。"

赵嫂有些得意地附在尉蓝耳边说："这个文化小组长能拴住她不嫁出媳

妇桥吗？想法子让香歌做媳妇桥的媳妇才是牢靠的打算，以后有机会就选她当媳妇桥的领头人。我左想右想，把她介绍给苗秀河最合适不过，称得上一对般配的鸳鸯。苗秀河是个好小子，大学毕业一心回来当农民，明显是对媳妇桥有感情。要把香歌和秀河撮合在一起，由你这位德高望重的老支书出面准能成……"

两人说了半天话，直到傍晚时分赵嫂才离去。

5

该吃晚饭了，尉蓝把儿子从床上喊起来。林防风坐在床沿上，满脸阴云，说："我啥也不吃了，气都气饱了！"

母亲感到奇怪，问："你是气的哪一回？"

林防风从乡里回来就憋着一肚子气，想不通白露就这样跟他吹了。没办法，他也只有移恋田香歌了，不能再让这支丘比特之箭脱靶。谁知，他一进院子就听见母亲在陪着串门子的麦穗说话。走近一步，正好听见麦穗提出请母亲出面撮合田香歌和苗秀河。他气得攥紧了拳头，心里骂道："吃饱了撑的，来到我家出坏主意！"真想闯进屋对那个多事的老婆子说上几句难听的，叫她当场难看。可是他没有，而是闷闷不乐地走向自己的房间，一觉睡到日头西。

"你说，麦穗她来咱家是干啥的？"

"你这孩子，她是你大娘，你咋能喊她麦穗？"

"她的名字叫麦穗，不喊她麦穗喊她啥？我不想喊她赵大娘，她来咱家没办好事！"

"看你说的，人家办啥坏事啦？"

"她对你说的话我都听到啦！她了解田香歌吗？她能摸透人家到底喜欢谁吗？让你出面撮合她和苗秀河，这是说媒的道理吗？现在的年轻人都是自由恋爱，还有撮合的吗？落后，封建落后！"

"看你冲的！人家说撮合就是介绍的意思，你咋抠起字眼了？人家没文化，不会用词！我看她关心青年的婚姻是对的，是热爱媳妇桥的一种表现。"

"好，就算她对，那也得对对方了解透彻才能去尽这个'光荣义务'吧？妈，我来问你，你对那个苗秀河了解不了解？"

"咋不了解，我看秀河挺好的。"

"挺好的？"林防风忽地站起来瞪着眼说，"那你就去舍出你的老脸，把田香歌和苗秀河往一起撮合吧！你！你！……"

尉蓝生气地训儿子："看你，疯了是吧？！"

林防风摇摇头，一屁股坐在床沿上。

"我看出来了，原来你对苗秀河有嫉妒心。"尉蓝拉凳子坐下，看着儿子不服气的样子，说，"你们都是媳妇桥的孩子，你自打穿开裆裤就喜欢跟着秀河玩，他比你大一岁，从小就懂得爱护你这个弟弟。你父亲生前在商元市工作，和他父亲是好朋友。他和你一样在乡下跟着母亲生活，只是他比你多一个奶奶、多一个分家另过的叔叔，还有，他念完小学就随母亲去市里头住了，他在市里念完初中，念高中又和你、田香歌成了同班同学，后来他考上了大学，你高中毕业回媳妇桥务农，难道这值得你对他嫉妒吗？他现在又回来当农民了，这说明他对媳妇桥是有感情的。至于田香歌喜欢不喜欢苗秀河那是另一回事。如果田香歌很喜欢他，他也很喜欢田香歌，二人能结合不是一件好事吗？"

林防风无言以对。可是他心中委屈呀，这团火怎会轻易消除呢？他倒身趴在床上"呜呜"地哭了起来。

夜幕降临，尉蓝拉亮电灯，不解地看着哭得伤心的儿子，说："男子大汉的，这是哭啥？"

林防风忽地爬起来，对着母亲，气愤地瞪着眼睛说："我是想哭！我是心里屈！你别管我！你走吧，走吧！"

母亲摇了摇头，没有说话，转身走出去了。

林防风大步上前，猛地用力把门关上，背靠着门站在那里，瞪着大眼急促地喘着气。

第四章

1

在建筑工地打小工的田牛力，听人转告家中来电话报喜，说女儿田香歌领到了大学毕业证。他喜欢坏了，马上请了假，买了些东西，慌慌张张往家赶。全家人高高兴兴地欢迎老头子回来，一齐动手包饺子。田牛力也要帮忙，儿媳妇夏豆花说："爹，你去歇歇吧，一路坐车也累了。"

"累个啥，要是累我就不叫田牛力了。"大家都笑了。

蔡芹拿眼瞪他："你这老头子，这是给儿媳妇说话的？到如今也没有学会文明。想帮忙就帮呗，放屁添风吧。"

夏豆花想笑没有笑出来。田香歌止住笑说："娘，你还批评我爹没学会文明呢，你这话说得能算文明？"

蔡芹瞅了女儿一眼："死丫头，专挑我的毛病。"

田牛力已经坐在妻子和女儿中间，动手包起饺子来。田香歌夸奖说："看，爹还是个快手呢。"

田牛力说："不快点包能中，这么一大盆馅子啥时候能包好？"

蔡芹说："人多肚子多，不弄这一大盆馅子够吃吗？"转头对香歌说："今天你爹回来了，大家吃顿团圆饭，总不能让人家亏着肚子。到明天咱就不管了，你哥你嫂子去那院燎他们的锅底了，人家想吃啥做啥。"

田牛力问儿媳妇："甜瓜干啥去啦？"

田香歌抢先开了口："爹，你也喊我哥甜瓜？"

田牛力说："他的名字叫田发，人家偏喊他甜瓜，他呢，也声叫声应。看他那个样，整天跟谁都是儿儿戏戏，叫他个甜瓜也没叫错。"

田香歌瞟了嫂子一眼："夏豆花正好配个大甜瓜。"

夏豆花举起小擀杖要打田香歌："毛丫头，你配谁？配个傻小子！"

蔡芹制止说："好了，别乱了，别乱了。"

田牛力还是问："甜瓜他能干啥去？豆花你能不知道？"

夏豆花"哦"了一声，说："甜瓜不回来吃了，到他们那个吃会的会友家大盘子大碗吃去了。"

"稀罕，参加了个吃会。"田牛力感到可笑，"那些人都是谁？"

夏豆花说："我也不认识，媳妇桥就甜瓜自己。"

"是个典型。"田牛力摇了摇头。

蔡芹问："他开的小卖部，今天就关门了？"

夏豆花说："能不关门？小卖部也没有他去吃当紧。"

蔡芹说："他吃好的去了，这饺子也不用吃了。"

田香歌突然说，还忘了一个帮着吃饺子的人呢。蔡芹问是谁。田香歌说是麦穗大姨。蔡芹说，有她的份儿，送去一大碗够她吃的了。然后她对田牛力说："老田，你这个闺女呀，咱家吃点啥好吃的她都忘不了她麦穗大姨。哎，你在外头干活，见过赵老干没有？"

田牛力说和他不在一个工地上，没有见过，然后有些生气地说："麦穗大姐的儿子当上村主任了？他，连生身爹娘都不照顾，有啥资格当村干部？"

蔡芹告诉老头子，麦穗大姐也有零钱花，赵老干会往家给她捎。又说："在村里，除了咱香歌处处想着老婆子，还有苗秀河，也不断给她送好吃的。"

2

苗秀河和九奶奶一个锅里吃饭。九奶奶和孙子一起生活得有滋有味，今天也在改善生活。苗秀河把一只白条鸡剁成块块，要给奶奶做清炖鸡。

煤球炉的火苗烧得满锅沸腾。满是绿叶的葡萄架下，九奶奶坐在小凳上，一手拿着红纸一手拿着剪刀，一会儿就剪出一幅威武的双虎图。苗秀河站在奶奶一侧边看边赞扬："这幅双虎图真精彩，一看您这剪纸艺术，就晓得是几十年的功底。"

奶奶笑笑说："从前，村里的大闺女、小媳妇时兴穿绣花鞋，花样儿都是请我剪，她们想要啥样子的我都能剪出来……"

苗秀河说："奶奶的手太巧了，我真羡慕。"

奶奶说："孙子你的手也不笨，画儿画得很出色。"

苗秀河说："奶奶您尽管剪吧，我也尽管画，瞅个机会，咱们在商元市办个祖孙联手的艺术展。"

奶奶高兴地说："那太好了，你奶奶年过八十又出了名啦！"

苗秀河竖起大拇指说："您本来就是有成就的剪纸艺术家！"

九奶奶说闻到清炖鸡的味了，挺好闻。苗秀河说奶奶的鼻子挺管用。奶奶回答说，别看年纪八十三了，还是耳不聋、眼不花，这牙嘛，啃啃骨头也没事。苗秀河说，奶奶的牙好，也得把鸡多炖一会儿，因为这是只农家鸡，比较吃火。

奶奶说不急，好饭不怕晚。她指着小凳子让孙子坐在跟前，有话要问："你上了几年画画的大学，又回媳妇桥跟奶奶一起生活。你父亲一直在市里工作，前两年把你母亲也接走了，他们算是在市里头安家了。不知你是咋想的，咋一心要来乡下跟奶奶过日子呢？"

苗秀河摸着奶奶的手说："我喜欢咱们的媳妇桥，喜欢奶奶呗。"

奶奶说："你爸妈一直想让我去市里跟着他们生活，我才不去呢，我也是离不开咱们的媳妇桥。你真不回来，我在家也不受委屈，你叔叔一家人对我很好，都很孝顺。我是说，你堂弟秀山比你小两岁呢都娶媳妇了，那个孙媳妇柳喜燕，人长得俊，名字也好听。你老大不小了，该成个家了。不知你心里有个谱没有，想找个啥样的？"

苗秀河说："奶奶，我想找个和我合得来的，对，要有相当的文化，还有，得是个喜欢画画的姑娘。"

奶奶问："眼前有目标没有？"

苗秀河说："目标倒是有，不过呢，我还不好意思对人家说出来，还得再等一等。等人家同意了，我会对奶奶说的。奶奶只管放心，我一定为您老人家娶个有孝心的孙媳妇。"

奶奶不再言语，笑眯眯地思索起大孙子媳妇的模样。

3

村里大部分人家都飘出饭香时，麦穗刚从地里回来。她背着一捆青草一歪一歪地走进小院，将草丢在地上，努力地挺了挺腰杆，看样子累得有些腰疼。

"麦穗大姨，"田香歌端着大海碗走进小院，"刚出锅的羊肉馅水饺，您趁热吃吧。"说着话她把碗放在枣树下的石板上。

"看，你家吃啥都想着我。"麦穗说着话，洗了手脸搬来小凳子拉田香歌一齐坐下，拿起筷子看着大碗水饺发笑，"给我送这么多干啥，你家人多，还够吃不？"

田香歌说："够吃，够吃，包得多，您本来就在计划内。"

麦穗夹起饺子，咬一口品品，说："嗯，好吃，鲜。"

这时，苗秀河也走进了小院。他一手拎着个饭盒，一手拿着用白毛巾包着的馍。

麦穗放下筷子，笑道："看看，又来一位。今儿是咋的了，比着给我送好吃的。"

田香歌去接苗秀河手中的饭盒，苗秀河说着"不用接，烫手"，然后快走两步把东西放在石板上。田香歌打开饭盒，高兴地说："呀，清炖鸡，有肉又有汤，有水平。"打开包馍的毛巾，"好，发面豆杂面馍，有营养。"

苗秀河说："我奶奶喜欢吃这馍，我猜赵大娘准也喜欢。"

麦穗说："秀河，咋不把你家炖鸡的锅给端来？你看你端来这么多，我一个老婆子能吃多少？看，还有这些饺子。要不就这吧，香歌你去厨房拿俩碗分开，咱们都吃。"

田香歌应声而去，很快拿碗过来。麦穗端起饭盒，用筷子扒拉着将鸡肉鸡汤分到两只碗里，说："秀河，你把饺子吃了，这清炖鸡我和香歌一人一碗。"

田香歌与苗秀河相对一笑，几乎是异口同声："好，服从命令。"

麦穗看着两个年轻人在香甜地吃着饭，心想：看来用不着怎么撮合，这俩好孩子会自然走到一起的，这就叫缘分。

田香歌、苗秀河都没有想到今天的午餐会这么巧合。吃着，品着，想着，他们不时地相互看一眼，心照不宣地笑一笑。

4

吃完这顿饭，从麦穗家告辞出来，路上田香歌突然有些神秘地说："秀河哥，告诉你，我会画老虎了。"

苗秀河高兴地说："那好哇！"

田香歌看了他几眼，说："而且画得非常好！"

苗秀河说："拿出来看看呗，让我学习学习。"

田香歌摇摇头说："不行，不行，不能拿给你看。"

苗秀河说："咋不能让我看呢，还保密吗？"

田香歌忍不住地笑了，说："我是夜里做梦画出了一张老虎，你让我怎么拿给你看？"

说完这话，她又看了苗秀河几眼，然后就红着脸跑开了。

5

晚饭后，田香歌陪着爹爹说话。

"算一算，我有好久没回家了。这次回来，按理说该先到尉蓝家坐会儿说说话，可我没有去，还是心里烦。说真的，我还在生她的气，那年呀，她真不该叫你跑几十里路给一个不认识的人去送啥当紧的药，让你回来时遇上大雨，差点儿丢命，连高考也耽误了。"

"爹，那事不能怪人家。"

"不怪她怪谁？你别护着她。"田牛力有些急了，"孩子，你知道我的心吗？你二哥很早就丢失了，让人家算一卦说他已经不在人世了。他死了，咱一家人还得往前过，我这根顶梁柱子不能垮呀，所以我才狠狠心把他忘掉。我先是支持你大哥好好上学，想让他有出息，可他不争气，弄得半途而废。我对你娘说，儿子靠不住我靠闺女，后来就下决心支持你好好上学，想让老田家走出一个大学生。你也争气，学习一直很好，所以我越来越偏爱你，我在建筑队干小工，再苦再累也感到心里甜，还不是因为我有一个有出息的闺女嘛！没想到，真没想到是尉蓝把你的考期误了。别的事儿都好说，独有这事儿我磨不开弯！"

想起这段往事，田香歌内心也是百感交集。那年错过了考期，她本来是选择了复读，谁知一用起功来就头痛头晕，到医院做了几次检查才知道是得了严重的额窦炎。这个病很缠秧子，田香歌无奈之下只能选择辍学。后来还是尉蓝打听到了专治额窦炎的偏方，田香歌吃了半年中药，这病才慢慢好了。想到这里，她柔声细语地劝慰田牛力说："爹，您别再生气了，已经是过去的事了。再说，我现在不也过得不错，把大学文凭也考下了吗？"

"对，对，我闺女能拿到大学毕业证就是本事。不过呢，我还不知道，你这是哪个大学的毕业证？能分到哪个机关里工作？"田牛力端着茶缸子问。

听闺女解释是什么自学考试，田牛力又开始叹气，说："原来你是没进大学校门上完的大学，不是正牌的。"

"不是对你说了嘛，虽然我们主要是在家自学，可学习的东西和在校大学生没啥区别。考试时非常严格，发现有作弊的当即就取消考试资格。这种文凭，不仅国家承认学历，在国际上也被认可。"

"国家包分配吗？"

"那倒不。"

田牛力忽地站了起来，说："不包分配算是哪号大学毕业？承认学历有啥用？"他走到桌边，"啪"一声把手中的茶缸子放下。

田香歌忙站起来解释："有了这种文凭，同样能到各单位去应聘工作。人家外国的大学毕业生根本没有包分配这一说，都是凭本事应聘。您看看电视听听广播，中国大学生的就业制度也正在改革，往后要全部变成应聘。"

田牛力沉默了，又端起桌上的茶缸子。田香歌捧起茶壶给他续水。他坐在沙发上，口气缓和地说："应聘就应聘吧，再不济事也不至于去建筑队打小工吧？这几年，我在城里干活碰巧认识几个管点儿事的乡亲，回去我多求求人家，让人家扒扒门子给你找个合适的地儿，咋着也得让你走出媳妇桥，我心里才算踏实……"

田香歌理解爹爹是一心为她好，明白爹爹是要她为田家争口气，更知道爹爹的脾气犟似牛。她不忍心伤害老人家，可是又不愿服从老人的安排。沉默良久，她还是决定说出自己的真实想法："爹，我不想去城里应聘，我有我的打算……"

田牛力先是吃惊，继而是发火，他站起来把手中的茶缸子恨恨地摔在地上，气愤地问女儿："你说啥？你能有啥打算？你真要埋没在这媳妇桥……"

女儿弯腰拾起茶缸子，说："爹，您别生气，听我说……"

"不用往下说了！"田牛力用手指着女儿，"我管不了你，问不住你，你在媳妇桥当这个村民文化小组长吧！开发虎文化吧！我去打我的小工，永远不进这个家了！我这就走！"他转身要走，正好被走进屋门的蔡芹挡住。

"我还没有喂好猪呢爷俩就吵起来了。你这就走，往哪走？"蔡芹一把拉住田牛力。

田牛力火爆地说："你别问，我不是这个家的人！"他掰开妻子的手，猛一下将她推倒在地，气呼呼地大步走了。

田香歌连忙搀起母亲，焦急地问："娘，娘，摔着没有？"

"我没事，你快，你快去把这头犟牛追回来，要走也得等明儿一早呀。去，快去呀！"蔡芹只顾催着女儿去追老头子，也不看看自己到底摔得咋样。

田香歌快步往外走，远远望见父亲上了一辆充作乡村出租车的农用三轮摩托车，她喊着"停车！停车"，但也只能眼睁睁看着那辆车载着父亲渐行渐远。

第五章

1

这天，苗秀河早早就出来写生。

他坐在停泊在老黄河岸边的木船上，正专心致志地画着荷叶和燕子。他有心要围绕老黄河创作一组风景画，眼下已经积累了不少写生素材。

2

林防风带着几天来未曾有过的快乐，从岸头高处走下来。今天，田香歌主动要帮他家点种花生，他不能不去陪着干。劳动中，两人说了不少有趣的话，他由此坚信田香歌对其是有好感的，也使他下了决心要在情感上对她展开进攻。干完活两人分别之后，他突然想要找苗秀河唠唠。

来到木船边，林防风先悄悄站在苗秀河背后伸着脖子看了看他画的画，然后弯下腰用手使劲晃动木船，放声大喊"地震啦！地震啦"，苗秀河被晃得差点儿没有栽进水中。等发现了是恶作剧，苗秀河扭过头斥责林防风："你搞什么鬼？吃饱没事干撑的啦？"

林防风"嘿嘿"笑着："开个玩笑嘛。"

苗秀河没好气地说："没事下地干点儿活，瞎转悠个啥？"

林防风伸着懒腰说："干过了，累得不轻，该放松放松了。"

苗秀河瞅了他一眼，说："要是真累，回家挺床上放松去呗！"他懒得理会林防风，转身又去画自己的画。

林防风却不停地叨叨："我是真想找秀河哥侃侃呢，你不欢迎是吧？"

"侃什么？你没看我正忙着呢。"苗秀河头也不抬。

林防风并不感到没趣，嘻嘻地笑着，信口夸起苗秀河："画得好，画得妙，看你画的小燕子，感觉一动一动的，跟活的一样，秀河哥将来一定能成大画家……"

"得，别吹我了，吹得再美也不给你广告费！"苗秀河有些不耐烦。

看他画完最后一笔，题上了落款，林防风抬腿上了小船，说："秀河哥，来，我划船载你到河里玩一玩……"

苗秀河还沉浸在对家乡风景的思考中。家乡的老黄河，像清澈平静的湖泊，像文静柔和的大姑娘。坐在船头的苗秀河动了感情，像诗人一样浮想联翩，不知不觉想到了田香歌——她就是一个像湖水一样安静祥和的漂亮姑娘。苗秀河忘记了摇动双桨的是林防风，更没有去想林防风今天为什么对自己这般殷勤……此时此刻，田香歌占据了他全部的思想空间，耳边全是她那"咯咯"的笑声，他心里暗暗自语：香歌妹，我很爱你，我也和你一样爱咱们的媳妇桥，爱家乡的老黄河……突然，一阵"哈哈"大笑声惊扰了他美好的想象，他猛地一怔算是回到了现实中，莫名其妙地看着林防风问："你笑什么？"

小船在宽阔的水面上游荡，林防风慢慢地摇着桨，笑着回答苗秀河："我笑啥呢？我是笑你此时在美美地想呀想，想的肯定是最亲爱的人。我不打扰你，就让你尽情享受想象中的幸福和美好吧。秀河哥，老弟我够意思吧？"

苗秀河被林防风猜中了心事，有点儿不好意思，于是强作平静地说："你瞎说什么，我是在思考咱媳妇桥的远景呢。"

林防风顺着话题说："那你就用你的画笔，画一幅最理想最美好的媳妇桥得了。"

苗秀河瞪起眼睛，问："只用我的画笔？难道你就不参与啦？"

"我嘛，怎么说呢？"林防风犹豫着说，"我以后在不在媳妇桥混还说不定呢。不过即便我离开，也不会忘掉媳妇桥的，还可以间接参与描绘媳妇桥的蓝图嘛。"

"间接参与？好你个林防风！"

"难道你苗秀河就真的不离开媳妇桥了？我不相信。"

"还能骗你？真的，我当农民当定了。"

"我并不是歧视农民，我是说你上过大学，学的是美术，这在农村派不上用场呀！"

"这你可能不理解，是一种感情的力量牵住了我，我对咱媳妇桥有着说不出的感情，所以我要一辈子生活在农村，一辈子画农民、画农村，当个农民书画家。"

"那，你找对象也找个农村姑娘？"

"农村姑娘有啥不好？"

"可惜，可惜。"林防风面露遗憾，接着说，"实不瞒你说吧，我想去城里头找份工作，然后找个有城市身份的对象。这个对象嘛，最好是家人或亲戚能有些权力……秀河哥，你看我这个打算怎么样？帮兄弟参谋参谋。"

林防风这番话可谓半真半假，想找个有靠山的对象确实是他的梦想，要不他也不会因为白露的离开而异常伤感。此时他最大的心愿是能追到田香歌，但这份儿心思眼下只能埋在心底。他来找苗秀河，是带着试探的目的而来。苗秀河却对他的话信以为真，回应说："人各有志，我不反对你的选择，但也帮你参谋不了啥。兄弟啊，等你步步高升了，可不要装作不认识你秀河哥呀。"

林防风说："哪会呢。放心吧，真有那一天，我肯定热情招待哥哥您。"

一时间，船上的二位都不再说话，林防风稳稳地扶着桨，苗秀河牢牢地拿着画板和刚画好的画，两人沉默着，在想自己的心事。

"秀河哥，你要找的对象有目标了吗？"林防风打破了寂静。

苗秀河艾艾作答："嗯，也算有了。"

"是外村的还是咱媳妇桥的？"

"你问这么清楚干啥？"

"告诉我怕啥，我又不和你争媳妇，你呀你，心胸这么狭窄。"

"说出来不好，还是别说了。"

"你不说，我可就猜了——是不是——田——香——歌？"

苗秀河笑笑，有些不自在说："瞎猜个什么。"

林防风蓦然一惊，似乎有些站不稳，因为他坚信自己猜对了。

小船晃荡几下很快就平静下了，林防风故作镇静地说："中，合适，你和田香歌还真般配。"

苗秀河有些不安地说："对外别乱说，八字还没有一撇呢。"

林防风笑笑说："知道知道。我看哪，你和田香歌是一样的心情，都是一辈子不想离开媳妇桥。"

苗秀河说出了真心话："是啊，因为热爱媳妇桥嘛。只有热爱才愿意投入，才能真正当好媳妇桥的村民。田香歌当上了村民文化小组长，这是好事，你我都要大力支持。这两天我一直在琢磨，香歌这个文化小组长，如何才能干好呢……"

林防风说："小小文化组长，真难干出名堂来。我也琢磨不透，当时我妈咋想起来给她封个这种官。"

苗秀河打断他的话："依我看，村民真的需要文化，她这个小组长大有可为。"

林防风说："那就说说你的看法。"

苗秀河说："目前的媳妇桥比以前是强得多了，但还不算真正地富了起来。这几年村上多数男人都外出打工了，这是好事。男人不在家，还可以把媳妇们发动起来嘛。动员她们学习文化，发扬虎精神，使她们变得聪明起来、文明起来。有了文化，还愁不能发家致富吗？至于应该如何组织她们，目前我还没有好办法，我想香歌会有高招的。"

林防风暗暗地笑了，撑着小船向岸边划去。

两人告别之后，苗秀河留在河边继续写生，林防风则兴冲冲地来到田香歌家，先是感谢她帮自家点种了花生，然后推心置腹地说："香歌啊，我林防风和你一样热爱咱们媳妇桥。我算是想明白了，只有热爱才愿意投入，才能真正当好媳妇桥的村民……我觉得吧，咱村的男劳力都外出打工了，咱们应当把妇女们组织起来，先从学习文化开始……"他把刚才从苗秀河那里套来的一番话现学现卖一遍，脸色不红嘴上不打磕巴，还真勾出了田香歌的兴致。田香歌激动地拍他一下，说："林防风你行啊！让你帮我出个好主意尽快开展工作，你还真想出来了！嗬，和我想的差不离儿。"

林防风半是讨好半是自得："这叫英雄所见略同。"

田香歌说："看来，以前我低估了你，谢谢你了。"

林防风说："你若谢我那就外气了，让我感到很不自在，谁叫我和你打小就是青梅竹马呢！"

这句话让田香歌听了感觉不自在，瞅他一眼说："看你说的。"

兴奋的林防风突然又想出一招，摆出摇头叹气的样子。

"怎么啦？"田香歌问。

"我是在想，要是秀河哥能长期留在媳妇桥该多好……"

"你别瞎猜想秀河哥，他不会离开的！"

"不是我瞎猜，是秀河哥亲口对我说的，他说他……对了，秀河哥交代过，不让对任何人说，我不说了。"

"不说就不说，有啥神秘的。"

"那，我就只对你一个人说吧，你可别乱传。那天秀河悄悄告诉我，说他已在市里头找好了对象，也是个画画的。他本不想离开媳妇桥，可他对象……想来想去，他说不想离开也得走，真是万般无奈。"

田香歌将信将疑，再也没有心思跟林防风聊天，林防风掩饰住内心的得意，支应几句闲话就告辞了。

4

芒种过后是夏至，村里进入了农忙时节。

这天，林防风帮田香歌家喷洒完农药，两人带着喷雾器、水桶往回走。路上，林防风东扯葫芦西扯瓢地说着笑话，想让田香歌开心。田香歌虽也应和几句，心里却在想着苗秀河。这段日子田里农活忙、家中事情多，自己一直没空去见苗秀河。她想，苗秀河这段日子准是在画那组风景画，也许已经画完了，可能正在揣摩如何画老虎呢。看看身边的林防风，她又想起那天林防风对自己说的那番话，心思顿时乱起来：苗秀河真的在城里找好了对象？他真的要离开媳妇桥？她先是觉得不应该，但转念又认为兴许是真的。是真的自己又能如何呢，那是人家的自由。想到这里，她越发懊恼，后悔自己为什么不早点儿勇敢地对他说出那个深埋内心已久的"爱"字呢？她确信苗秀河对她也是有好感、有爱意的啊。于是，她想这就去见见苗秀河……看她加快了步子，林防风也加快了脚步，并识趣地关上了嘴巴，因为他发现了田香歌的情绪变化。

5

一条南北街把媳妇桥分为东桥、西桥两部分。苗家住在西桥，门口有条东西街，林、田两人刚走到街口，远远就看见苗家院门口停着一辆黑色小轿车。紧接着，只见苗秀河跟一个打扮时髦的姑娘走出院门上了车子。车子朝着他们这边开来，车速很快。在车子经过自己面前时，田香歌想车子一定会停下来，苗秀河至少会打开车窗探出头对她说几句话的，谁料想车速一点儿也没减，小轿车一溜烟儿地顺着南北街往南开出了村庄。

小轿车跑远了，田香歌才依依不舍地回过头，正好看见柳喜燕走过来，便问她："刚才那辆轿车，是哪里来的？秀河哥要去干什么？"

"听俺奶奶说，车从商元市来，是秀河哥的对象来了，要接他去商元……"

林防风在一旁自言自语般地说："看，人家还真是把秀河给接走了！秀河你不够意思呀，也不跟俺们告个别！"

田香歌呆呆地站在街角的墙根处，感觉头有点儿晕。

6

大约半个月后的一个早晨，林防风来到老黄河岸边，对着宽阔的河水作了一番深呼吸，感觉五脏六腑都很舒坦，先是满意地自语道"痛快，幸福"，而后又看了自己被白纱布包裹着的左手小拇指，一时间觉得自己很是了不起……

7

苗秀河不辞而别的那一天，田香歌晕头晕脑地回到家，一屁股坐在床沿上半天不说话、不动弹。

嫂子夏豆花从外面回来，见她情绪异常，问："妹，你是咋的？"

田香歌一惊："哦，嫂子，我没咋呀，这不挺好的吗？"

夏豆花放低声音说："别瞒我，嫂子能看出来。你呀，是不是因为苗秀河突然被他对象接走了，心里觉得难受？你很喜欢苗秀河，对吧？"

田香歌不自然地笑笑，有气无力地说："你钻我心里看啦？"

夏豆花也笑笑，说："没错吧？也是，他苗秀河真的离开媳妇桥了。你说咋办，再难过也白搭。"

田香歌这才把憋在心中的后悔话掏给嫂子："以前，以前我怎么就没敢对秀河哥说出真心话呢？唉，真是晚了，正像你说的再难过也白搭。"

夏豆花说："啥也不怨，只怨你们两个没缘分，不必想不开。"

田香歌说："我不会想不开。"

夏豆花说："哎，妹，你看那个林防风怎么样？我看他挺喜欢你，跟你走得怪近乎，村里不少人都看出苗头了，嘀咕着你们俩能走到一块儿。"

田香歌说："我和林防风不外气，是因为我从小就叫他母亲叫干妈，跟他有兄妹的感觉，别的我真没有考虑过。"

这时，院子里传来林防风的声音："香歌在屋吗？"

夏豆花应了一声"在"，林防风就提着一捆旧杂志进了屋，脸上笑嘻嘻的。

三人说了几句闲话，夏豆花借口去烧水就走了出来。

8

林防风擦着脸上的汗，说："这些是我从河寨集旧书摊上买来的，有《故事会》《老人春秋》《知音》《读者》，拎回来可是真沉，你都需要吧？"

田香歌笑着说："都是好书，我都需要。其实也不是我需要，是咱村准备建个阅览室……"

林防风不再说杂志的事儿，沉默片刻，突然红着脸说："香歌妹，我爱你。你说你爱不爱我？"

田香歌淡淡一笑："这个，我没想过。"

林防风情真意切地说："我是真心爱你，不掺一点儿假。"

田香歌看着林防风，半天不说话。

林防风急了，说："你不相信我是真心爱你是吧？你说吧，让我怎么样发誓我都愿意！"

田香歌说："发什么誓，你这个人呀。"

林防风看桌上有把菜刀，瞪着眼对田香歌说："你不相信我，好，我让你看看我的真心！"话音未落就拎起菜刀，"啪"一声将自己左手的小拇指剁下一节。

血光震惊了田香歌，她慌忙将断指捡起，用手紧紧捂住林防风的伤口，大声朝院子里喊："嫂子，快去叫车，快去找人，咱马上去区医院……"

因为送医及时，也因为从商元市第一人民医院请来的专家医德高尚医术高明，林防风的断指再植手术很成功。住院观察的那些日子，田香歌一直守候、照料在侧。尽管伤口时时作痛，林防风的心却是幸福的、甜蜜的。

前天刚出院的他，今天一大早就来到河边，站在小船上吹着晨风，瞧着左手上包裹的白纱布，志得意满地想：田香歌，我林防风终于把你征服了！不过现在还不能让你知道，我和你的想法是不一样的，我并不是真心支持你干好村民文化小组长，结婚后我要带你到城里去发展。不怕你不同意，结了婚你就奈何不得了，等你由闺女变成了媳妇，你就得听丈夫的了……

"防风——"林防风转过脸，望见田香歌喊着向他跑来。

林防风说，你快过来，咱们一起分析石雕会在哪地方藏着。

"你的伤还没有好，小心别沾水！"田香歌说。

林防风心里甜滋滋的，再次得意田香歌真是被自己征服了！多亏那个来接苗秀河的女子帮了大忙呀。

那个女子，到底是谁呢？

第六章

1

来接苗秀河的那个女子是白露。白露拿着商元市绿城区委的介绍信，说是区委副书记苏果久闻其名，请他去创作一批礼品画。苗秀河没有多想，就跟她来到了商元市。那天临行在村里看见田香歌和林防风，苗秀河喊着要停车，可白露不许司机停车，还一个劲儿要求"快加速"，理由是"不能让区委领导等我们"！就为这，苗秀河始终对白露印象恶劣。

苗秀河被安排住进区委的内部招待所，两间通着的屋子，起居、创作合在一起。白露既是苗秀河与区委领导的联络员，又是他的服务员，有事没事总往他这里跑。

这天中午，苗秀河刚想午休，白露又笑嘻嘻地拎着热水瓶进来了。

"你中午难道就不困吗？"苗秀河不太欢迎地说。

"我不打扰你的工作，还不能瞅个空来坐坐吗？"白露不客气地坐在画案边的椅子上，随手拿起一支画笔比比画画的。

"哎，哎，别弄脏了我的画。"

"不让摸是吧？弄不脏你的画！"

"你看苏副书记让我画这么多山水画，工程不小哪。我紧紧张张忙了一个月了，看情况再赶一个月也不一定能完成。白露我跟你说句真心话，以后你没事儿就别来添乱了好不？"

"你急个啥，慢慢画呗，堂堂区委又不会白用你。"白露放下画笔，有些得意地看着苗秀河，"嘻嘻，你知道苏果是谁吗？他是我舅。"

"我问你，你舅舅让我画这么多的画，他有啥用？"

"领导的事我咋会知道。服务领导，第一就是别打听闲事。"

"这一来，可把我的好多事情给耽误了。"

"你呀你，掂量不清轻重。"白露抿嘴笑了，笑得好有意思。

苗秀河根本不看她，继续说："那天你去接我，催得也太急了。也怨我，一是对奶奶说得不清不浑的，二是没有和村里几个朋友告别。都怪你催着我、拉着我快上车，没准儿奶奶会把你错当成我的女朋友。"

"我是你的女朋友，有啥不好？说句你爱听的吧，打今儿起，我愿意和你诚心诚意交朋友。"

"我不爱听。"

"你没有听懂吧？不是一般的朋友，是我愿意嫁给你。非让我把话挑明是吧？我看你是大学毕业生，是画家，不然我还不愿意呢。放心，不会亏待你的，我舅舅会给你安排个满意的工作。"

"我不同意。对你说吧，我已经有女朋友了。"

"有了？是谁？"

"不需要告诉你。"

磨蹭了半天，白露悻悻而去。

2

又是一个午休。为了避开白露的打扰，苗秀河带着速写本来到人民公园，准备对着虎笼画几张速写。

这段时间为区委画画，实在是太忙太累了，但他始终没有忘记对田香歌的许诺，要认真研究老虎的画法。苗秀河认真观察着公园里的那只老虎，细致地勾勒着写生稿。

3

白露来敲苗秀河的房门，敲不开就用钥匙打开，走进去等主人回来。

两个小时后，苗秀河哼着小曲儿回来了，看见白露擅自进屋，他的好心情瞬间就坏掉了，生气地说："你咋能随便开门进来呢？"

白露不以为然地说："我是招待所管理员，咋不能来？我是来查房呢，看你是不是在好好睡觉。"说完就笑了。

"你天天来打扰，这午觉叫我怎么睡？还不如出去散散心呢！"他将速写本扔在案子上，斜着眼对白露说，"请让位吧，我要工作了！"

白露笑眯眯地起身，伸手拿起速写本，翻看那几幅关于老虎的速写，说："原来你是到公园写生去了。告诉你，我舅舅要的是山水，他可不喜欢老虎。"

苗秀河懒得理她，心说：你舅舅就是喜欢老虎我也不给他画，我画虎是为了送给田香歌。他从白露手中夺回速写本，眼见白露还是没有走的意思，他不画画，也不说话，默不作声地坐在画案前。

白露憋不住了，她今天是有备而来，所以说起话来很直白："你骗我，你根本就没有对象，说不出她的名和姓就是没有。咱俩的事，我早就说让你好好想一想，你想得如何啦？"

苗秀河心里腻歪到了极点，又怕话说重了伤着她，于是缓和了一下表情，想换个话题让她知难而退："你舅让我画这么多画，总不会让白干吧？"

"咋，想要钱？"白露笑着问。

苗秀河说："谁不想要钱，你在这工作也不是白尽义务吧？"

白露信誓旦旦地说："肯定不会亏待你，我不是早对你说过啦？你呀，只管画好你的画就是，有我在，钱上肯定会让你满意的。"

苗秀河说："请对你舅说说，尽量把钱提前付给我。我家有上岁数的奶奶，还有我对象，回去时我得买些像样的礼物。早些支工钱，让我有时间去挑选东西，别到该走时再买挑不到称心的。求你了，好白露！"

白露心里乐了，心想：他没有答应，但也没有拒绝呀。托我去要工钱，这是再试我的能力和能量呢。于是她一口应承下来："钱的问题不大。"

4

没过几天，苗秀河真的拿到了全部工钱。有了钱，他几次抽时间上街去买东西，渐渐积累了满满一大帆布包。

他终于画完了区委要的所有的画，卷在一起。第二天一大早，他请白露把画作给苏副书记送去。

白露说："你和我一块儿去吧，我舅舅挺欣赏你呢。"

苗秀河说："我跟着有些不合适，我就不去了。"

白露想想也是，自己单独去可以给舅舅透个话，说自己爱上了苗秀河，请舅舅促成。想到这里，她满脸堆笑，说："好，我自个送去。你就躺在床上歇着吧，这些日子辛苦了，功劳不小。等我回来，陪你去商贸大厦、人民公园好好转转，晚上再领你去舅舅家做客。"

苗秀河感到好笑，说："你快去吧。"然后打个哈欠，装出疲劳的样子，接着就鞋子一脱躺在床上，拿张报纸盖住了脸。

白露看着苗秀河，心里甜得像喝了蜜。就在这时，楼下有人喊白露接电话，她应声跑了出去。过了十几分钟，白露接完电话再回到房间，苗秀河连同那个满满的大帆布包都不见了踪影。白露着了急，喊着"苗秀河，苗秀河"慌慌张张地追下楼，恰好望见肩扛大包的苗秀河出了区委大院的院门。她喊着苗秀河的名字追出去，苗秀河已经上了出租车……看着远去的出租车，白露像是被施了定身法，发呆地站在区委门口，心变得冰凉。

5

到了长途汽车站，苗秀河很快乘上一辆开往河寨乡的客车。

离开家两个多月，好像被困了半辈子。他恨不能即刻回到媳妇桥，即刻见到田香歌。这两个多月，他经常想起田香歌，觉着有很多话要对她说，有不少事要和她商量。坐在行进缓慢的城乡客车里，他又一次不自觉地想起和田香歌之间的一幕幕，想起她"咯咯"的笑声，又想起自己给她精挑细选了礼物，到家就去送给她！

6

苗秀河刚刚回到媳妇桥，就听到街上传来欢快的锣鼓声，紧接着走来了迎亲的队伍，加上围观的男女老少，场面显得很拥挤很热闹。

苗秀河喜静不喜闹，远远站着想等这拨人过去了再回自己的家，然后就去找田香歌。老邻居曹根成发现了他，走过来打招呼："秀河回来了，你回来得正好，今天防风、香歌结婚，你和他们是老同学，快去喝喜酒吧。"

"啊！"苗秀河吃惊地瞪起眼睛，刚才炽热如炭火的心顿时变成了冰块，先是扛在肩上的大包"扑通"落地，接着是他自己晕倒在地……

第七章

1

出阁这天早上，想起因为和自己生气而愤然离家的父亲，想起对自己万般疼爱的父亲不来参加自己的婚礼，田香歌在梳妆时失声痛哭。

2

直到晚上送走了最后一拨儿客人，田香歌的心情才渐渐开朗起来。

新郎林防风和衣躺在床上，睁着两眼在想着什么。田香歌走进洞房，对丈夫说："起来，起来，我跟你说点儿事。"

林防风没有动弹，说："乱哄一天了，咱们早点儿休息吧。明天一早，我还想到商元去一趟呢。"

田香歌说："不买不卖瞎转悠个啥。明天，我倒是想让你帮我办个事。起来，咱们好好商量一下，这可是件大事，不能儿戏。"

林防风不痛快地说："哎呀，此时正是洞房花烛夜，是人生最美好的时光，你看你，快快睡觉吧。"

田香歌认真地说："就因为是新婚之夜，咱们商量这件事才有意义。"她用力地拉着男人的手，"起来吧，我的老公。"总算是把他拉了起来。

林防风盘腿坐在床上，故意打着哈欠揉着眼，慢不经心地说："啥事？说吧。"

田香歌坐在他身边，看了他一眼，说："你忘了没有，几个月前你对我说的那段话？"

林防风打了个哈欠，说："忘了。"

田香歌说："你是这么说的，媳妇桥大多数男人不在家，我们可以把媳妇们发动起来，动员她们学习文化，发扬虎精神，大家一起寻找发家致富的良策……"

林防风像睡着了似的一动不动地坐着。他心中很是清亮明白，只是故作糊涂不愿理睬这个话茬，心说：这话哪是我说的，是我从苗秀河那里学来的，不然你会爱上我吗？现在我已经把你明媒正娶到了洞房里，生米做成了熟饭，那些话你听听也就算了吧。

　　见林防风不语，田香歌接着说："你知道吗，你那番话算说到我心坎里了。从那天开始，我就默默做起这方面的工作，也对一些年轻媳妇说了，大家都很乐意，咱妈也表示坚决支持。我已经收集了不少书刊，咱妈说了，村里没地方，先在咱家腾出两间房把村民阅览室办起来。我决定明天就动手干这事，你和我一起干……"

　　林防风总算开了口："哦，我是说过那些话，可是后来细细一想，感觉太天真了。"

　　田香歌说："看你说的，有啥天真的？"

　　林防风说："我想，你我都有文化有能力，第一步还是走出去发展为好。等咱们有钱了，可以拿出一部分支援故乡的发展，这也是热爱家乡嘛，也是发扬虎精神嘛！所以，明天我想去市里看看，或许能有什么机遇。"

　　"这是你的真心话？"

　　"是我的真心话。"

　　田香歌说："你想走出去发展也不是不中，问题是心里要有个准星儿，得把步子迈正。你的选择我不反对，我的选择你也不能横加干涉，咱们夫妻要平等，要互相尊重。不过，我劝你明天还是别去商元市，先帮我把阅览室搞起来，让大家有个学文化的园地。"

　　林防风说："女人们的学习园地你们搞吧，我这个大男人插什么手？我也想了，你组织媳妇们学习文化最终不过是玩玩而已，嘻嘻哈哈的结不出啥正果来。现在是啥年代，最时尚最当紧的是想点子挣钱！"

　　田香歌忽地站起来，说："防风，你错了！告诉你吧，我们媳妇们也会挣钱。可是，大家不学文化怎么能体面挣钱？"

　　林防风说："好，好，你在家领着媳妇们体面挣钱吧，我可要出去不择手段挣钱了。"

　　田香歌把眼一瞪："咋样个不择手段？"

　　林防风嬉皮笑脸地说："不是去偷不是去抢，是用我的智慧我的虎精神去挣钱，行了吧？"

　　田香歌生气地说："好吧，明天你自便！"

　　林防风有些得意："你还是想通了吧，本来就是我高瞻远瞩嘛。"说着起身去拉田香歌，"媳妇，咱们睡觉吧。"

　　田香歌将手一甩，嘴上斩钉截铁地说着"不准拉我"，两手已从柜子里扯出被子褥子，来到另外一个房间随手关上了门。

3

和衣躺下的田香歌，起初还担心林防风过来纠缠，但林终究没有过来。

夜深人静，她一边流泪一边反思，最后得出的结论是自己对婚姻太轻率了。

4

第二天早上，田香歌没有把和林防风闹别扭的事告诉尉蓝，只说他一早就去商元了。

婆媳俩刚吃完早饭，柳喜燕吃力地拎着一个大包走了进来。田香歌尽管满心郁闷，还是强装笑颜说："来就来呗，还带这么多礼物……"

柳喜燕笑道："你若不喜欢我就拿走。"

尉蓝说："瞧你们两个，见面就斗嘴。"说着收拾碗筷去了厨房。

田香歌连忙接过柳喜燕手中的包，说："什么好东西呀，这么重！"

柳喜燕说："这是秀河哥从市里特意买的，他告诉奶奶让我送给你，你打开看看吧。"

田香歌打开拉链，叫道："呀，全是书！"

两人一本一本地往餐桌上掏这些书。百十册新书涵盖农村致富、科学养生、家庭烹饪、幽默笑话、亲子教育等内容，柳喜燕感慨道："秀河哥看起来是个书呆子，办事想得还真周到。"

田香歌随手翻着书，问柳喜燕："你来送书，他人呢？"

柳喜燕说："听奶奶说，秀河哥昨天傍晚就离开媳妇桥出走了。"

田香歌吃惊地问："咋？他回来了？咋又出走了？去哪里了？"

柳喜燕说："你问这些我都不知道，今早才听奶奶说他昨天回来了一趟，到家给奶奶做顿饭，就说要去外边闯闯，要走得好远。他还告诉奶奶不要惦记他，他一定会回来的，他说他到啥时候也忘不掉媳妇桥，忘不掉你田香歌。"

田香歌愣愣地看着满桌新书，愣愣地看着那个空包，也许是心有灵犀，她下意识地翻腾着包，在包的侧兜里找到了一封信。

5

这封信，让田香歌看到了苗秀河那张可亲可爱、憨厚害羞的面孔，听到了他真实的心跳声。

这封信，让田香歌隐隐明白了林防风是在用伪装的面孔打动她的心、骗取她的感情。

这封信，让田香歌泪流满脸肝肠寸断，几次从睡梦中哭醒。

6

田香歌终于不再流泪，虽然她心中还在悔恨着、痛苦着。林防风一去不归，这让她轻松了不少。为了转移思绪，她决定先把村里的阅览室办起来。至于林防风要走什么路、苗秀河在哪方奔波，她觉得自己想也是多想，自己尚无能力影响他们什么。

尉蓝帮她腾好了房子，她喊来夏豆花和柳喜燕帮着操持。

三位年轻媳妇决定自己动手将这两间老屋打扮起来，抹墙刷灰忙得不亦乐乎。

第八章

1

商元之行的第一站，林防风去了父亲生前工作的单位，要求安排工作。

林父生前在单位有着很好的人缘，领导也比较念旧，说老职工的后人当然可以优先聘用，但最起码得有大专及其以上文凭，这是硬杠杠，任谁也不能破例。

林防风支吾着说自己是本科毕业，但文凭今儿没带在身上，人家要他备齐材料再来。

2

踯躅在那爿树木扶疏的街角公园，林防风满心晦暗。方才，他对人家谎称自己是大学毕业，只是下意识的虚荣心使然，此刻他在心里恨恨地骂道：老子要真是大学毕业，还会屈身你这个破地儿？一群狗眼看人低的东西，那白露只是个初中毕业的柴火妞，人家有个好舅舅，还不是一路绿灯来到了商元市？我要是后台硬，保管你们不敢跟我论文凭。

也许是商元地邪，他心里刚想起白露，猛抬头就看见街对面的水果摊前立着一个酷似白露的背影。他没有多想，就大声喊起白露的名字，那女孩一回头，他确信果然是白露。等他满心惊喜地穿过马路，提着水果的白露瞟了他一眼，没有言语就径直上了身边那辆黑色轿车。他喘着粗气看着轿车开走，用拳头砸砸脑袋，招手拦下一辆出租车，要司机跟上前面那辆轿车。黑色轿车最终开进了绿城区委大院，林防风付钱下了车，远远望见白露走进了办公大楼。他想追进去，却被门卫拦下了，冷冷地指点他去旁边的小屋办理出入登记。

他进屋看了几眼就出来了，因为他明白人家是不会允许自己"出入"的。

走在高墙外的人行道上，他想哭想骂人，继而是深深的绝望、深深的无助。他没精打采地迈着步子，不知该往哪里去。

夹着皮包的江浪生本来走在他后面，快要超过他的那一瞬间，江浪生扭头看了他一眼，就放慢了步子，对林防风说："兄弟，看你好面熟。对了，对了，你是媳妇桥的。"

林防风一愣，问："你认识我？"

江浪生说："我是江浪生江记者呀，去贵村采访过，你母亲是尉老书记嘛！"说着，江浪生便热情地抓住林防风的手握了握。

二人算是成了熟人，并肩走着拉呱。

江浪生说："我们干记者这一行，跟社会各界都有接触，达官贵人、三教九流都得应酬应酬、周旋周旋，忙啊，每天就是一个忙！"

林防风说："老哥，那您肯定可累吧？"

江浪生打着饱嗝说："社会上的事，没有记者不能管的，但也不是必须都去管，我是想管就去管一管，不想管就让别人去过问，忙是真忙，但说不上累。"

林防风奉承道："美差呀，认识您算是攀上高枝了。"

江浪生得意地说："老弟若有用得着哥哥我的，老兄定当尽力而为。"

"谢谢！谢谢！"林防风变得精神了，像是找到了救命稻草。

江浪生说："恕我直言，方才我走在老弟身后，看你走路松松垮垮的像个病汉，是不是身体有所不适？"见林防风摇头，江浪生接着又说："那就是遇到了不愉快，对不对？"他观察着林防风的表情，知道这回猜对了，于是继续说，"没关系，老弟只管说，哥哥会尽力帮你一把的。"

林防风本就涉世未深，遇上的这个大记者看来既有能力又有热心，顿时觉得这是贵人相助，于是他和盘托出了自己来商元的目的，以及被文凭拦住路的困境。

江浪生笑道："别愁别愁，一张文凭，小菜一碟，包在我身上了，我给你办个大学本科的，行了吧？"

林防风闻听此言，对他自然是千恩万谢，江浪生拦住说："不必客气，咱们来日方长。"然后交代林防风先找家旅馆住下来，尽快去拍摄证件照。

是夜，林防风躺在旅馆的床上，感觉奔跑一天真是累，但又毫无睡意。

他想，今儿一天的遭遇可算让自己明白了什么是天意什么是命运。吉人自有天相，看来自己本来就不该困在农村，跟那个田香歌真的不是一路人。接着就觉得田香歌太不像话，新婚之夜碰都不让碰。不过这也是好事，真要离婚了谅她也无话可说。然后他又想起白露，白露也真不够意思，对旧情人也太薄情了，叫他好生气。他暗暗发誓，走着瞧吧白露，我会叫你后悔的。

转转反侧了半夜，他起身上完厕所，又想起江浪生。这江浪生混得才是人上人，能办来大学文凭，神通不小。这文凭……会不会是假的？唉，想这么多干啥，管它真佛假佛，能念经就中。想起田香歌当初熬夜劳神参加自学考试，他轻蔑地笑了，人生在世不能傻乎乎地走路，得有灵活性：能走小路走小路，能搭快车搭快车，能投靠山投靠山，能轻松达到目的者才是胜利者……等他睡着时，一缕晨光已经照进房间。

5

"咚咚咚"的敲门声把林防风惊醒，他裹着被子开了门。江浪生进房间一屁股坐在椅子上，看着懒洋洋的林防风说："兄弟你挺沉稳呀，大事在身还能睡得着？"

林防风吸溜着嘴说："夜里失眠了，凌晨四五点才入睡，不好意思……"

江浪生说："我这个人性子急，为朋友办事情更不敢懈怠。今天上午，你能不能取出照片？"

林防风说照的是加急照，说定了上午十点去取。

江浪生说："把条子给我，我替你去取。我看老弟你现在还是满脸倦意，就多睡会儿吧。"

林防风说着谢谢，就要歪在床上，江浪生说："咱哥俩不用说谢，我也全力给你帮忙。可这办理文凭，需要打通好几道关节，别人那里光说谢谢可不中，得花些钱意思意思哩！"

林防风问需要多少钱，江浪生说两千元。见林防风一怔，江浪生说："咋，心疼啦？心疼那就不办了。"

林防风想了想，说不心疼，正好带着钱哩，就取出钱数数递给江浪生。

江浪生数过钱，说："正好两千，林老弟，你不怕我骗你？要不我给你写个收条吧？对了，我包里有咱市委书记、市长的名片，你可以把二位的电话号码记下来，如果我给你办不成，你就找领导举报我。"

林防风说："哪里哪里，我完全相信你！"

江浪生拍着林防风的肩膀说："你是个明白人。我要是骗了你，那我还能在商元市混吗？我和市委书记、市长这么熟，还咋有脸见他们。好，不说了，你睡个好觉静候佳音吧。"他说完，就夹着皮包走了。

第二天上午，江浪生把一本大学毕业证送到了旅馆。

6

通过和江浪生打交道，林防风也开了窍，当天晚上买了些烟酒水果，一路打听着来到原先跟父亲关系挺好的一位叔叔家。故人之子拎着礼品来看望，人家挺感动，说单位既然需要人你又符合条件，我明天就去找管事的领导，央告他们快点儿办。

几天后，人家就通知林防风带齐材料去单位办手续。去的时候林防风还对自己的这张文凭忐忑不安，谁知人事主管只草草瞄了两眼，留下复印件，就把原件退给了他，说第一步先按合同制待遇招聘，以后干好了有机会了再说正式调入的事儿。林防风连说可以可以，人家就让他填写了一堆表格，给他发了工作证，让他一周后来上班。

林防风喜笑颜开地走在大街上，他没有回媳妇桥，想用这几天时间在市里转一转，一是需要熟悉环境，二是期待能够再次邂逅白露。白露是曾经伤害过他，他气归气，可还是想见她，没准儿两人还有和好的希望，白露过去变心主要因为他是农民身份，现在自己已经土鸡变凤凰了呀！

7

这天上午林防风闲逛到商贸大厦第四层。这层主要是女装和童装，林防风正想离开，突然发现白露就在前面选衣服，他认为这就是缘分，于是大步走了过去。

白露看到正向自己走来的林防风，放下衣服匆匆走开。

林防风追上来，对冷着脸的白露说："露露，告诉你个好消息，我已经拿到大学毕业证，在市里找到了正式工作。"

二人并肩乘电梯下楼，林防风赔着笑。"你不相信是吧，"他从包里把文凭、工作证掏了出来，"看看，有照片有钢印，不骗你吧？"

白露依旧不语，心中却有了愧意：那天不该用那种态度对待林防风。又暗暗佩服林防风还真是个人物，自己以前真是看人不准。走出商厦，她还是不说话、不看林防风，只管大步走。林防风一言不发地跟着她，最后走进了一家餐馆。

8

半个月后的一天，林防风回到了媳妇桥，进家和母亲说了几句话，就说昨个儿熬夜了，这会儿想睡觉。

田香歌从外边回来，听说林防风正在家中睡觉，脸就阴沉起来。尉蓝说快去叫他起来，我给你们做饭吃。等饭做好，小两口都没有啥胃口，草草吃几口就离开了饭桌。尉蓝隐隐觉得他们之间发生了罅隙，却不好多问。尉蓝悄悄叹了口气，去自己屋休息了。

房间里只剩下两个人，不等田香歌开口，林防风主动出击："香歌，咱啥也别说了，不争论不吵闹，一切都是我的错。我知道你的心不在我身上，我在市里已经找好了工作，咱们离婚吧！"

田香歌冷冷地说："在市里找了个工作，就得回来离婚？你咋给双方老人说？"

林防风变得很不自然，红着脸支支吾吾地说："我，我最近犯了一个对不起你的错误。好，我直说，我和一个领导的外甥女爱上了，也上床了，你骂我吧！"

"我不骂你，你有啥接着说。"

"棋走一步错，悔不了棋，我想回头也回不成了，我要是不和你离婚，那个闺女饶不了我……"

话听到这里，田香歌突然有了如释重负的感觉。

9

第二天一大早，尉蓝正盘算早饭做什么，就见儿子和儿媳往外搬自行车，说要去河寨集。家里只有一辆自行车，田香歌带着林防风出门了。尉蓝没有多想，只当他们要去下饭馆、买东西。

日近中午，田香歌骑着自行车回来了。

"咋就你一个人，防风呢？"

"他回商元了……"见老人发愣，她把话一转，"妈，咱回屋说吧。"

进了屋，田香歌鼓起勇气说："妈，我和你儿子离婚啦。"

"啥，你说啥？"

"离婚了，真的。"

尉蓝愕然地看着田香歌，两眼含着泪花。

田香歌说："他这次回来，主要是和我商量离婚的……我答应了他的要求，不是可怜他，我们主要是志不同道不合，没有爱情。"

听了田香歌道出的前因后果，尉蓝满面愠色，直喘粗气，一句话也说不出来。田香歌知道老人有心急犯头晕的毛病，忙把她搀扶到床上，看她入睡了才回到自己的房间。

10

看着床头依旧鲜红的"囍"字，田香歌的心情沉重起来。她和林防风结婚不足一月就离了，以后的路该怎么走呢？坐在屋里越想越难过，她想出去走一走。

走出院门，她不由自主地向河边走去。看着靠在岸边的木船，看着水面上被风荡起的波纹，她情不自禁地想起了苗秀河，情不自禁地流下了况味复杂的眼泪……也不知过了多久，天边突然炸响一阵惊雷，她才醒过神来快步往家跑。

11

雷声惊得尉蓝从里屋踉踉跄跄地跑出来，大声喊着"香歌！香歌"，在院里连叫十几声无人答应，她只觉天旋地转，几乎要晕倒。这时，快步跑进院子的田香歌急忙上前扶住她，惊恐地喊道："妈，妈，你怎么啦？"

尉蓝缓过神来，有气无力地问："香歌，你去哪里啦？"

田香歌搀着尉蓝，说："妈，放心吧，我不会离开你的。"

二人刚进屋，大雨就瓢泼般落地了。

尉蓝在沙发上坐了片刻，满屋找雨伞非要出去，田香歌拦住问："你要干啥去？你看这雨……"

"别拦我，我要去商元，去找防风那小子算账！"

"你跟他算啥账？"

"我憋不住呀！这小子坏了良心，我要问问，他为啥跟你离婚……"

"我看他的理由很充分，因为我俩志不同道不合。妈，您是老党员、老干部，什么道理都懂，要是硬反对孩子离婚，也是包办婚姻呀！"

尉蓝"啊"了一声，退一步坐到沙发上，说："他，他压根儿就不该欺骗你！"

田香歌说："正因为他欺骗了我，我才真正认识了他，我才愿意离婚。吃一次亏，未必不是好事。"

雨声更大了，田香歌给尉蓝倒杯水，接着说："人各有志，不能勉强。他想在城市里混片天地，我舍不得离开咱媳妇桥，老觉得开发好虎文化产业才是咱的正道。妈，从今天起我就不是你的儿媳妇了，可我依然喊你妈，往后你把我当作亲生闺女吧。我不会离开这个家，和您生活在一起，给您尽孝……"

第九章

1

麦穗走进小院把一篮青草放下，刚给山羊喂几把草，六岁的孙女蕾蕾就跑上来跟她打招呼。

麦穗高兴得满脸是笑，说："乖乖你来得正好，我还给你留着吃的呢。"说完就从屋里拿出十几个香蕉，说："你香歌姑给我送来的，我没舍得吃，专给俺蕾蕾留着呢。"

蕾蕾说："我不吃。今天是奶奶的生日，我不争奶奶的嘴。"

麦穗说："生日提前过了，前天你香歌姑送来一条清蒸鱼，说是给我庆生。哎，你这孩子咋知道今天是我的生日？"

蕾蕾说："听香歌姑说的呗。奶奶，我是给您送鸡蛋来了。"

麦穗惊奇，问蕾蕾哪来的鸡蛋。

蕾蕾扬扬得意地说："妈妈睡着了，我把她早上煮的茶鸡蛋给您拿了几个。"

麦穗不高兴，说道："这可不行，你咋能瞒着大人往外拿东西……"

话音未落，陶丽杏突然进了屋，气冲冲地喊"蕾蕾"，问："你从家里拿鸡蛋啦？"

蕾蕾理直气壮地说："今天是奶奶的生日，鸡蛋是送给奶奶过生日的。"

陶丽杏看看婆母，冷笑道："想吃鸡蛋告诉我一声，我不是不舍得给你吃，你何必教孩子去偷呢？"

蕾蕾接话："妈，你不讲理！"

陶丽杏眼一瞪，说："我咋不讲理了？不打招呼拿东西就是偷！"

麦穗说："丽杏，我就是一辈子不吃鸡蛋，也不会教孩子去偷。你问蕾蕾，我刚才吵她没有？你就是不来，我也得让蕾蕾把这鸡蛋拿回去。"

陶丽杏嘴一撇，说："咦——，说的比唱的还好听呢。我也不是小气鬼，鸡蛋不要了！"说罢转身就走。

陶丽杏走到院里，在那只山羊跟前停住脚步，从木橛上解开绳子要把羊牵走。羊叫着不肯走，引来了麦穗和蕾蕾。

蕾蕾跑得快，上前拦住说："你不能牵奶奶的羊！"

陶丽杏死不松手，说："我是该牵！"

蕾蕾说："我不让你牵！"

陶丽杏左手死攥着拴羊的绳，抬右手打了女儿一巴掌，然后抠开女儿的小手，死拉硬拽地把羊给弄走了。

蕾蕾坐在地上哭，满脸漆色的麦穗拉起她，流着泪说："别哭了孩子，那羊奶奶不要了，往后也省得割草了。"

2

山羊被陶丽杏拴在自家院内的杏树下。

这天，年轻媳妇秋石榴来串门，一眼发现这只山羊，二话没说捡起一根枝条就去抽打，把它打得"咩咩"直叫。秋石榴边抽打边喊："屋里有人没有？没有人我可把羊牵走了！"

陶丽杏不慌不忙地走出屋子，一手轻轻拍打着刚搓上营养霜的脸，一手拿着个烧饼大小的圆镜子，说道："喊啥喊？羊扯起嗓子一叫，我就知道是你秋石榴办的好事。不要了，你把羊牵走吧。"

秋石榴将枝条一扔，说："我才不要呢，谁去割草喂它？"

陶丽杏说："不是真给你，是要你牵走帮我卖了。卖了它，咱们买副麻将玩玩。"

秋石榴嫁给了西桥的鲍金砖，是陶丽杏保的媒，所以两人来往多，秋石榴经常来串门。秋石榴觉得陶丽杏很有手段，有点儿崇拜她，陶丽杏当仁不让，经常指使她干这干那。尤其是赵来好当上村主任之后，陶丽杏成了媳妇桥的"高干夫人"，秋石榴来得更勤了，"丽杏姐、丽杏姐"叫得格外自然、格外甜。今天陶丽杏吩咐她去卖羊、买麻将，她毫不犹豫地应承了下来。

3

陶丽杏霸占婆婆喂的羊，换回一副麻将牌，一时成了村民背后议论的话题。九奶奶听说了，老人家知道这家人的曲里拐弯，也知道这只羊是麦穗的精神寄托，怕她憋在心里憋出病，于是让人捎话叫麦穗来家一趟。

两人手扯手走到葡萄架下，坐在小凳上。

"来好他娘……"

"九大娘，别叫我来好他娘了，我没有这个儿子。你叫我麦穗吧，这是我的名字，我爱听这个。"

"中，中。麦穗哪，我是想你了。"

"九大娘，我也想您，可是我没脸出门见人，前世造的孽呀，养了个这样的儿子摊上个这样的媳妇，算在村里丢人丢透了！"

"你又没做出格的事，丢啥人？谁不讲伦理纲常谁丢人。"

"这么说，我不再生气啦。"

"别生气啦。往后你也不用再给羊割草了，有空儿就到我家来，我教你剪玩意儿，咱娘儿俩一起开心。"九奶奶起身抓住麦穗的手，让她去屋里开开眼。

九奶奶把自己的剪纸作品铺在桌面上，麦穗夸赞剪得好，说，没想到九大娘八十多岁的人了这双手还这么巧，这脑子还这样灵。

九奶奶说秀河说了，剪纸是艺术，可以去大城市办展览，这也是宣传媳妇桥的虎文化。

麦穗问能不能卖钱，九奶奶说当然能卖钱，可自己在乎的不是钱，只想着有空动动剪子心里就很愉快。九奶奶说："听秀河说，艺术能让人长寿。我不能光想着自己长寿，得拉着你麦穗一起长寿呢。"

麦穗笑了，问自己能不能学会。

九奶奶说："你人又不笨，咋学不会呢？只管学就是，有老师耐心教怕个啥。"还说让麦穗来她家跟着学，就在她这儿吃饭，两个人还能拉拉呱，免得寂寞

麦穗摇头说，整天吃您的这可不中。

九奶奶说："咋不中，还能吃穷了我？"

麦穗说："那倒不是，主要是跟着白吃白喝不自在。这样吧，我呢，该回家做饭还回家做饭，记住坚持来学剪老虎就是了。"

4

陶丽杏家的客厅成了"麻将俱乐部"，经常陪着她"哗啦哗啦"娱乐的是秋石榴、甜瓜、裘多嘴等几位。

五十多岁的老裘也是媳妇桥人，嘴有些歪可非常爱说话，久而久之大家都叫他裘多嘴，反倒忘了其真名。裘多嘴手上摆弄着麻将牌，嘴也不闲着，没话找话地开了口："弟妹，你这个陶丽杏的名字起得真不赖……"

陶丽杏搭了句："裘多嘴，你别点我的戏。"

裘多嘴说："咋是点你的戏，你这名字确实好。你看看，又有桃、又有

梨、又有杏，哪样都是好水果。"

秋石榴插话说："叫你个裘多嘴真没叫亏。你识字不？人家是姓陶的陶，美丽的丽，看你扯到哪里去了？"

裘多嘴说："扯再远也没出媳妇桥。啥这个陶那个桃，这个丽那个梨，还不都是一样，都是好桃好梨，谁听到都想吃，我也想吃。"

憋不住的甜瓜接上话茬说："老裘，想吃就伸长脖子去咬一口。"

裘多嘴说："此话差矣。丽杏是咱村主任的夫人，我岂敢跟弟妹儿戏，那还成何体统！"转脸问，"弟妹，没错吧？"

陶丽杏一时找不出合适的对答，秋石榴发话了："你老裘嘴要是不歪，就更多嘴了。"

老裘接道："等我这嘴歪得连着耳朵，话就说得少了。"

秋石榴催道："别多嘴了，出牌吧！"

轮到甜瓜起牌了，他叫着"给我来张'点子稠'"，陶丽杏立马不高兴了，有眼色的裘多嘴有话说了："甜瓜，你嘴边留个站岗的好不，啥来一张'点子稠'？非说这'点子稠'好听是吧？不怕扫住别人？"

"好了，你老裘别再重复了！"秋石榴冲着他说。

陶丽杏说："麻子脸才叫点子稠呢，都叫我点子稠，我脸上有麻子吗？"

裘多嘴说："应该说弟妹是心眼子稠。"

陶丽杏说："我心眼子稠也没对别人使坏，对谁都是凭良心。"她瞅见甜瓜想偷牌，提醒道："甜瓜别耍赖！"

甜瓜一本正经地说："耍赖我就不叫甜瓜了。"

陶丽杏说："不叫甜瓜还叫你田发？"

秋石榴说："谁给你起怎好个外号？"

甜瓜说："秋石榴，你是甜石榴还是酸石榴？"

秋石榴脸一黑、眼一瞪："我不和你闹着玩！"

甜瓜撇嘴说："噢，不酸？"

秋石榴将一张牌往甜瓜面前"啪"一拍，说："白皮！"

第十章

1

这是一个气爽天蓝的日子，年轻的媳妇们相聚在尉蓝家的院子里，嘻嘻哈哈，有坐有站，那块写着"幸福书屋"的牌子格外引人注目。

看大家嘻哈得差不多了，柳喜燕高喊"安静安静，该说正事了"，大家停止喧闹，把目光投向田香歌。

田香歌沐浴着阳光，满脸笑容地看着大家，说："学文化，能叫人脑子开窍变得聪明，也就是咱们这儿俗话说的精。有人说精人也能办傻事，我看他这个精不是真精，是假精、小精。大家要是不信，就先听我讲个故事。从前有个财主养了三个儿子。嫌儿子不够精，一天他给儿子们一人发一个元宝出外学精。且说三个儿子离家的第三天，财主就站在村口张望盼儿子学精归来。他望见大儿子扛着一杆枪回来了，心里很高兴，认为那就是学来的精。谁知道，大儿子走近父亲竟端枪瞄准，'嗵'的一声把父亲放倒了，——这是他用一个元宝在一个打兔子人的手里学来的精。接着二儿子担着铜锅挑子学精归来，见父亲的头烂了就忙用铜锅的手艺给父亲铜头，——这是他用一个元宝从一个铜锅匠那里学来的精。最后三儿子两手空空学精归来，见不少人围着死去的父亲哭，他便劝说：孩子死了，该他不成人，别哭了，哭死也没用。——这是他用一个元宝从那个劝说一个年轻媳妇哭死去婴儿的劝客嘴里学来的精。"

全场的媳妇们笑得前仰后合，两眼流泪。

田香歌又接着讲道："那个财主是个没有文化的笨人，所以不懂该怎么让儿子去学精。真懂的话，干脆让三个儿子去学堂念书多好，有了文化也不会去用元宝学那种傻人认为的精了。"她说到这里停下来，想听听在座人的议论。这时，有一些媳妇围绕着她的话题扯起来：

"香歌讲的这个笑话是编的，哪有这种傻事。"

"编的好，又开心又教育人。"

"说对了，是编的。"田香歌接上说，"下面我再讲一段不是编的，是真

048

人真事，也挺可爱的。"见大家静下来，于是她又开讲道：这个故事就发生在咱河寨乡一个村里，那是高级社的时候，村上的会计从上边领回几袋进口尿素，随便往家中一放就不管了，因为当时谁也不知道尿素是肥料，上边也没有交代清楚该怎样使用。一天，会计的老婆准备包饺子，调馅时一看盐罐里干干净净的，她怕耽误吃饭不想出去买，就捏捏一袋尿素，认为是盐，解开口一看尽是白白的小粒子，更确认是盐。于是抓了一些放在饺子馅里拌个均匀，接着就动手包饺子。饺子刚盛到碗里，会计回来了，说饿坏了，端起碗夹起饺子就吃，妈呀，咋这味呀！会计两眼一瞪问老婆：你调的啥馅？老婆答：猪肉粉条的呗。丈夫问：用的啥调料？老婆说：也没用啥调料，就从你带回来的袋子里抓点盐拌一拌。丈夫气得直跺脚：那不是盐，是尿素！你这个猪脑袋，咋不看看袋子上写的两个大黑字是'尿素'！老婆委屈地说：我咋认识是啥字？我又没进过学屋门。"

大家笑得前仰后合的，尉蓝也在笑，然后忍住笑解释说："那位会计的老婆现在还活着呢，有八十多岁了。他们村里把这事当笑话传了好几年，到现在，老辈人还说她的儿子能长这么高，全是靠尿素催的……"

院内又是一阵大笑。田香歌等大家笑够了，接着说："其实会计的老婆并不笨，可就是不识字。如今是没有人拿尿素当盐用了，可因无知闹笑话的还是不少。人得不断学习才行，远的不说，就说咱们农民吧，没有文化就不懂科学种田，就不能多打粮食。再说近一点，人一天三顿要吃饭，可做饭也很有学问，需要懂得饮食文化，需要科学饮食，健康是吃出来的，疾病也是吃出来的。再说喝，茶有茶的文化，酒有酒的文化。咱媳妇桥的虎王庙，实际上更是一种文化。虎文化是世代劳动人民创造出来的，意味很深。老虎有什么优点？一是英勇的大无畏精神，二是同类不争斗的团结品质，三是雌雄之间、老幼之间有爱心。所以，我国才有不少关于老虎的美好传说……"

这时，九奶奶和麦穗走进院子，大家连忙笑着迎接、寒暄，九奶奶从提兜里取出几幅剪纸作品，说是她和麦穗剪的，送过来给幸福书屋助助兴、添添色。

尉蓝抓住九奶奶的手，请求说："待会儿，请您给大伙儿讲讲，抗日战争时您画老虎的事。"

2

媳妇桥除了有远近闻名的虎王庙和庙里那尊神通广大的石虎，据说还有一幅以老虎为题材的古代名画。尽管谁也没有亲眼见过这幅画，但百十年来一直传得神乎其神，让大家坚信它的确存在。

1941年，侵华日军占领了商元市。不久，关于这幅画的传说就传到了黑山野岛中队长的耳朵里。黑山野岛对中国字画、瓷器很是痴迷，在中国的大地上他一路行军一路强取豪夺，对这幅充满传奇色彩的作品自然不会轻易放过。

这天，黑山野岛亲自带队，气势汹汹地来到媳妇桥。在村头，首先吸引他的是古色古香、气度轩昂的虎王庙。日本人天生迷信，崇拜各种神灵，所以等他似懂非懂地听完翻译的介绍，就决定进去拜拜虎神。

翻译也是日本人，名叫小林会中郎。小林见黑山野岛兴致挺高，就领着他到处转，把虎王庙的碑刻、匾额都给翻译了一遍。黑山野岛的兴致被吊得高高的，下决心非要弄出那幅画的下落来。

一行人进村后闹得鸡飞狗跳的，终于挨家挨户把村民们集中到了十字街口，其中多是妇孺和老弱者，因为村里的青壮男人有的在外谋生，有几位已经悄悄加入了抗日游击队。

媳妇桥地处偏僻，当时光听说"商元被老日占了"，很多人并没有见过日本兵的模样。今天突然来了一伙日本兵，长枪短炮大狼狗，村民们一下子都蒙了，猜不出鬼子兵要干什么，大家伙儿忐忑不安地站在烈日下，胆子小的已经浑身开始发抖。

黑山野岛站在石碾上，扶着东洋刀哇啦哇啦地讲着"鸟语"。听了小林的翻译，才知道是逼村里交出那幅古画，小林恶狠狠地说："太君说了，要画就别要命，要命就别要画！"

别说大家对这幅画只听说过从来没有见过，就是有，先人传下的珍宝也不能交给日本人啊！于是大家都不言语。

双方在十字街口默默对峙了半个多时辰，黑山野岛终于失去了耐心，忽地抽出东洋刀，通过翻译发出通牒："再给大家十分钟的考虑时间，要画就别要命，要命就别要画！否则，通通枪毙！"话音刚落，鬼子兵的机枪就把全村人围了起来。

3

黑山野岛气哼哼地抽完一支烟，看大家还是没有交出古画的意思，就猛地举起了指挥刀，村民们吓得有的哭有的叫，有的则绝望地闭上了眼睛，可谁也没辙。

眼看几百口村民就要倒在血泊中，一个年轻女人突然从人群中站了出来，大声说："放下枪，这幅画在我家，我马上拿给你们！"

黑山野岛听说东西有了下落，立即下令机枪手退回原地，脸上开始堆满假惺惺的笑。

年轻女人是刚过门的新媳妇，名字叫大九。其实大九家哪有什么古画呀，只是她眼看情况紧急，求人心切，决定自己冒险，糊弄糊弄鬼子兵，看能不能渡过眼前这道难关。

四名鬼子兵奉命押着大九去取画。大九刚才已经想好了，自己平素喜爱剪纸，嫁到媳妇桥之后受虎文化的感染，最近创作了不少以虎为题材的剪纸作品，她决定以此唬一唬这些鬼子兵。

开门回到家中，大九看了看墙上那几幅剪纸，又想了想，决定拿自己前天勾的一幅草稿去唬鬼子。这张草稿画在家里裱糊窗户用剩下的高丽纸上，画面主题是一只下山虎，周围穿插着山石、流水、青松等配景，大九自己很是满意。她有些可惜地卷起画，跟着四名日本兵回到十字街口。

黑山野岛打开画卷，反复看了半晌，先是惊喜，接着脸色一变，满脸杀气地嘟囔着什么，翻译官赶紧两头翻译："太君说，这是张假画！如果不马上交出真品，太君要枪毙你全家！"

"就是这幅画！"

"真的？"

"真的！"

"那么，这只老虎这么凶猛是要干什么？"

"是要吃鬼，这是虎王爷派给它的差事。"

"是虎王爷？"

"不信是吧？那你就去问虎王爷吧。"

黑山野岛又看了看手中的画，对小林说："你，好好看一看，它到底是不是真迹！"

小林应了声"是"，接过画认真地观看。小林的父亲是个中国通，长期在中国经商，小林本人曾在长春读书，对中国传统文化情有独钟，学习过书法、中国画，能够分辨、鉴别中国古画。大九拿来的这幅画，纸张、墨色全不对，更没有题跋、印章，可以糊弄黑山野岛，但瞒不了他。然而他最终还是决定瞒下真相，一是因为他并不讨厌中国人，二是因为他知道黑山野岛穷凶极恶，不满足其要求今天真会血洗媳妇桥，而且以后还会有很多中国人因为古画的传说而家破人亡，这样的话自己也太造孽了。想到这里，他肯定地对黑山野岛说："报告队长，这幅确实是中国古代字画，艺术水准很高！"

黑山野岛哈哈大笑，把画卷好交给卫兵。这帮鬼子又从村里抢了几只羊几头猪，扬长而去。

看着鬼子走远了，大九腿一软，瘫坐在地上。众乡亲找来一把椅子抬着她，一路感激一路赞叹，把她送回了家。

4

小林并没有随黑山野岛一行离开媳妇桥，而是在队伍路过村头虎王庙门前时，他转身溜进了虎王庙。因为路上不需要翻译，黑山野岛暂时没有发现。

小林甘冒军纪处罚溜进虎王庙，是因为虎王庙里的一切牵住了他的心，尤其是大殿上那幅名为《百虎图》的壁画让他叹为观止，上午来时得跟着黑山野岛的步点走，他根本没有看够，所以刚才路过庙门前时，走在队尾的他像是被一股神秘的力量牵住了魂儿，想也没想就转身走了进来。

进了大殿，小林对着虎王爷、虎王奶奶的神像再次拜过，就开始慢慢悠悠、有滋有味地欣赏起壁画。

5

这支日军既要赶猪又要牵羊，行进速度并不快。等小林气喘吁吁地追赶上队伍时，天色已近黄昏，一行人正停在河寨集南门外，黑山野岛在满世界找小林。

原来，黑山野岛越想越觉得今天得到的这幅画很蹊跷，和自己已经搞到的中国书画大不一样，担心上当受骗，想喊小林上前再看个究竟，却发现小林不在队伍中。

小林被带到黑山野岛面前，黑山野岛板着脸问他刚才去了哪里。

"报告队长，我刚才去虎王庙又观摩了那幅壁画，那壁画的艺术水平实在是高超……"

"你在骗我！说实话，到底干什么去啦？"

"不敢骗队长，真的不敢。"

"真的不敢吗？"黑山野岛展开手中的画，"你说，这真是那幅中国传世名画吗？"

小林知道黑山野岛已经看穿了这幅画的秘密，自己多说无益，于是站在黑山野岛面前闭口不语。

满脸怒气的黑山野岛上前把小林的枪摘下，抬手抽了他两耳光，说："你现在转身回媳妇桥，告诉那些刁民，如果明天中午之前不交出真迹，我们皇军要让媳妇桥从地球上消失！"

小林肃立在原地不语也不动，黑山野岛恼羞成怒，对着小林歇斯底里地咆哮着"向后转！齐步走"，等小林转身走出去十几米，失去理智的黑山野岛对着小林开了两枪，小林像只布口袋一样趴在地上一动不动。黑山野岛将手一挥，带着这伙鬼子进了河寨集。

6

大九冒险救了全村几百口人，到家刚把抬她回来的乡亲们送走，一转身才发现家里来了两位不速之客——抗日游击队的侦察员。

游击队一直在村子外潜伏着，苦于敌众我寡、乡亲们被控制在敌人的枪口下，一直无法行动。侦察员赞赏了大九的机智、勇敢，这时有人过来报信说，发现那个翻译官独自一人出了虎王庙，两位侦察员决定悄悄跟上他……

日军队伍中刚才发生的一切，都被这两位侦察员远远地看在眼里。等黑山野岛带着队伍进了寨子，天已经完全黑了，两人走近被击毙的小林，意外地发现他还有微弱的呼吸，于是赶忙扒掉他的上衣，把衣服撕成条包扎住伤口，两人轮流背着他一路来到虎王庙。

日本三八大盖穿透力强，所以子弹并没有留在小林体内，只是伤口不停流血。当晚，闻讯赶来的大九配合着游击队战士，用土法先处理了伤口、止了血。小林疼得满脸冷汗，也感动得直流泪，和盘托出了黑山野岛的罪恶计划。

这一重要情报被连夜送到了县大队。两天后，带着队伍气势汹汹要来媳妇桥的黑山野岛，路上被游击队打了埋伏，几十个日军除了举手投降的，其余的全被飞虎将军带到了另一个世界。黑山野岛趁乱溜进了一片灌木林里，刚想坐下来喘口气，正好被潜伏在这里准备接应伤员的大九候个正着，几个媳妇围上来，一通乱棍把黑山野岛打得血肉模糊地回了东洋老家。

小林随几位俘虏被送到了根据地，在那里疗伤、康复。

这以后，村里有了民兵组织，有了党组织，大九事事不落人后，成了受人尊敬的传奇英雄。

大半年后，小林重新回到媳妇桥，一是感谢大家伙儿的救命之恩，二是住进虎王庙开始研究、临摹壁画。没事的时候，小林就在村里转悠，吃百家饭，也帮百家干活，直到抗战胜利后，小林因为思念年迈的父母，才告别第二故乡回到日本。

岁月荏苒，新媳妇大九渐渐成了老态龙钟的九奶奶。

7

九奶奶坐在尉蓝家院子里回忆完这段往事，笑眯眯地看着村中的几代媳妇，说："毛主席说妇女能顶半边天，那个年代的妇女没有文化呀，叫我说，妇女学了文化长了本事立下志气，能顶整个天！"

院子里响起了热烈的掌声、开心的笑声。

第十一章

1

江浪生又夹着皮包来到媳妇桥。

站在陶丽杏家的院子里，他故意高声咳嗽几声，女主人出屋门就回了个见面礼："吭，吭个啥，装得像个大领导大老板！这回又是空着手来的？"

江浪生嬉笑着，掏出一枚黄亮的戒指，拉着她的手要帮其戴到手指上，说："纯金的，相中相不中？"

陶丽杏一把夺过来，说："纯金个屁，我看像是铜的。"

江浪生一本正经地说了句"骗你我是狗"，心里却笑：哪有闲钱给你买金戒指，就这也是我从地上捡来的。

陶丽杏嘴上说着"我看这狗你当定了"，但心里美滋滋的，这至少能说明江浪生在想着她。她看看江浪生，说："你可有些日子没来了，我还以为你再不来了呢。"

上次江浪生来媳妇桥，在陶丽杏家住了两天，发现田香歌是个让他满意的目标，于是就央求陶丽杏做媒。

陶丽杏满口应承，说这就去找田香歌。谁知无论她生什么法子，也请不动田香歌来与江浪生见面，最后江浪生扫兴而归。不久田香歌就嫁给了林防风，江浪生以后再也没来过媳妇桥。

江浪生今天突然来了，陶丽杏知道他从来都是无事不登门，于是问："说，这次来，想求我办点啥事？"

江浪生说："不办啥事，我是特意来向姐报告消息的……"

2

江浪生刚走，秋石榴就来找陶丽杏，汇报村里众媳妇在尉蓝家聚会的情况。秋石榴刚说个开头，陶丽杏就打断她说："江浪生刚才说，林防风跟田香歌已经离婚了！"

"啊，"秋石榴很吃惊，说，"不可能吧？要真是离婚了，田香歌咋一点儿反应都没有？咋还又说又笑地召集大家去聚会？咋还能有心思又是动员大家学文化又是号召发扬虎精神的？"

陶丽杏说："她这是在强打精神，看吧，她很快就得像放了气的皮球一样瘪下来。江浪生说，林防风在市里找了个很不错的工作，和一个叫白露的美女订了婚。还说，白露的舅舅是个有权的官儿。这小子真有福，等着瞧吧，往后准能步步高升。"

秋石榴也夸林防风运气好。

陶丽杏说，秋石榴你的好运也来了。

秋石榴半信半疑，问："我的好运在哪儿呢？"

陶丽杏说："田香歌刚过门就被男人甩了，还咋在媳妇桥待？这个江浪生一直喜欢她，你去帮帮忙，能把这事撮合成，江浪生不会亏待你的。人家江浪生，可是个有神通的大记者……"

3

通过秋石榴的嘴巴，裘多嘴也知道了林防风和田香歌离婚的消息。

大事小情到了裘多嘴这儿，就等于上了信息传播的高速公路。不大工夫，这事儿就传遍了全村。

按说，甜瓜也应该知道妹妹的婚变，可他看起来像没事人似的，照样去陶丽杏家打麻将。

一圈没打完，满脸带气的夏豆花闯了进来，进门就喊："甜瓜，你还要鼻子要脸不？天天除了打牌，还有二事没有？你的小卖部还要不要？"

"你瞎号个啥？"甜瓜看也不看夏豆花，手上摸着牌，嘴上应付着，"小卖部小卖部，屁大个生意你自己还不中？"

夏豆花没好气地说："我可不守你的小卖部，压根儿我就不同意你干这生意。我看，你做这生意，纯粹是为了自己吃喝方便！"

甜瓜依然没有正经话："赚钱不赚钱，落个肚里圆。"

"你是人还是猪啊？参加吃会是为了吃，干小卖部还是为了吃，不吃就打牌，家中天大的事也不管！"

"走吧，走吧，你快些走吧！等我赢了钱，明年三伏天给你买件大花袄穿。"甜瓜撂出这句话，逗得在场的几位大笑起来。

秋石榴插嘴说："三伏天穿大花袄，保准儿能孵出小鸡。"

夏豆花气得头上冒火，猛瞪秋石榴一眼，转向甜瓜严厉地问道："甜瓜，你说你走不走？"

甜瓜说："哎，越说你白你越往灯明处站。我不走，你咋着吧？"

话音刚落，夏豆花就将麻将桌给掀翻了。

这下惹恼了秋石榴，她抬手指着夏豆花大吼："你耍啥野蛮？这不是你的家！"

夏豆花理直气壮地说："聚众赌博，还有理了是吧？"

陶丽杏搭上腔："你夏豆花有理，行吧？去乡政府告呗，我在家候着。"

夏豆花高门大嗓地说："该告自然去告，看我不知道乡政府门朝哪是吧？！"

甜瓜嬉皮笑脸地说："吵吧，吵吧，母鸡斗架，该阴天了。"

裘多嘴站出来劝和："甜瓜别说没用的话了，跟你媳妇快走吧！散伙，散伙……"

4

回去的路上，甜瓜和夏豆花都气哼哼的，互相瞪着眼。

甜瓜说："看你冲的，叫我回家能有啥大事，天塌啦？"

夏豆花说："你妹妹离婚啦，这事还小？"

甜瓜一惊："离婚啦？真的假的？那你找我有啥用，快去打电话让咱爹回来！"

第十二章

1

田牛力得信儿很快就回到了媳妇桥。

夏豆花按照公爹的指令，快步赶到东桥尉蓝家，一把抓住田香歌的胳膊，说了句"咱爹为你的事回来了"，就往外走。

田香歌没说什么，服从地跟着嫂子走。尉蓝没有来得及说话，目送她们姑嫂离开后，独自一人站在院里发呆。

2

田家人聚齐了，全是不愉快的面孔，各自心中都窝着别扭。

田牛力气呼呼地说："林防风真不是个东西！刚把你婆进门就离婚，他捏住你啥错啦？"

夏豆花接道："他捏不住香歌任何错，他是花花公子，我看是叫市里头的小姐勾住魂了。"

田牛力说："他欺负人欺负到家了，看姓田的没钱没势是吧？我跟着建筑队干小工，是混得不咋地，可我照样能搬兵打得他鼻青脸肿！"

蔡芹瞅了老头子一眼说："说这话顶啥用，眼前还兴搬兵打人吗？"

田牛力不服气地说："不兴打好人！"

蔡芹没好气地回应："看你多能！"

田牛力不再理睬蔡芹，继续说："她尉蓝当过多年干部，能说自己不懂道理？怎么连儿子都管不住了？她是管不住还是不去管？这不是明明要给姓田的难堪嘛！"

蔡芹又接话说："说话别上联下挂的。凭良心说，尉蓝那人不坏。儿大不由娘，现今的孩子是服管的？你能管住自己的孩子不？"

田牛力被老婆的话敲到了麻骨上，顿时没词了。是呀，他也管不好自己的孩子，甜瓜不听他的话，闺女也不听他的话，叫他很伤心，所以不想回这个家。只是这次不能不回来，闺女发生这样的大事，当爹的不管谁管？他粗粗地出口气，心想这回非让闺女听自己的安排不可。

夏豆花说："初听到香歌离婚，我这心就像刀子剜一样，恨不能去把林家点火烧掉！我也生香歌的气，都这样了，为啥不来娘家搬兵？为啥还住在林家？为啥那天还召人去聚会，像没事人似的，又是讲笑话又是动员大家学文化？你看你这事办的！"

甜瓜开始说话了："林防风这人吧，我压根儿就没看中，当初也估不透香歌是咋着了。现在清楚了吧？这小子露馅了吧？我没看错吧？当初以我的意见，那个江浪生多合适，人家是个记者，多好的条件。可你硬是不理睬，唉，现在还能有啥好办法……"

夏豆花打断甜瓜说："你提那个江浪生干啥？我看他也不中。别的先不说，光那个吹劲就不靠谱。"

3

柳喜燕急匆匆地从西桥去东桥，路上遇见人也不打招呼，径直闯进尉蓝家。

她刚刚听到田香歌离婚的消息，肺都快气炸了，这回必须为好朋友打抱不平，先来找尉蓝算账。

柳喜燕见到尉蓝，二话不说就扔起了"炸弹"，说尉蓝纵容儿子欺骗田香歌，说尉蓝掩盖两人的离婚真相，说尉蓝扣住田香歌不让离开，说尉蓝失去了老党员的风格……尉蓝一句话也不说，眼含泪水，脸色沉重，既像是认真地聆听柳喜燕的严厉批评，又像是我行我素地在想心事……

柳喜燕疾风暴雨地发泄完不满，就离开了尉蓝家。

回到自己家，她的丈夫——媳妇桥村小学校长苗秀山正在看书，意犹未尽的柳喜燕拉起他，要他帮田香歌想办法。苗秀山说，解铃还须系铃人，开方子总得先问问病人吧？建议她最好能和田香歌推心置腹地谈一谈，然后再说其他的。

柳喜燕搓着手说："对呀，我算是被林家这娘儿俩气糊涂了！我这就去找香歌。"

4

田香歌今晚第一次对全家人谈起了自己对感情问题的真实想法。

说完自己对这场婚姻的态度，田香歌说："多少年来，干妈为村上、为大家操碎了心，这是人人都知道的，大家都承认她是媳妇桥的功臣。她现在老了，身体又不好，身边需要人。我在她身边比较合适，因为俺俩很有感情，所以我不打算离开她……"

田牛力大发脾气："够啦！够啦！你别任性了……"

这时柳喜燕正好进来，他不想家丑外扬，只好又低头抽起闷烟。

柳喜燕说："大爷您刚进家，先歇歇、消消气。我看要不咱这样，让香歌姐去我家坐一会儿，大家都冷静冷静，着急、生气有啥用？"

田牛力不语，一口一口地抽烟。蔡芹说话了："喜燕说得对。香歌，你就跟喜燕去吧。记着，人家劝你是好意，听人劝吃饱饭。"

夏豆花也说："你跟喜燕去吧。"

5

一进屋，柳喜燕就得意地说了刚才去教训尉蓝的事儿。

没想到田香歌埋怨起她来，说这事做得真不该。

柳喜燕生气地说："你真不识好歹，我好心落个驴肝肺。"

"知道你是为我好，可她是无辜的！离婚不离家是我自个儿的主意，没谁硬拦着我。走吧，咱一块回去，你给干妈解释一下……"

"啥？叫我去赔情道歉？"

这时苗秀山从里屋走出来，说："香歌说得对。喜燕，我看你们一起去吧，其实也就几句话的事儿。"

柳喜燕说："刚才我去，说话确实不好听，有不少过头话，道歉也行！不过，我对你有几句话得先说出来……"

田香歌点点头。

柳喜燕说："你已经不是林家儿媳妇了，年纪轻轻不能孤身到终老吧？总还得嫁人吧？所以不能再在林家住下去了，要不以后还咋嫁人？你的婚姻问题，我帮你在《家庭》杂志上发个征婚启事，要求男到女家落户，咱还得来个优中选优。你干妈的养老问题，她有儿子，实在不行俺两口子可以帮助。你放心，我会像你一样尽心尽力的。秀山，你没啥意见吧？"

苗秀山说："我看，你还是先听听香歌的意见。"

田香歌说："现在，我不是她的儿媳妇了，但我可以是她的闺女，闺女理所当然应该照顾妈。至于再婚问题，我现在不忙着考虑，更不需要征婚。"

苗秀山说："喜燕，人和人之间的情感，有时候是外人琢磨不透、理解不了的。"

田香歌说："喜燕，我和干妈之间的感情，有时间了咱再细说，现在你还是先去见见她吧……"

柳喜燕说："行，现在就去！"

6

在甜瓜小家居住的院子里，夏豆花正坐在水盆前收拾新买的鱼，田香歌来了，是娘让她来的。

夏豆花说："咱爹到家光顾着生气、发火了。他爱吃鱼，我让你哥去弄了几条，等做好了给爹送去。你就在这边吃吧，免得再说他不爱听的话。"

田香歌抿嘴笑。夏豆花又说："爹说咱姑嫂俩对脾气，要我劝劝你。咱爹这个人呀，别看他对你凶，可心里疼你疼得不掺一点儿假。"

田香歌剥着葱，说："这我知道，我一直感激他。"

夏豆花说："离婚的事，就别多说你。爹想让你走出去，在市里找个体面工作，找个合适的对象。"

爹这个意思其实田香歌早明白，只是父女俩还没有当面说透。爹也知道她可能不会同意，才变着法想让她同意，她最了解爹的倔脾气。可她既不愿离开媳妇桥，又不愿意伤害老人，上次的家庭风波就是两方各不相让造成的，这次如何是好呢？现在嫂子提出来了，她决定听听嫂子的看法："嫂子，你的意见呢？"

"我看你就别再跟爹打别了。你不是常跟我说要讲团结吗，家庭里更要讲团结，和为贵嘛。"

"嫂子，看你扯到哪儿去了。照你这么说，不是想让我离开媳妇桥吗？你忘了我以前是怎么对你说的啦？"

"你以前说的我都赞成，可是现在……现在不是情况变了嘛！"

"啥变化，不就是我和林防风离婚了？这不是啥大不了的事。要知道，我扎根媳妇桥、发展虎文化产业的思想一点儿没有变。要说变，我看是嫂子你变了。"

"看你说的，我咋变了？"

"你是不是不想参与媳妇们的活动了？"

"我的妹妹，你呀！说句心里话，我一向都是支持你的，可是现在我支持你走出媳妇桥找个合适的工作、合适的对象。"

7

姑嫂俩端着冒热气的鱼、馒头和酒进来时，田牛力正在床上躺着想心事。

060

夏豆花开口说："爹，鱼给你端来了，趁热吃吧。还有酒，你也喝点。"又喊院子里的婆婆一起吃。看田牛力一不动弹、二不搭理，夏豆花又说："爹，您吃了再睡吧，别让鱼凉了。"

面朝里的田牛力开了口："我的话，你对香歌说没？"

"说了。"

"她咋说？"

"爹，您吃了饭再说这事儿吧。"

"我听你说了再吃饭。"

田香歌说："爹，您吃过饭再说多好。"

田牛力起身坐起来，看着女儿，问："你还是不同意，是吧？"

这时蔡芹进屋，连忙插话："他爹，孩子知道你爱吃鱼，一片孝心给你做好端来，叫你吃你就吃，吃了饭有多少话不能说？来，我也吃。"

田牛力腾地跳下床，大声说道："老东西，你别跟着瞎搅和！不听听香歌的意见，别说吃饭，我不活的心都有，懂吗？"说罢拿眼瞅着香歌。

爹那发怒的眼神让香歌发怔，她紧闭着嘴巴不出声。田牛力指着闺女说："还叫我咋对你？就差没把心扒出来让你吃！我在你哥跟前落个偏心眼，这我承认，我看闺女有出息我就得偏！我不图你以后孝敬我，只图让田家有个出息人！你明明能考上大学，结果去为别人办好事，白白耽误了，你说这能不叫我伤心吗？还好，后来你自学个大学毕业证。我让你去市里找工作，花多少钱我都舍得，可你硬是不听，硬是不离开媳妇桥！我拿你没办法，又依了你。你要跟林防风那小子结婚，你叫你嫂子跑到工地上问我有啥意见，我说没意见，只要你能好好过日子。这可好，几天就离了。离就离呗，我能说个啥？你竟不舍得离开林家！这一回，我劝你无论如何得走出去，你还是死活不听。我不能再迁就你啦，再问你最后一句，我的话你听还是不听？"

田香歌眼里闪动着泪花，一句话也不说，她明白此时既不能屈服又不能火上浇油，沉默是最稳妥的对策。

父女默默对峙着，田牛力突然弯腰从床下拿出一瓶农药，往桌上一蹾，问田香歌："你喝，还是我喝？"

夏豆花声音发颤，说："爹，你这是干啥？"她要去拿农药瓶，被田牛力伸胳膊挡住，呵斥她"往后站"！

蔡芹带着哭腔说："这药我喝，我死了都心静了！"

田牛力抢先抓住瓶子，说："我先喝，你后喝！"

千钧一发之际，田香歌事先请的"外援"及时来到——柳喜燕和苗秀山扶着满面怒色的九奶奶进了田家。

九奶奶大声喝道："田牛力，你疯啦！"

夏豆花忙给九奶奶让座、敬茶。

田牛力看着九奶奶，说："九大娘，我不是疯了，是……"

九奶奶打断田牛力："你说的那些，我站在门外全听到了。这会儿，我想听香歌说说。"

田香歌说："刚才父亲说的都是实话，他给了我生命，辛辛苦苦养我教我多少年，我终生感恩不尽。还有咱媳妇桥村，对我的养育之恩我也要报！我觉得，爱父母、爱家乡很多时候是一回事儿。媳妇桥至今不富裕，我觉得一是因为咱这儿的村民思想不开放，二是因为大家尤其是妇女们的文化不高能力不强，三是资源没有充分利用，太可惜了！到底如何开发咱村独有的资源，组织大家学文化学科学是个好办法。其实这是我干妈想起来的点子，找我谈了之后，村里专门成立了村民文化小组，目的是要组织媳妇们开发虎文化产业。画虎、剪纸都是文化，有教育意义，有经济效益……"

九奶奶听得满脸红光，把手中的茶杯递给田香歌，鼓励道："说得好，来，润润嗓子。"

田香歌接过杯子喝了两口，看看九奶奶。九奶奶没有多说话，但她老人家的到来打破了田牛力的一言堂，使田香歌有了充分说话的机会，使田牛力不得不耐着性子听完。真听完了闺女的话，田牛力琢磨琢磨，觉得也挺有道理，于是心理上就默默有了转变。九奶奶对这些看得明白，得让田牛力有时间静下来细细思考思考，还得给他个体面的台阶下。她稍加暗示，一行人就先后找理由离开了这间屋子，留下田牛力一个人躺在床上想心事。

过了约莫一个小时，田香歌走进房间，说："爹，鱼热好了，酒也倒上了，您起来吃吧。"

田牛力喘了口粗气，起床，踱到桌前，有滋有味地吃着喝着。

田家院墙上爬满了绿色的扁豆蔓，花儿点点，角儿串串。蔡芹大清早端着筐子去摘扁豆角，这时来了个串门的。

蔡芹见是秋石榴，乐呵呵地招呼去屋里坐。

"不用。就在这儿站会吧，帮你摘摘扁豆角。"秋石榴说着就动起手来，

"哎，俺叔呢？"

"他一早就走了，不想多耽误工地上的活。香歌送她爹去了。咋，找你叔有事？"

"我是想和你说个事，怕见不上你，才一大早就来了。"

"啥事？"

"是这样，我想给香歌妹介绍个对象。"

"这是好事。不过得知根知梢，啥心眼啥脾气要摸清，可不敢嘴上说得蜜蜜甜，心里另打小算盘。"

"你放心，我介绍的这个可不是那号人。"

"这事你得对香歌说，我可做不了主。"

"那也不能越过你这道门槛，做主自然是香歌，你最少也得当个参谋嘛。"

"你提的是哪村的？"

"村里的哪配我妹子，是市里的。"

"香歌说了，她不去市里找对象。"

"男的情愿到女家落户。"

"那何苦，他是干啥的？"

"是个记者，这可是上等差事。"

"我可弄不懂记者是干啥的。"

"你不懂香歌懂。对了，他叫江浪生，你听听这名字起得多好，一听就是个学问人……"

秋石榴一边说着一边悄悄观察着蔡芹，自认为蔡芹已经被吹得迷迷糊糊。

夏豆花来给婆婆送早饭。看见秋石榴，夏豆花的脸色立即由晴转阴，她知道这个人的来意——裘多嘴已在满世界传播秋石榴正生着法儿要把田香歌介绍给江浪生。昨天晚上，甜瓜也叫她动员妹妹同意那个江浪生。她明白，这都是陶丽杏、秋石榴点的捻子。

夏豆花本就跟陶丽杏、秋石榴一干人不对眼，没想到秋石榴居然一大早登门捣鼓这事，于是冷言问道："秋石榴，你来干啥？"

蔡芹说："石榴来给你妹妹提媒，说的人我听着挺好。石榴，你再对豆花细说说。"

"不用说了，我都知道！你吃饱撑的啦？盯住我妹妹不放！告诉你，嘴不尖别想吃磨眼里的食！"

秋石榴哪是肯吃亏的人，出口回应："你属驴的是吧？张嘴就不会叫唤点儿好听的！"

夏豆花怒火上头，指着秋石榴："你敢骂我？反了你啦，你给我滚！"

秋石榴说："没见过你恁不礼貌的人……"

夏豆花"呸"了一声，说："你是啥人？除了打麻将、说媒，还会干啥？"

秋石榴瞪着眼说："我打麻将你管不着，你男人打麻将也不是我勾引的。你想管他，就把他拴在腰带上！我说媒咋了？不欺不骗，你有本事也说去！"

话不投机，两个女人居然扭打在了一起。

"不能打！不能打！"蔡芹大声喊着。可谁也不听她的劝，直到几个邻居闻讯出来，才把她们拉开。

第十三章

1

村主任赵来好，最近时常感到后怕，为此常常失眠、做噩梦，搞得自己精神不振。这种症状没法对别人说，估计世上也没有对症的灵丹妙药，思来想去，他为自己开了个处方：要生着法子开心，要多结交能够遮风挡雨的朋友。

打定主意，赵来好经常跑到河寨集，钻进乡政府大院，见人就点头哈腰地敬烟，跟能搭上话的领导主动汇报工作，主动邀请人家下馆子。推杯换盏，称兄道弟，他还真交了几个官场朋友。他觉得，自己有了保护神，时常感觉后怕的症状自然有所减轻。

2

这天晚上，陶丽杏正嗑着瓜子看电视，赵来好跟跄着回来了。她有些不高兴，问："乡政府开会，还能开到半夜？"

赵来好解释："会早散了，和副书记刘善水喝了一场……"赵来好话说半截，满屋子找水喝。

陶丽杏拿起遥控器，换个台说："今天你不在家，没看成热闹。"

赵来好吸溜着嘴喝热水，问："咋了？"

"香歌她爹回来了，好家伙，把家闹得天翻地覆。"

"办过了离婚，再闹也没用。"

"听说田牛力非喝毒药不中。"

"可别闹出人命来，我得去看看。"

"别去了，已经平息了。"

赵来好这才坐下，接着喝水。

"吃的啥好东西，这么渴？"陶丽杏问他。

赵来好笑笑说："还不是鸡鸭鱼肉。乖乖，刘善水能吃能喝，怪不得都说他是河寨乡第一馋嘴猫。"

"又是你花的钱吧？"

赵来好把水杯放在桌子上，说："我不花谁花。刘善水是副书记，又是分管媳妇桥的片长，还是苏果的连襟，不喂好这尊神会中？"

陶丽杏说："刘善水来媳妇桥，咱让他大吃大喝。你去乡里，还是咱花钱请他……"

赵来好说："不吃不喝哪来的感情？放心吧，我这是工作，搁村里报销就是了，咱还能多报几个花花！"

陶丽杏嗑着瓜子，说道："看来，啥好都没有钱好，干啥都不如当官儿！"

赵来好赞同地说："这是当然。"

陶丽杏眼珠子转了转，说："我问你，藏在老黄河里的石虎还打算捞不？这可是一笔大买卖。"

赵来好说："捞啊，没忘。"

陶丽杏说："告诉你，田香歌可一直惦记着呢，她和柳喜燕都下河摸过几次了，等她们捞出来你就傻了。"

赵来好说："她们是为公，能大模大样地去捞。咱是为私，得悄悄地去，得瞅合适的机会才能动手。你放心，她们摸不着，那家伙早沉在泥里了。"

陶丽杏埋怨说："你一直想发这笔财，想到今天也没到手。"

赵来好说："你呀，几年前就逼着我去捞。不是你逼，我还能去干包工头？"

陶丽杏说："亏我把你逼出去，要不然能为这个家打下底子？要不然，现在别说当村主任了，当个村民也是下等的。"

陶丽杏这番话仿佛戳到了赵来好的伤口，他一反常态，气急败坏地说："提那事干啥？一提我就害怕。"

陶丽杏说："怕啥，不会有人来找你讨债了。"

赵来好点点头说："也是。不过一想起来，心里还是怕。"

然而这一夜，赵来好还是失眠了。

3

当初媒人给陶丽杏说媒时，把赵来好夸成了花。赵来好也一眼看中了她的漂亮、精明，拼命追她：对她花钱很大方，说话也中听。他说自家是村中数一数二的人家，房子建得气派，银行里有存款。他还说自己会疼人、能挣钱，三下五除二就俘获了她的心。

等到嫁过来她才知道他说过的那些话水分很大：他爱她倒是真的，家里房子气派也不假，可房子是老爹辛苦打工多年又借了外债才建起来的。家里是有过存款，可为了建房、为了娶她过门早就花空了，眼下倒欠着数千元的银行贷款。至于他说的能挣大钱，居然是想瞅机会偷偷把老黄河里的石雕打捞出来，"运到广州，卖给外国人，咱就发了！"

刚结婚那几年，陶丽杏跟着赵来好实实在在地过了几年紧巴日子，心里烦透了。有段时间，看着牙牙学语的女儿蕾蕾，她不住地想：我咋就跟他结婚了呢，图他个啥？

她终于决定不再考虑孩子，对赵来好下了最后通牒：要是不赶紧给她弄来三万块钱，俩人就离婚。

赵来好请妻子指条挣钱的路，陶丽杏说："点子你自己想，能给我挣钱就行。挣来钱我就跟你好好过，挣不来钱咱就拉倒！我闭着眼也能摸上一个比你有钱的男人。明说吧，我图钱！"

赵来好愣了傻了，结结巴巴地说："三万块，三万块，一时半会难办呀……"

陶丽杏说得更难听了："难办就别要媳妇，要媳妇就别嫌钱难办！挣来钱，你就是我的男人！"

说到最后，她把赵来好轰出了家门。

4

大半年后，赵来好回来了。

他一进院子就高兴地喊："媳妇，我回来了。"

陶丽杏啥话没说，先问一句："带回来多少？"

赵来好偎近媳妇，贴着她的耳朵小声说："三万！"

陶丽杏欣喜若狂，紧紧抱住他，娇声娇气地说："你真是我的好男人……"

三万块现金交到陶丽杏手上，世上立即多了一对恩爱夫妻。

是夜，两人亲热前，赵来好吞吞吐吐地交代了这笔钱的来历，有点儿忐忑地说："怕就怕，那班人找上门来要工钱。"

"没事，他们来了你就藏起来，给他们来个小鬼推磨不见面，一切由我应付。别想那么多了，这会儿我都想死你了……"

第二天，赵来好一家正围着桌子吃早饭，秋石榴慌慌张张来报信："丽杏姐，外面来了一班人，在打听你们。"

赵来好一听就慌了。陶丽杏对秋石榴使个眼色，秋石榴抱走了蕾蕾，赵来好也躲得无影无踪了。

陶丽杏则继续坐下来吃饭，一副若无其事的样子。

很快，院子里嚷嚷着进来十几位操外地口音的男人，情绪激动地问"赵来好在家吗"。

"他不在家。"陶丽杏不慌不忙地说。

一个大嗓门的汉子说出来意："俺老家都是山东的，在太原打工。前段跟着赵老板干包工活，活干完了他没影儿了。见到甲方老板，才知道他把工钱全给领走了，这不，俺们复印了他亲笔打的领条……你说他不在家，还能去哪里？"

"他去哪里，我咋知道？"陶丽杏瞪着两眼说瞎话。

"他肯定是回家来了，肯定是藏起来了！"

众人嚷嚷着，有好言恳求的，有抹泪诉苦的，也有骂骂咧咧说难听话的，陶丽杏抹着泪说："你们找我闹没啥用，他又没把工钱交给我。你们找他去，他真不给你们工钱，大家把他活剥了我也不掉一滴泪！他死了我领着孩子改嫁，我跟他早过够了。"

这群异乡男人，面对着刀枪不入、油盐不浸的陶丽杏，一时没了招儿。几个人相互递下眼色，说："碰上这个王八蛋算俺倒霉，他欠俺的钱俺不要了，走！"一帮人走出了院子。

陶丽杏暗笑，少跟我玩缓兵计，不过自己也不能掉以轻心。

赵来好藏身在杂物间的一个水泥缸里。媳妇桥家家户户都用这种玩意儿存放粮食，空间看似不小，但一个大活人窝在里头，上面盖上盖子，那滋味肯定不好受。

债主蜂拥出门后，陶丽杏溜进来附在盖子上说："那伙人暂时是走了，但你现在还不能出来，小心他们突然杀个回马枪！"

"我想撒尿……"缸里传出赵来好急切的声音。

"憋住！"

"我实在是憋不住了……"

"憋不住也得憋！憋不住这泡尿，三万块钱可就跑了！实在不行，你就尿缸里吧！"

6

果不其然，这群债主一直在赵家院子周围游荡，监视着院里的一切。中间还几次闯进院子，想发现赵来好的踪迹。赵来好一直躲在缸中，陶丽杏演技高超，每回都让他们无功而返。

这群外乡人在村里盘桓了两天一夜，才骂骂咧咧地搭车离开媳妇桥。

这期间，因为怕露了马脚，陶丽杏不敢让赵来好出来透气，不敢给他送饭送水。恐惧、饥饿、干渴、寒冷，再加上屎尿的气味，近乎虚脱、满身腥臭的赵来好最后是被陶丽杏硬拽出水泥缸的。

有过这种经历，能不落下后怕的病根儿吗？

7

今天陶丽杏旧话重提，赵来好被折磨得半夜不能入睡。陶丽杏被他闹醒了，嘟囔着问"你咋还不睡？"

赵来好说："越想越睡不着，三年前那事，你说虎王爷会怪罪吗？"

"虎王爷是人编的，当年人家扒他的虎王庙，他不啥办法也没有嘛！你记住，听媳妇的话没错，别忘了瞅机会打捞老虎石雕。睡吧睡吧……"

赵来好觉得好困好累，可就是不能入睡，天快亮时才入了梦。

赵来好这一觉睡到吃午饭，醒来发现陶丽杏并没有在家做饭。倒了杯水刚想喝，陶丽杏兴冲冲地进屋了，夺过杯子猛喝几口，说："我在外头碰见裘多嘴了，今儿早上秋石榴和夏豆花打起来了。这一闹腾，田香歌也得和秋石榴成仇人。等会儿我去找秋石榴，再给她上一把劲！"

第十四章

1

田香歌送走父亲回到媳妇桥，就听说了嫂子跟秋石榴干仗的事儿。她当即决定去看看秋石榴，不能让矛盾积蓄成怨恨。

路上她碰见了韩玉雪，韩也是这村的媳妇，父亲是方圆小有名气的民间画家。韩玉雪跟田香歌挺说得来的，曾允诺要请父亲来村里教大家画虎。

两人说了几句家常，韩玉雪对田香歌说，请父亲来教大家的事儿有眉目了，这几天老人家就来。

田香歌很高兴，两人就多聊了一会。

2

秋石榴气性大，大事小事都不能吃亏。

和夏豆花干这一仗，她虽然没有吃啥亏，但回到家中还是怒气难消，不吃饭也不干家务，盘腿坐在沙发上盘算咋收拾夏豆花，一坐就是半天。

秋石榴没想到田香歌会来找她。

"哟，在练静坐功呢。"田香歌先开了口。

秋石榴不客气地说："替你嫂子打上门了？你要动嘴我以牙还牙，要动武我以手还手，随你的便！"

田香歌坐在秋石榴对面的小板凳上，笑而不语。

秋石榴在沙发上忽地来了个向后转，田香歌哈哈一笑，说："哎呀，我的嫂子呀，火气还不小呢！早上肯定没有吃饭，晌午饭我看你也吃不下……"

秋石榴没好气地说："晚饭也不准备吃了，不饿！"

田香歌说："用气充饥不是个法，怒伤肝，饿伤胃。"

秋石榴硬着嘴说："有病死了更好，有人巴不得我死。"

"胡扯个啥。"田香歌起身站到秋石榴对面，"嘿，看你这脸，快去洗洗。"

秋石榴说："不洗了。把这层霜雪洗掉就露出驴屎蛋脸了，能吓死个人……"

田香歌问："这话跟谁学的，多不文明。"

秋石榴说："是你嫂子指着我说的。她骂我，越说你白你越往脸上搽粉，咋不照镜子看看，是真白还是驴屎蛋上下的霜雪？"说罢忽地又是一个向后转，还是满脸怒气。

田香歌郑重地说："这个夏豆花不像话，说话太粗鲁。别说你听了生气，叫谁都生气。不过，气一阵就算了。她要你气，你偏不气，她的目的就落空了，也说明你的心胸宽、有素质。我来你家不文斗不武斗，我是来向你赔情道歉的。哎，你先等等，我去一下就来。"她说罢走了出去。

秋石榴的怒气消了一些，站起来拿梳子梳理起头发。

这时，田香歌双手端着一盆清水回到屋里，说："梳好头，就洗洗脸吧。"

秋石榴又惊奇又感激，不知该怎么说："香歌，你这是……"

田香歌把水放在秋石榴面前，轻声细语地催她："洗吧洗吧。这洗脸其实里头也有科学，明天我给你抄几个技巧来。"

秋石榴没再说什么，蹲下洗起脸来。洗完之后，两人挨身坐在沙发上说话。

"你为我介绍对象是好事，咋不直接对我说呢？何必兜那么多圈子。"

"是呀，我是该先找你。香歌你不知道，你嫂子多厉害，啥难听说啥，可会挖苦人了，连我结婚四五年没有生孩子的短处都给揭出来了，你说我恼不恼？"

"不生孩子不是短处，请医生看看兴许就好了。"

说到请医生，秋石榴一副欲言又止的样子。敏感的田香歌想了想，贴心地说："身体有啥不舒服，看医生不丢人。治好了病，个人健康、家庭幸福。"

秋石榴红着脸，说出了自己一直有月经不调的毛病："从来没有正常过。你金砖哥在金华打工，我一个人不敢去医院，怕丢人，怕吃药，也怕花钱。"

"我给你开个方子咋样？不去医院，不花钱，保险治好你的病。"

"真的？"

"我啥时骗过你？"

"那该是啥药？"

"等我拿来，你一看就知道了。"

"啥时能拿来？"

"这样吧，你先在家做饭吃，我一会儿就给你送来。"

秋石榴还没有做好饭，田香歌就捧个大纸袋进来了。

秋石榴说："你好快呀！"

"那当然。"田香歌笑道，"这叫手到擒来。你来看看，能不能叫出这药的名字？"

秋石榴看了看，说："这不是虎王庙院里的月季花吗？"

田香歌说："说对了，我正是在虎王庙院里掐来的。"她看着秋石榴，笑道，"虎王庙的月季花可是有灵气的，因为虎王奶奶爱行医行善。"

秋石榴问："月季花能治病？"

田香歌掏出一本小书，翻到某页递给秋石榴看。秋石榴看完这则偏方，既高兴自己的病有了良药，更感激田香歌的善良。

两人简单吃过饭，秋石榴就按书上的指导用月季花泡水喝。

秋石榴说："妹子，你懂得可真多。"

田香歌说自己的好多知识都是从书上来的，话锋一转告诉她："咱们那个幸福书屋里藏书丰富着呢，有时间多去看书吧，包你受益无穷。"

秋石榴若有所思，田香歌接着说："金砖哥是高中毕业生，所以他能被大公司聘为业务员，工资不少拿。你也是高中毕业，却在家闲着，浪费了你上学时苦苦学到的文化，可惜呢。"

临到告辞，秋石榴嗫嚅着说："跟你嫂子干仗的事儿，其实我也有责任，不文明呢……"

乡村自有自己的信息传播管道，而且速度还挺快。这不，田香歌还没有走到家，夏豆花已经基本掌握了她今儿上午的行踪。夏豆花心说：香歌你不帮我出气也就罢了，咋能跟秋石榴站在一起呢，这不是打我的脸吗？

所以打田香歌进门，夏豆花就不搭理她，躺在床上装生病。

田香歌站在床边逗她："病了就得吃点儿好的。好，我去给嫂子炒上一大盘鸡蛋，多多放些油。"说完就准备去厨房。

夏豆花只好坐起来制止："别，别，你可别胡来，我不吃。"

"对了，嫂子不喜欢吃炒鸡蛋。你家正好卖着熟羊肉，我去给你来一大碗番茄炖羊肉，嫂子真吃不完我也凑合着吃点。"

"你到秋石榴家吃去，别来我这里闹腾！"

"嘀，嫂子消息好灵通。"

"要想人不知，除非己莫为。"

"看来我犯了大错误，嫂子您狠狠吵我一顿吧……"

夏豆花也不客气，张嘴就来："香歌，你不该去给她赔不是，还在她家吃饭。你这一弄，不是证明我全错了吗？"

田香歌说："谁说你全错了？秋石榴自己都说自己责任不小。"

"要是没错，咱给人家陪啥不是啊！早上我说话做事是有不妥，可她秋石榴是啥人，不值得我拿她当客待……"

田香歌帮嫂子按摩着胳膊，说："秋石榴缺点是不少，爱打个麻将啥的，你上次掀桌子我就觉得不过分！"

"真的？"

"不过呢，你也得理解秋石榴。老公在外工作，没有生孩子，心里空虚，不打麻将还能干啥？其实她本质上不坏。嫂子，要我说，不论是秋石榴，还是你和我，都是有缺点的人，可都是好人。嫂子你想想，你们俩在当街对骂对打，大家伙儿会认为俩人都不对，都不文明，会光笑话她吗？"

夏豆花是个讲理的人，听了田香歌这番话，她站起来在屋里默不作声地慢慢来回走动，突然问道："你去她家，都说了啥？"

田香歌说："我虽然对秋石榴赔了不是，不过主要还是批评她，也对她讲了你的很多优点。"

"是吗？"夏豆花情不自禁地问了一句。

"是的。"田香歌肯定地说，"嫂子你是通情达理的人，在家在外没有合不来的。你这些优点，我在任何地方都要说。嫂子，往后你和秋石榴，可不能记仇。"

姑嫂俩终于达成了一致，夏豆花说："要说，她也真不烦人。等有机会了，我主动跟她说话……"

正说呢，鬼鬼祟祟的秋石榴蹑手蹑脚进来了，到夏豆花背后，伸出一只手捂住她的双眼，另一只手把一块奶糖塞她嘴里，这才存不住气地"哈哈"笑出了声。田香歌和夏豆花也随着笑了起来……

5

韩玉雪的父亲如约而来，村里的画虎学习班开学了。

韩玉雪的丈夫名叫曹冒烟，学习班就设在他家新建的四间新房中。绘画材料，是大家集资买的。

6

听夏豆花说要去学习画虎，蔡琴当即脸色变黄，泪汪汪地看着儿媳，用颤抖的声音命她快去把田香歌叫来。

田香歌快步赶过来，急切地问："娘，你哪里不舒服？"

蔡芹靠着被子坐起来，有气无力地说："孩子，我犯了心病。"

"娘，有什么话你说吧。"

"香歌，你发动大家学文化，我没意见，可让媳妇们学画虎我就不赞成了……"

"娘，为啥？"

蔡芹叹口气，说："不赞成归不赞成，我呢也不管那么多事。只是你嫂子，我不想让她跟着学，我怕她学会了在家里画，把个家弄得哪儿都是老虎……你也知道你有个二哥很小就走丢了……那时咱家墙上贴着一张画，画的是老虎，算卦先生说就是这画引的灾。你二哥属猪，老虎把这猪给吃了。直到今天，提起老虎我就害怕，它忒凶残了。"

听娘这么说，田香歌松了口气，认为娘的这块心病不难治，说：

"娘，算卦先生那是胡诌呢。中华人民共和国成立前后，咱村的学校就设在虎王庙里，墙上画的都是老虎，那还不得把全村的小孩都吃光？你想想这个理，我说的对不？"

蔡芹的脸色不那么黄了，田香歌又说："我二哥吧，我分析，他肯定还活着。"她看了看娘，发现娘的眼睛忽然睁大了，发出了亮光，"娘，你细想想，二哥是被人偷走了。偷人家的孩子，除了卖，就是自家养着……"

夏豆花说："说不定我们画老虎能把他画回来呢！"

蔡琴反驳说："你这是瞎说呢，画的老虎确实不会吃人，可也不会把丢失多年的人给送回来，哪有这个理？"

田香歌说："等咱媳妇桥的虎文化产业名声在外了，咱跟全市、全省、全国的来往就多了，说不定就会有我二哥的信息传过来，说不定我二哥还会来做生意呢，就怕到时候两不认识……"

"真有这种可能。"夏豆花插话。

蔡琴脸上的阴云消散了，笑道："这么说，你俩都去好好学画虎吧。"

"娘，你也别在家闷着，去九奶奶家学剪纸吧。"

蔡琴答应得很爽快，收拾完家务就去了九奶奶家。

第十五章

1

赵来好又犯了心病，发愁地躺在床上。

陶丽杏问："你一不高兴就倒在床上睡觉，这是愁的哪一回？"

"我愁的哪一回你还不知道？"赵来好坐起来，说，"早些天，你说去给秋石榴上把劲，可人家田香歌提前拉拢住了秋石榴，人被拉到那边去了。你看看，秋石榴已经跟田香歌打得火热。田香歌还真把媳妇们发动起来了，又是剪虎又是画虎。这样下去，往后谁还听我这个村主任的指挥？秋石榴知道咱的事情太多了，很快就会把一些事儿宣扬出去……"

陶丽杏感到赵来好说得不无道理，决定马上去探一探秋石榴。

2

陶丽杏登门时，秋石榴正准备吃饭。

秋石榴热情地招呼道："刚做好午饭还没顾上吃呢，请你一起吃吧。"

陶丽杏淡淡一笑，说："你又没做我的饭，我吃了你吃啥？别玩虚儿套了，我和你说几句话就走。"

坐下来，陶丽杏又说："你现在成大忙人了，看这饭吃得多简单。哎，你画虎学得咋样了？"

秋石榴说："刚能够比着老师的稿子自己画。老师说要多练，多练才能越画越好、越画越快。"

陶丽杏说："你现在的心全在画虎上，可别让老虎把你丽杏姐给吃了。"

秋石榴说："看你说哪里去了……"

陶丽杏说："说到你心里去了。你心里要是还有我，咋这么多天不来串门？你不想我，我倒想你。这不，憋不住了，干脆登门拜访。"

秋石榴说："我这不是忙嘛。"

陶丽杏说："石榴，说起老虎画嘛，我也挺喜欢，早就想买一张，可就是不知道哪里有卖的。"

秋石榴说："你想要，这有啥难的，我给你一张就是了。"

3

秋石榴当天晚上就把自己画的一张老虎送到了陶丽杏家。

秋石榴告辞后，陶丽杏拿着这幅画让赵来好看，说秋石榴没有变心，"我白天说一声想要，她晚上不就乖乖送来了吗？"

赵来好的心病消了一些。不过，他没心欣赏这画，说："要一张这干啥？我看见就心烦。"

"别烦。"陶丽杏说，"我还指望用它办件大事呢。"

"石榴的画，猫不像猫虎不像虎的，能办啥事？"

"到时候你就知道了！"

4

早上醒来，陶丽杏突然说："村里这些媳妇，我看不是对虎文化产生了感情，她们是对钱产生了感情。画虎能不能挣到钱我说不准，我认为起码不是个挣钱的近路。咱不学这一套，咱要学会搭快车、走近路。"

赵来好说："钱难挣屎难吃，你有啥快车、近路，说来听听。"

陶丽杏说："你那时当包工头，一家伙搞了三万块，搭的就是快车，走的就是近路。"

赵来好说："你看你，又说。"

陶丽杏说："我这是打个比方。你现在的身份是村主任，快车、近路更多，就看你想不想、敢不敢。"

赵来好笑她说话忒露骨了。

陶丽杏说："露骨才是对挣钱有真感情呢！如今啥是真的？只有钱是真的。什么关系了，感情了，都是虚的，都得绕着钱转圈，所以睁大眼睛认准钱、把脑袋钻进钱眼里，才是现实的。"

赵来好拍着手，佩服地说："你说得太对了！"

陶丽杏话锋一转，说："那个林防风，现在就是你可借的力量，值得去拉拉关系。"

"林防风背后靠有大树，和他拉上关系没坏处。"赵来好附和着说。

"我敢说，林防风也是做梦都在想着挣钱，咱可以跟他合作嘛。"

"他会同意吗？"

"那就看你做得到位不到位了。"

"去见人家，送点儿啥好呢？轻不得重不得……"

陶丽杏起身拿来秋石榴送的那张画："这不，现成的见面礼。"

"一张破画，这，这行吗？"

"千里送鹅毛，礼轻情谊重。先认认门，投石问路，看看再说。不过记住一条，你千万千万不能说这画产自咱媳妇桥。"

赵来好明白地点点头。

5

林防风和白露已经领取了结婚证，日子过得算是幸福。

因为苏果的关系，他们住的房子也比较宽绰。星期天上午，两人亲昵地坐在客厅里看电视。

他们看的是一部关于官场沉浮的电视剧，白露又一次炫耀起舅舅，说舅舅下一步该往市委调了。"舅舅做官那水平，称得上是艺术。"

从艺术扯到了绘画，林防风说："好画可值钱呢，画画的跟印钞机差不多……"

说到画，白露说，舅舅让苗秀河画了那么多山水画，派上大用场了，装裱之后全部送给了上级领导。很多领导都很喜欢，说想不到咱土里土气的商元市还有这么不俗的画家。

林防风不想多提苗秀河，忙岔开话题："舅舅认识这么多领导，提拔是早晚的事儿……"

白露兴奋地说："舅舅高升了，咱也跟着享福，不会不关照你，你找我是你的福气。"

林防风笑道："托媳妇的福呗！"

就在这时，门铃响了。

6

林防风打开门，就看见了笑容可掬的赵来好。

赵来好进屋落座后，先是奉承了一番林防风，然后取出那幅画让林防风看，说："你是文化人，肯定喜欢这画，所以我才特意赶过来送给你。"

林防风哪懂什么艺术啊，装模作样地欣赏着，也夸这虎画得精神，还问是哪位画家画的。

赵来好说是一位不爱出名的朋友画的。

一旁看电视的白露插嘴问是不是苗秀河画的。

赵来好说不是的，并说苗秀河离家出走了，现在谁也不知道他去了哪里。

听到又说苗秀河，林防风连跟赵来好客套的心情也没有了，就给赵的杯子续上水，问他有没有别的啥事要说，自己该去单位加班了。赵来好满脸堆笑地只得告辞，并坚决不让林防风往楼下送。

关上房门，林防风摇摇头，说这个赵来好送来一张纸老虎是啥意思。

白露说，巴结呗。

"巴结我？我不喜欢这玩意儿。"林防风想了想，说，"把这画送给舅舅，他不是喜欢画吗？"

"拉倒吧，把你不喜欢的东西送给我舅舅？他喜欢的是山水画……"

林防风把画卷起来，随手放在了一边。

7

赵来好回家对陶丽杏说："林防风的门我算认准了，可送的礼物效果不好，我观察那家伙对画不很喜欢。"

陶丽杏说："他是嫌礼轻。别急，让我想想底下怎么办……"

8

这天晚上，一个名叫屠义仁的企业家要来看望林防风。

趁等客人的空闲，林防风告诉白露："屠义仁这个人，结交的朋友各层次的都有，花起钱来格外大方，够义气，咱和这样的人接触没啥坏处。"

"你咋认识的他？"

"凑巧了，就认识了呗。越说越投机，不就熟了？这就叫缘分。别看他六十多岁了，但爱和年轻人交朋友，他说忘年交好，能长寿……"

不大一会儿，屠义仁就来到了，带了一大堆礼品。

林防风埋怨说："屠老板，你不该买这么多东西，见外了啊见外了，我可对你有点儿意见。"

屠义仁解释道："我原打算请你们去酒店坐坐，一想那里比不上家中温暖，就干脆到家来了，顺便捎几样现成的菜，省得麻烦弟妹了。"

三人坐在客厅里喝酒。酒过三巡，屠义仁打开了话匣子："我这次外出走了不少地方，有很多发现，大受启发呀！看来现在能挣钱的门路多得很。其实对我来讲，事业做到这份儿上，几辈子吃用不完，对新领域没有多大兴趣。

我主要是想帮林老弟选个挣钱的捷径，你们光指靠工资咋能行？得瞅个稳当的、恰当的事儿干干。真的，我不断为你这么考虑，谁叫你是我的忘年交老弟呢？"

林防风激动地说："多谢屠老板。来，干杯。"

之后，防风灵机一动，说："屠老板，我想送你一样礼物……"说着起身拿出了上午收到的那幅画。

屠义仁看画的是老虎，大为惊喜："好！好！好！这可是贵重礼物！"

林防风一愣，说您这是客气。

屠义仁说："我不是客气，没准这就是老弟你的财路呢！"

"是吗？"

屠义仁说："虎是中国画里的一大题材，日本、韩国及东南亚都有很多人喜欢。我有路子能把画外销出去，可一副两幅的绝对不行。"

林防风忙说很快就能组织一批。其实他也不知道赵来好从哪儿搞来的这幅画，只是发财心切，先应下再说。

屠义仁说："这项买卖最适宜老弟干，我愿意帮这个忙。"

9

赵来好正懊恼呢，巴结不上林防风，白送这小子一张画，这时电话铃就响了。

赵来好接完电话，喜滋滋地对陶丽杏说："林防风让我明天去市里找他，说他备好酒菜等着我去谈大事呢。"

两口子琢磨半夜，也没有琢磨出要谈的大事是什么。

10

林家客厅里，林防风、屠义仁陪着赵来好边喝酒边说画的事儿。

赵来好说："画有的是，质量肯定高于这一张，不过需要等上一段时间。"

屠义仁说："等半年，行不行？"

赵来好笑眯眯地看着屠义仁："请问屠老板，能出多少钱一幅收购？"

屠义仁说："每幅二十元吧。"

赵来好说："那可不行，起码得五十。"

屠义仁慷慨地说："看你是林老弟的老乡，又是一村之长，五十就五十。"

赵来好说："丑话说在前头，必须现货现钱，钱响猪叫唤。"

屠义仁说："那当然！今儿对你交个底，这画我不买，只是帮忙，以后你直接和林老弟联系就行了，你们是同乡，啥都好说。"

林防风附和说："好说，好说。"

屠义仁说："赵老弟，你必须记住一条，咱这画可只能画老虎，千万别落款，更不要盖印章。要不然，我一张也推销不出去，到时别怪我不收货不付账！"

赵来好头点得像小鸡叨米："记下了，我记下了！"

11

送走赵来好，林防风给屠义仁斟上茶，问他："屠老板，一下收购这么多画，资金上……"

屠义仁笑笑："资金不是问题。不管收购多少，所需资金全是我的。就是一万张又咋着，不就五十万块嘛，小菜一碟。我看那人也弄不来一万张，一千张撑死了。老弟你只管把心装肚里，我为你替买看吃，利润全是你的。"

林防风说了一番感激话，又提出个问题："屠老板，你为什么不让落款盖章呢？"

屠义仁小声说："落上款、盖上章，普通人的画作，卖不上价。告诉你吧，画到手后咱就落画虎大师王大寅的款儿，找人刻个王大寅的印章，名家名作，谁不追捧？买主有几个真识货、真懂艺术的？"

"屠老板，您真高！"林防风佩服得五体投地。

第十六章

1

尉蓝每天都来韩玉雪家，不过她没有参与学画，而是扮演服务者的角色，帮媳妇们看孩子，给老师端茶续水。积极参与学习的除了田香歌、柳喜燕、夏豆花、秋石榴、韩玉雪等一众年轻媳妇，还有曹冒烟。

老师是韩玉雪的父亲韩冬青。别看韩冬青是个农民，却多才多艺，不仅会画花鸟、走兽，还会拉板胡、说评书，书法也有几下子。更重要的是老爷子不保守，教徒弟不藏着掖着，只要你愿意学，他就乐意教，媳妇桥的这帮弟子跟着他进步很快。

这天，韩冬青把田香歌喊到教室外，说："我看大家进步挺快的，我觉得到了考试的时候。"

"考试？"

"画得好不好，群众说了算。咱们是不是找个机会，请外人来评评你们画虎的水平？人越多越好哇！"

田香歌想了想，说："下月农历十六，虎王庙有庙会，方圆数十里的乡亲都会来赶庙会。我看，咱们画的老虎拿到庙会上亮亮相，是考试，也是展销，您说中不中？"

"这点子，我看行。"韩冬青点点头。

回到教室把计划跟大家一说，大家都兴奋起来，柳喜燕出点子说："咱韩老师过去在乡里排演指导过文艺节目，我看咱们也排个节目，在庙会上画一挂、节目一演，没准儿咱就火了！

田香歌鼓掌道："好建议！好建议！"

大家跟着叫好，然后就是商议排啥节目。

2

这几天上课，韩老师反复讲的话题是："画画是技术也是艺术，想提高技术就得多练，想提高艺术就得多读书……"受他这话的影响，开在尉蓝家的幸福书屋成了画虎班学员最热的去处。

没想到这天甜瓜也走了进来，见大家都忙着看书，没有人搭理他，他故意咳嗽几声，然后摇头晃脑地说："还别说，这些媳妇一个个真被书吸引住了，画虎不忘读书，读书不忘画虎，都成了飞机上挂暖壶——高水平（瓶）了。"

正在找书的秋石榴冲着甜瓜说："你穷叨叨个啥，捣乱是吧？回家对你老婆叨叨去，这里没人买你的甜瓜。"

甜瓜说："想买我还不卖呢。"

秋石榴说："那就回家叫夏豆花吃独食吧。"

大家都笑了。

柳喜燕说："甜瓜哥，夏豆花咋没来？"

甜瓜说："她在家忙着加班画老虎，派我借书来了。"

说着掏出一张字条，说："这是她写的书名。喜燕，你来帮我找找。"

柳喜燕接过来字条，说："好，我马上找，免得你借不到书回家受气。"

秋石榴说："如今，连甜瓜也变得服从媳妇的领导了。"

甜瓜一本正经地说："石榴你瞎说，我这是支持咱媳妇桥发展文化产业！"

韩玉雪说："你老实说，现在你和夏豆花到底谁服从谁的领导？"

甜瓜说："这话问得没水平。如今嘛，我们两口子是，我爱她她爱我，甜甜蜜蜜如胶似漆，相互学习相互支持。"

秋石榴嘴一撇，说："美死你了，还相互支持，我问你，夏豆花支持你参加吃会吗？"

甜瓜"咳"了一声说："你还不知道吧，我已正式宣布退出吃会。赔钱赚吆喝的小卖部也不干了，往后我就一心一意做老婆的后盾，支持大家发展文化事业。这些书，她看完了我也跟着学学……"

3

田香歌的住处也变成了画室，靠窗的桌子成了画案，墙上挂着她的画，屋里随处可见画材和绘画资料。

这天晚上，田香歌正在聚精会神地起草稿，尉蓝不声不响地走了进来，先看看田香歌的画，觉得最近她又进步不小，心里有着说不出的喜悦。

田香歌勾着草稿，打招呼说："吃过晚饭，您去哪儿了？"

尉蓝答："东桥西桥转了一圈，串了几户，几家的媳妇像你一样在忙着画画呢。"

田香歌说："您心脏不好，注意别累着了。对了，我给您写了个单子，心脏病人的注意事项，我看您就贴到床头吧，要经常看、经常想，严格要求自己。"

尉蓝说："我已经记住了怎样饮食、怎样运动、怎样放松情绪。"

田香歌说："往后您的工作就是这几项。"

尉蓝有些失落，说："看你说的，这样我不成闲员了吗？"

田香歌说："不会让您闲着，您要当好我的参谋。星期天，我们要在村小学校园里排节目，请您现场指导，当好顾问，提出意见。"

4

这年的冬天来得早，媳妇桥早早飘起了鹅毛雪。天很冷，赵来好的心却火急火燎的：那天对着林防风、屠老板，自己大包大揽的，可回来后自己并没有收到画。怕对方变卦或者着急，他决定给屠老板打个电话。

翻出那天屠老板给的名片，忽然间觉得名片上众多头衔中的一个让人很好奇：华夏奇观歌舞团团长。他琢磨：为啥要叫奇观歌舞团呢？

电话没有打通，满身雪花的陶丽杏跑进了屋，赵来好帮她拍打着身上的雪，问："见着秋石榴了？"

"见到了，她在家忙着画虎呢。"

"有多少张？"

"我也没数，有一沓子呢。不过，她说贵贱不能卖给你。"

"我是现钱买现货，你没说清楚？"

"说了她也不卖。她说画虎这事儿是田香歌发起的，你得去给田香歌打个招呼。我看秋石榴说得对，跟田香歌说通了，她们的画还不是由着咱挑？咱自己一家一家去收，费劲不说，也办不成事。"

对老婆言听计从的赵来好当即冒雪来找田香歌。

田香歌正在家里用小笔修作品，尉蓝坐在火炉旁看书。

赵来好被让到火炉旁坐下，说："香歌，你带领媳妇们走致富路，这很好呀，我这当哥的是既感激又佩服。"

田香歌笑笑道："我是在村主任的领导之下，干点自己能干的事呗。"

赵来好说："妹子你就别往你哥脸上搽粉了。"

田香歌说："来好哥，冒雪来是有啥事儿吧？"

赵来好说："你们宣扬虎文化的精神感动了我，但光在家里画也不是个事儿，我想为你们找条销路。"

田香歌说："好哇，太感谢了。你这条路子，要量大不大，价格咋说？"

赵来好说："数量不限，暂收一千幅吧。价格也不低，每幅二十块。"

田香歌摇了摇头说："这个价不能卖，太低了。来好哥，赵主任，买主当然要赚钱，您两头说和、奔忙也应该赚点儿辛苦费，但您是村主任，也得让村民们多得点儿实惠。所以呀，得把价格出高一些！"

赵来好说："买主不是我，他算盘打得精，价格我不敢随便加。"

田香歌说："那就算了，我们另有路子。"

赵来好心里有些慌，忙说："要不然，买主那头我再说说，每张再加十元，咋样？"

田香歌说："再加十元也不咋样，看在你的面子上，我先勉强答应，不过必须是现钱。"

赵来好说："现钱是一定的。"

5

赵来好去见林防风，说朋友已经画好了四百张老虎，人家见到现钱才让拿画。

林防风拿出两捆百元大钞，在手中拍了拍，说："接到你的电话，就从银行取出来了。"林防风笑笑递给了赵来好。

赵来好乐得不得了，第二天果真送来四百幅老虎。

林防风大喜，想了想却问道："这些画，不是咱媳妇桥生产的吧？"

"兄弟你说笑话，咱媳妇桥产麦子产棉花，可没谁会画老虎……"

"保证不是田香歌组织媳妇们画的？"

"你能不知道底细，田香歌哪有这种本事。她要能组织媳妇们画出老虎，太阳得从西边出来！我不是保证了，这些全是一个不愿出名的画家画的。"

林防风这回没有留赵来好吃饭喝酒，说你身带巨款还是早些回家吧。

6

赵来好走在寒风里，却觉得周身都热乎乎的，倒下手净赚了八千块，八千块呀！又想起屠义仁，人家是华夏奇观歌舞团的团长，林防风背后的大树，自己要是能和屠老板拉上关系，油水肯定更大。

赵来好正想着心事寻找着公交车站，忽听背后有人喊："赵主任，请留步。"他回头一看，当即咧嘴笑了。

第十七章

1

在背后喊赵来好的，正是屠义仁。

两人相见，客气地握手问好，像久别重逢的老知己。

闲聊几句，赵来好说："你名片上印着华夏奇观歌舞团团长，为啥要突出'奇观'二字呢？"

屠义仁哈哈大笑，凑近赵来好的耳朵小声嘀咕几句。

赵来好听明白了，乐得"哈哈"笑，说："太好了，太好了，马上就是我们媳妇桥虎王庙庙会，我请你们去演出。"

2

天公作美，今年的虎王庙庙会无风无云，农闲加上天气好，前来赶会的就多了去了。

屠义仁的华夏奇观歌舞团被请来了，占据最好的地势搭起了演出大棚，播着疯狂的音乐，目的是吸引人们购票进场。

屠义仁一早就被赵来好扯着手到家去"坐坐"。

赵家已经摆好丰盛的家宴，赵来好两口子把屠老板敬为贵宾，非要他喝几杯。他推辞不过，就跟赵来好、陶丽杏吃起来喝起来聊起来。

3

田香歌精心组织的绘画、剪纸作品在庙会上亮相了，地点就在演出大棚的旁侧。

画作刚摆出来，就围上来很多人。九奶奶带着麦穗几个人一边守场子，一边现场表演剪纸，结果引来了更多的人，一会儿就成交了几笔生意。

赵来好、陶丽杏早就预料到田香歌会到庙会上摆摊设点，他们不担心别的，就怕屠义仁知道了他提供的那些画作是媳妇桥媳妇们的手笔。

赵来好挺后悔，那天不该为了拉住屠义仁而信口请他来演出。陶丽杏出主意说，你早早地把姓屠的拉家来喝酒，把他灌得晕头转向的，不就风平浪静了嘛。赵来好点头称是。

最近裘多嘴成了赵来好、陶丽杏两口子的"情报员"。这天赵来好吩咐他到庙会上盯紧点儿，尤其是盯紧田香歌她们，有啥情况马上来家汇报。

赵来好刚陪屠义仁喝下几杯酒，裘多嘴就把他喊到屋外，小声报告了那帮媳妇摆摊销售画和剪纸的事儿。

4

赵来好和裘多嘴在院里说话的当儿，陶丽杏给屠义仁斟上酒说："屠老板是个大能人，我以后少不了要借点儿光哪。"

屠义仁看看陶丽杏，满面春风地说："看弟妹说的，有事用我是你看得起我。这样吧，老哥我先送你一个炮制虎骨酒的方子。"

陶丽杏问："虎骨酒？"

屠义仁说："冒牌的。"他掏出一张字条递给陶丽杏，"这是我发明的配方，照着生产包你赚钱。先试试，以后咱们还有大项目合作。"

陶丽杏收好字条，说："谢谢。只不过屠老板山南海北地跑，怕是到该找你的时候找不到你呀……"

屠义仁说："可以打我的手机。除了名片上那个手机号，我还有个号码，一般人二般人都不知道，你记一下……"

陶丽杏记下手机号。她看出屠义仁是个神通广大的主儿，于是说出了石雕的事儿。

屠义仁惊喜地问："是虎王庙失散的石雕？"

陶丽杏说："是呀。要是搞到了手，你能帮着找个好下家吗？"

"当然能！"

5

赵来好听完裘多嘴送来的信息，心想可不能让这帮娘儿们把事儿做大做成了。打发走裘多嘴，她把陶丽杏从屋里喊出来，如此这般地说了自己的想法。

陶丽杏进屋给屠义仁敬了三杯酒，说有亲戚来赶庙会，自己得去照个面，屠义仁摆摆手让她先去忙。

6

陶丽杏来到庙会上，远远就亲热地跟九奶奶打招呼："您恁大年纪了还在这里亲自坐镇，累不累？"

九奶奶道："累个啥？我满是精神满是劲头！"

麦穗见陶丽杏来了，心里就烦，故意高声吆喝："都来看，都来买，媳妇桥的媳妇们巧手画的老虎、剪的老虎。有猛虎窜谷图、有林中虎行图、有二虎相拜图、有母虎爱子图、有幼虎感恩图、有虎家和睦图、有花园虎会图、有群虎歌舞图……"

陶丽杏听得很烦，靠近九奶奶问："香歌她们呢？怎么能劳累你们几个老人在这里摆摊？"

九奶奶说："香歌她们有事。摆摊是村里的事儿，你要得空，也在这里尽个义务吧。"

陶丽杏说："我可不干。"

九奶奶说："咋着，脸皮薄？"

陶丽杏说："不是脸皮薄，是她们画的虎不能在这里摆着卖。"

九奶奶说："犯啥法了？"

陶丽杏说："法倒没犯，是犯了错。您老人家不知道，她们画的虎已经包圆儿卖给人家了。再拿出来在庙会上卖，能合适吗？这叫不讲信誉。您快把这些画收起来吧，九奶奶是最懂道理的。"

九奶奶说："香歌说，这些画都是她们存下来的精品，特意留在庙会上展销的，卖多卖少都不要紧，权当造个舆论。你不愿意帮忙宣传，就忙别的去吧，别耽误我们的生意！"

陶丽杏唬不住九奶奶，也不敢要横，只得先离开摊子。

7

华夏奇观歌舞团也吸引了不少人驻足，为了刺激更多的人掏钱买票，门口多了两个衣着暴露的年轻女人在扭来扭去，高音喇叭反复播着吊人胃口的广告词："天下奇观歌舞表演，你不看会一辈子遗憾！看一眼年轻十年，看两眼长寿百年！请来观看天下绝美的艺术展示——美女脱衣舞表演，看一看叫你飘飘然……"

被九奶奶轰开的陶丽杏坐在卖票桌前帮着卖票，嘴上不间断地喊着："门票大优惠，十元一张！"

8

此时，由媳妇桥二十名年轻媳妇组成的演出队，已从村头的小学门口列队出发。

她们穿着自己动手缝制的虎纹服饰，挎着盘鼓，节奏整齐地敲打着，向虎王庙行进。

9

赵家屋里的酒摊儿已经喝到了高潮。酒这玩意儿，能越喝越叫双方说话投机，越喝越拣大的吹。屠义仁听赵来好称赞他的歌舞团是棵摇钱树，美得咧着嘴，打开了谎话连篇的话匣子："应该说比摇钱树还神呢！实话说吧，我们还没有在商元本地演出过，这地儿太土太穷了。今天来媳妇桥是个破例，全是看你赵主任的面子嘛……我们这个歌舞团已经走遍大江南北，京沪广深、香港澳门、东部沿海，每到一处都大受欢迎，一年收入多少我也记不清……可有一条，我赚的钱不是我自己的，是朋友们的，到哪儿演出都要分给帮忙的朋友……可以说，走遍全国都有我屠某的朋友。我姓屠的不爱吹，我除了会挣钱别的也没啥本事。"

赵来好择机插嘴："您屠老板能挣钱讲义气，这个我早就看出来了！那些画，你一定能帮林防风卖个好价钱。"

屠义仁说："卖画，那是林防风的生意，我只是为朋友帮忙，不仅不图利，能为朋友赔上几个钱我才痛快呢。说句实在话赵主任听了不要生气，林防风的销路你别打听，你的来路我也不过问，你们各赚各的钱。我这人讲究，爱较真，鱼是鱼行鳖是鳖行。你真想赚大钱，咱可以另外开发项目。"

10

走到九奶奶她们守候的摊子前，媳妇桥演出队停下来，开始表演这段时间排练的节目，立即吸引了很多人围观。

这样一来，演出大棚不干了，上来几个人说耽误了自己演出，要撵她们走。

媳妇桥演出队压根儿不理这一套，反而将大棚的出入口堵得严严的，鼓打得更响了。

眼看要把整个庙会的人都吸引过来了，田香歌跳上凳子，示意大家停止演出。她"咚咚咚"敲了三声挎着的盘鼓，大声说："父老乡亲们，据群众揭发，这棚子里演的不是艺术，是最低级的黄色垃圾！这种行为是可耻的！是破坏社会文明的！"

大棚里出来的那几个人在旁边起哄，说田香歌精神有毛病，在胡说八道。

田香歌的嗓门变得更亮了："我是共产党员，是媳妇桥的村民文化小组长，我们要扫除黄色垃圾，捍卫和宣传精神文明！"

那几个人还要起哄，柳喜燕大声说："再嚷嚷，撕烂你们的嘴！"在人家的地盘上，几个人好汉不吃眼前亏，脚底板抹油——溜了。

陶丽杏笑容满面地上来，说："香歌妹，这会场大着呢，咱换个地方演出嘛。人家歌舞团是外地来的，咱们可不能欺生呀。"

田香歌理直气壮地说："媳妇桥从来不欺生，是他们欺负乡亲们！敢在我们家门口表演脱衣舞，这是什么行为？是在打媳妇桥人的脸！"

陶丽杏无言以对，怒冲冲地坐在地上喘粗气。

说话间，一辆警车开到现场，几名警察到大棚里转了一圈，宣布华夏奇观歌舞团涉嫌色情表演，要将几位骨干带到派出所接受处理。

警车拉不完这么多人，曹冒烟回家开来了农用三轮车，说自己愿意尽一次义务。陶丽杏拦着警察不让带人，也被警察弄上了车。

众人鼓掌欢送。田香歌带着大家唱起了韩老师自编的歌曲："虎王庙前好神威，盘鼓咚咚齐声擂，媳妇桥的媳妇喜荟萃，飒爽英姿无限美。虎王庙前好神威，盘鼓咚咚齐声擂，媳妇桥的媳妇巧描绘，虎的精神闪光辉……"

11

屠义仁还在对着赵来好吹大话："我这个奇观歌舞团，走到哪里都是一路绿灯，娱乐人民服务群众嘛，哪个领导都支持……"

赵来好跟着吹："今天到了我的地盘，更是一路绿灯。来，喝酒。"

这时田香歌突然走进屋，赵来好招呼道："哦，香歌妹来了，有事吗？"

田香歌说："主任，我特来报个信，你请来的华夏奇观歌舞团，演出失败了，演员全被河寨乡派出所带走了。"

"啥，啥？"赵来好吃惊地问。

"你是在开玩笑吧？"屠义仁更是吃惊。

田香歌不慌不忙地说："大庭广众之下兜售黄色下流的东西，派出所不管不问才是开玩笑呢！"

赵来好脸色发青，瞪着眼问："是你田香歌报的警？"

田香歌严肃地说："对，是我报的警。"

头上冒汗的屠义仁再也待不住了，慌慌张张地走了出去。

赵来好大怒道："香歌，你眼里还有我这个村主任吗？啥黄色不黄色的，你这警报得太过分了！"

田香歌不让步，说："我劝你冷静地想一想，今天是谁过分。如果真是我错怪你，我一定向你赔礼道歉；要是你错了，你就在心里深刻检讨一下，往后不再犯就行了。来好哥，我不是有意要与你作对，你自己扪心想想吧，我走了。"

赵来好生气地自语："屁吧，这还不是有意作对？"

12

陶丽杏板着面孔进屋了，冲着赵来好大发脾气："你在家像没事人似的，你老婆被警察抓走了……"

赵来好问："怎么，把你也带走啦？"

陶丽杏说："派出所要封歌舞团，我说他们不讲理，他们就拉我去派出所受教育。去就去，怕个啥。谁知到派出所门口连车都没有让我下，我就又坐着曹冒烟的车大模大样回来了。"

赵来好问："派出所有人认识你？"

陶丽杏说："我看见了常和你喝酒的刘善水，我大声喊他，他跟所长小声说了几句话，人家就让我回来了。"

赵来好说："刘善水还算义气。"

陶丽杏说："我算看透了，田香歌是非把你弄下台不可！"

第十八章

1

庙会过后，大家画虎的劲头更足了。

这天，韩玉雪正独自坐在教室里画虎，田香歌来给韩冬青老师送茶叶。

田香歌打心里尊重韩老师，感激他为媳妇桥人付出的心血，一心想请他好好吃顿饭。找韩玉雪提了几次，都被韩玉雪坚决拒绝了。

放下茶叶，田香歌说："咱们已经学得差不多了，估计韩老师也该告辞了。我看，咱得好好请他老人家喝几杯……"

韩玉雪又是坚决拒绝，田香歌说："你别客气了，再客气我就直接去找他老人家去说了。"

事到如今，韩玉雪只得实话实说："我爹这个人啥都好，唯有酒风太差。见酒必醉，醉了必发酒疯。你请他吃饭，不上酒不像话，上了酒准得惹麻烦。"

看田香歌不信，韩玉雪接着说："他只要一喝多酒，天大的事也不怕了，啥礼也不懂了，旁人要是一点火，叫他骂谁他骂谁，啥难听说啥。"

"咱让他少喝一点嘛。"

"只要让他沾了酒，他是不趴下不收手。几年前，商元有个公司买他的画，他去拿钱时路上遇见个老相识，拉着去家吃饭。人家拿出两瓶酒往桌上一放，说：老弟你在家坐一会儿，我去买点菜，咱兄弟俩边喝边拉。人家买菜回来，他已经两瓶白酒下肚，倒在地上变成了一摊烂泥。所以，对他就得坚决禁酒，闻也不准闻，看也不准看。"

2

陶丽杏在虎王庙前遇上了出来遛达的韩冬青，两人互相看看，谁也没有搭理谁。

陶丽杏回家说起这事，赵来好说："韩冬青那人确实不值得搭理。我早就了解他，唉，那人是狗肉上不了席面！"

陶丽杏问："为啥？"

赵来好说："有个最坏的毛病，一喝就醉，醉了见谁骂谁，谁都敢骂。"

陶丽杏忽然有了想法，说："好事！你去请他来咱家喝酒……"

3

韩冬青每天都要在村里转悠，分头指导在家画画的学生们。

从一户人家出来，迎面碰上了赵来好。赵来好很客气地向他问好，说："早就听说你来了，早就想过来看你。你看看我整天穷忙，一拖就拖到了今天，择日不如撞日，走吧，请到我家坐坐，咱俩喝二两……"

韩冬青没法，说去家坐坐可以，"但有一样，坚决不能喝酒"。

赵来好嘴上说着"好"，拉起韩冬青就走。

进了屋，陶丽杏很快端出了酒菜。

韩冬青说："把酒撤了吧，我是喝多了就误事，可能你也有耳闻。"

赵来好说："冬青老师，这是我家自己做的虎骨酒，你多少喝些尝尝，有益健康呢。"

韩冬青受让不过，端起大杯子一饮而尽。

陶丽杏就手又倒了一满杯，双手捧起说："韩老师义务来媳妇桥培养徒弟，简直是大公无私的活雷锋，我敬您一杯。"韩冬青又是一饮而尽。

陶丽杏的词儿真多，说出一套词敬一满杯，不大工夫韩冬青就喝得醉眼蒙眬了。

火候已到，陶丽杏开始上眼药："韩老师，你看那个田香歌好吗？"

韩冬青点点头说："好，好。"

陶丽杏又问："田香歌对你闺女好吗？"

韩冬青"嘿嘿"一笑，说："好。"

陶丽杏说："实际上，田香歌对你女婿比对你闺女还好呢。"

韩冬青瞪起大眼看着陶丽杏。

陶丽杏说："有人见过田香歌搂着你女婿曹冒烟亲嘴。"

韩冬青吃惊地问："真的？"

陶丽杏说："真的假的我也不知道，反正村里人都这么说。其实这事也不怪冒烟，是田香歌主动勾引的他……"

韩冬青猛拍桌子，说了句"真不要脸"。

陶丽杏继续火上浇油："这事你得说说冒烟，田香歌要是得逞了，最苦的还是玉雪……"

赵来好端起杯子说:"韩老师别生气,来,喝酒。"

韩冬青气哼哼地连喝了几大杯。

4

走出赵家,韩冬青已是精神极度愤怒、亢奋的醉汉,他手拎半截砖头,一步一歪地边走边大声咒骂田香歌。

叫骂声引出不少村民,听着他骂田香歌的那些词儿,无不感到吃惊,搞不明白往常温文尔雅的一个人咋突然变成了这样。

柳喜燕闻讯过来劝他,韩冬青挥着砖头说:"你给老子滚犊子,再多嘴老子一砖头拍死你。"

柳喜燕不恼怒也不恐慌,趁其不备冲上前夺下了砖头。

韩冬青大怒,张嘴要骂柳喜燕,柳喜燕举着砖头说:"你敢骂我,我让砖头对你不客气!"

二人对峙而立。

骂声传到田家,甜瓜和夏豆花连忙跑出来。甜瓜拎根木棍,跑着喊着:"再骂就送你回老家!"

闻讯赶来的韩玉雪两口子,加上柳喜燕等人,像搬重物一样连拉带拽地把这个醉鬼往家弄。

裴多嘴站在不远处,在看热闹的人群中悄悄煽风点火。他对几个女人说:"这个韩老师,我看不错,要不是气得没法,能破口大骂吗?你们想想,媳妇桥这么多人,他咋偏偏喊着一个人的名字骂?"

一个女人接话说:"就是,他咋不骂别人呢?"

裴多嘴说:"我看那,田香歌八成是做了见不得人的事儿……"

甜瓜满世界找不到韩冬青,正好走到这里,听见了裴多嘴的满口胡扯,二话不说朝着裴多嘴的屁股就是一脚,把他踹了个马趴。

裴多嘴爬起来,问甜瓜为什么打人。

甜瓜又是一拳,打得裴多嘴倒退几步,一屁股坐在地上。

秋石榴气喘吁吁地跑过来,拉开了两人。

5

柳喜燕一行人拽着韩冬青走到十字街口时,几个人已气喘吁吁,韩冬青趁势停步不前,开始大喊大叫地骂田香歌。

曹冒烟有个弟弟，名叫曹冒泉，是个瞎子。田香歌平常很照顾他，看他爱听豫剧、越调，前段时间还送他个收音机。

冒泉本就对哥哥的老丈人满嘴污言秽语地骂田香歌非常不满，但碍着亲戚的面子强忍着没吭声。现在听他又骂，就从地上摸根棍子，顺着声音走了过来。

6

夏豆花一直拦着田香歌，不让她近前，说："香歌，你说啥也不能去，他骂的就是你。"后来看众人实在拽不动韩冬青了，田香歌还是挣开嫂子的手上来帮忙了。

此时冒泉已经顺着声音摸了过来，举棍就打，谁知却正打在田香歌头上，田香歌晕倒在地。

柳喜燕夺下冒泉的棍子，训道："你瞎打个啥！"

冒泉理直气壮地说："敢骂香歌，就得打！"

"你打在香歌头上了！"

"啊？"

柳喜燕顾不上和他多说，背起田香歌就走。

7

还是曹冒烟从家里开来农用车，众人把韩冬青抬上车，才算把他弄进了闺女家。

裘多嘴挨打仍不忘搜集信息。赵来好和陶丽杏正关着门偷偷乐，裘多嘴敲门了，进来报告说："瞎冒泉一棍子把田香歌的头打了个血窟窿！"

"他俩咋打起来了？伤得重不重？"赵来好吃惊地问。

陶丽杏嗑着瓜子，说："好哇，瞎子也动手了。打吧，打得越热闹越好！"

8

众人把一摊烂泥的韩冬青抬到床上，听到他打出鼾声，就都散了。

两口子蹲在院子里唉声叹气了好一阵子。

韩玉雪想去厨房烧点儿水喝。曹冒烟黑着脸进来，用不容商量的口气说："立马把你爹送走！"

韩玉雪抹着泪说："唉，不喝酒多好一个人！我是啥话都不说了，你咋说我咋听！"

家里车是现成的，可两个人没有办法把韩冬青抬上车呀，曹冒烟决定出去找几个人帮忙。

9

田香歌伏在柳喜燕背上，没多久就醒了。看她真无大碍，柳喜燕就扶她去村医家处理伤口，然后送她回家。

走进胡同，就见冒泉正蹲在地上等她。田香歌不自在地摸着头上的绷带，说自己已经没事了，要他安心。

冒泉不大会说话，说了句对不起，就开始骂韩冬青，最后说："这下好了，这个醉鬼马上就滚蛋了，冒烟哥正找人帮忙'搬尸'哩……"

到了这时田香歌才知道冒烟的那个打算，就拉着柳喜燕往曹冒烟家跑。

两人到了曹家，一众人正在合计如何把韩冬青搬到车上。

田香歌说："你们不能送韩老师走！"

韩玉雪说："不能留他了，再留还得出乱子！唉唉，今儿气死我了、羞死我了……"

田香歌说："我都不生气，你气啥！"又转向曹冒烟说："要是这样让韩老师走了，先不说咱的虎文化求师无门，你们以后还咋亲戚？恐怕老人有生之年再也不会来媳妇桥的闺女家了……"

众人也都附和着劝，总算让曹冒烟改了主意。

10

田香歌一进家门，就被尉蓝紧紧地抱住了。尉蓝闪着泪花，激动地说："闺女，好样的！你做得对，我赞成啊！"

然后，尉蓝拉她坐下，难过地问："你这伤，还疼不？"

田香歌微笑道："不疼不疼，妈，我没事的。"

尉蓝说："多加小心，别发炎了。"

11

次日上午，田香歌早早去了韩玉雪家。

韩玉雪不安地看看她头上的绷带，问她："伤还疼不？"

田香歌说："还疼啥，好了。韩老师怎么样？"

韩玉雪小声说："在那屋呢。今儿早上他清醒了，问他醉酒骂人的事还记得不，他说记不清了。我一五一十地对他说了一遍。他哭了，自己打自己的脸，气得又倒下睡了。"

田香歌说："走，咱去劝劝他。"

韩冬青见田香歌来看他，很内疚，流着泪说："香歌，我不是人……"

田香歌安慰他："韩老师别难过，我不怪你。"

韩冬青说："你是个好人。唉，我该死！往后，就是拿刀子逼，我也不喝酒了！"

韩玉雪问："爹，昨个儿到底是谁让你喝的酒？"

韩冬青说："别问这个了，都是我的错。"

曹冒烟抱着儿子进来了，冷冷地插了一句："错了就算完了？一定得说出是谁让你喝的酒……"

韩冬青为难地说："别问了，说出来有啥用。"

田香歌使了个眼色，说："韩老师不愿说就不说。玉雪，快点端饭去。"

这时，柳喜燕慌慌张张跑进来，趴在田香歌耳边低声说了几句话，田香歌告辞出来了。

12

十字街口，裴多嘴正在大张旗鼓地推销虎骨酒。他拿着个酒瓶子，对一位老汉说："这虎骨酒，能百分之百治好你的腿疼病。来，你先尝一口，感觉有效再买，不贵，五十块钱一瓶。"

老汉接过酒瓶喝了一大口。裴多嘴要过酒瓶，往前走几步，对几个上了岁数的男女说："谁有腿疼、胳膊疼的毛病，谁就喝上一口虎骨酒。没毛病的不要喝，你们不懂这虎骨酒多主贵。"

几个人挨个对着酒瓶喝起来。裴多嘴说："别多喝，一口你就能感觉到药力了，想治病就掏五十块钱买一瓶，别吝惜钱。"

柳喜燕从一个人手中夺过酒瓶，说："这是哪来的虎骨酒？"没轮上喝酒的几个人不愿意了，嚷嚷着说她多管闲事。裴多嘴瞪着柳喜燕，伸出手说："还我的虎骨酒！咋，犯法啦？"

田香歌接道："就是犯法啦！"

裴多嘴又瞪田香歌，说："哪条法律也管不着我老裴的虎骨酒。"

田香歌说："虎是国家一级保护动物，国家早就明令禁止买卖虎制品！"

裴多嘴那天亲眼见到派出所来封色情演出，知道田香歌真敢拿法律治他，就嘻嘻一笑，说："禁不禁跟我有啥关系，这老虎也不是我捕的杀的……"

田香歌说："老裘，你是从哪里弄来的虎骨酒？"

裘多嘴支支吾吾地说："这……这是……"

"说呀老裘，你是从哪里弄来的虎骨酒？"说话的是陶丽杏，不知她是什么时候到场的，她义正词严地接着说，"老裘，你要明白，你伤害老虎是要判刑的。"

裘多嘴心说，这酒不就是你让我出来推销的嘛，现在你提上裤子装好人。但他不敢得罪陶丽杏，只能瞪着俩眼编瞎话："是我一个朋友的爷爷，几十年前在长白山做生意时得到的虎骨，一代一代传下来，如今炮制成了药酒。"

陶丽杏松了一口气，马上为裘多嘴解围："噢，是这么回事。这不犯法，可以卖。"

第一个喝"虎骨酒"的老汉上来说："老裘的酒就是有效，刚才我喝了一口，这不，这腿就不疼了。"

田香歌说："有效？我看您老是被那酒灌醉了。这是有人在酒里加了止疼药！我敢断定这瓶百分之百是冒牌的虎骨酒，若不信咱就去检验。用假虎骨酒骗人牟利，既是对虎文化的亵渎，又是违法行为！"她把目光转向陶丽杏，看陶丽杏有些紧张，便问道："嫂子，你看我说得对不对？"

陶丽杏表面点头称是，心里却在骂田香歌。

第十九章

1

李明远就任河寨乡党委书记之后，一连数日深入基层走访调研。来到媳妇桥，他对村支部数月没有书记一事儿颇感奇怪。通过与群众广泛接触，他了解到了田香歌是个好苗子。为了稳妥，他决定再留意观察一段时间。

他去区里开了几天会，回来就有人向他反映，媳妇桥的村主任赵来好居然请野班子来庙会上公开演出脱衣舞。

李明远觉得媳妇桥的班子问题不容再拖。几天后，李明远一行人来到媳妇桥，主持召开了党员大会。会上，大家满票选举田香歌担任村支部书记。

2

垂头丧气的赵来好，在屋里站也不是坐也不是，陶丽杏说："看你那没出息的样儿，不像个男人。"

赵来好说："往后，我这个村主任不好干了。"

陶丽杏说："有啥不好干的？只要别让田香歌抓住小辫子，她对你奈何不得。"

赵来好说："我这村主任，往后还有啥捞头？想做点手脚，非被她抓住不行！"

陶丽杏说："你呀，死脑筋，这两次贩画，六百张干干净净地捞了一万多块，谁能说你啥？林防风大量收购，田香歌她们大量供应，你在中间干地拾鱼，多好。"

赵来好说："怕就怕她们不再用我这个贩子了。"

陶丽杏说："我想不会。你又不赊账，她们卖给谁不是卖。再说，你干的这件事也很光荣。"

赵来好瞪大眼睛问："光荣？"

陶丽杏笑笑，说："她田香歌带领媳妇们画虎致富，你赵来好帮她们销售致富。一个村支书，一个村主任，都在为村民办好事，这还不光荣？"

赵来好点点头说："有道理。"

陶丽杏又出点子说："明天你就去找田香歌，找她借上一两本思想品德方面的书，对她说你往后要注意思想学习。"

赵来好说："你不知道吗，我这个人从不读书。"

陶丽杏说："让你去借你就去借，拿回来扔进箱子里放几天再还给她，她会知道你根本没有学？肯定会对你有好感。往后呀，你要学得灵活些，表面上要紧跟她、服从她。"

这时，林防风打来电话，催赵来好把剩下的四百幅画送过去。

挂上电话，赵来好说："林防风开始催了。"

陶丽杏说："你一定记住，要把林防风这个关系拴得牢牢的。还有那个屠义仁，也不能断了线。"

赵来好说："屠义仁也是吹得大。我现在才听说，他领的那些脱衣舞小姐，是临时从歌舞厅拼凑的，这回庙会他不少赔钱。"

陶丽杏说："不管咋说，那是个能人，这次他赔了，从前他赚多少你也不知道，你得想着多向人家学习……"

忽听院里传来田香歌的问话："来好哥在家吗？"

赵来好边应着"在家、在家"，边同陶丽杏一起出屋门迎接。

陶丽杏分外热情地将田香歌迎进屋，说："香歌妹，你这一当支书，可就忙上加忙了。来好，快给香歌妹泡杯茶。"

陶丽杏对田香歌说："香歌妹，我和你哥早就说，你文化高、有水平，媳妇桥由你当村支书就好了，看看，真当上了，土里头埋不住夜明珠！现在好了，乡里领导满意，村里群众满意，我和你哥更满意。往后哪，你可要帮你哥掌好舵，别让他犯了错误。"

赵来好说："香歌，按说我和你还是表兄妹呢，我娘和你娘一个村里长大的，你说咱不是表兄妹是啥？"

田香歌在笑。

陶丽杏接着说："你们俩的关系，跟我和秋石榴的关系一样，虽然不亲，可是走得近。往后你们两个，一个村支书，一个村主任，那就更近了。"

赵来好说："我要好好向表妹学习，你别认为我年龄大就不好意思，你对我该批评就批评，多加强思想教育。"

田香歌笑道："你们太客气了。以后咱们要搞好团结，互相学习、互相支持，多为村民办实事。"

陶丽杏说："香歌妹说得好。你领着媳妇桥的媳妇画老虎，这是致富的好路子，群众没有不夸的，都说你有功。"

田香歌说："表哥找条销路，同样功劳不小。参加画虎的几个人，有的收入一千多，有的收入两千多，都很感谢你这个村主任。"

陶丽杏转身对赵来好说："来好，刚才你还对我说哩，想找表妹借本啥书……"

赵来好说："是有关思想品德方面的，不知有没有？"

田香歌说："有，有这方面的书，你抽时间去借呗。"

赵来好点头，陶丽杏把话岔开："香歌妹，听你刚才的意思，你们画的老虎画，继续让你表哥帮忙卖？"

田香歌说："一千幅的任务还没有完成呢，咋能断了这条路。"

这时，柳喜燕突然闯进屋门，开口就埋怨田香歌："哎呀，你咋到这里来啦？叫我好找！"

陶丽杏对柳喜燕的话很不满意，接道："香歌怎么就不能到这里来了？俺家又不是黑社会。村支书来找村主任研究工作，错了吗？她就是一点儿事情没有，来表哥家串个闲门也是应该的。"

柳喜燕冷着脸说："我是急着找香歌有事，谁说这里是黑社会啦？谁说香歌不能来这里串门啦？"

田香歌制止道："别再抬杠了，不值当的。"

赵来好也跟着说："算了，算了，不准再瞪眼抬杠了。"

柳喜燕拉起田香歌的手就走，说："有当紧事，快走！"

田香歌便向赵来好和陶丽杏告辞。

陶丽杏望着柳喜燕拉着田香歌走出院门，回头对赵来好说："这个柳喜燕，是田香歌最贴近的一员干将。"

3

柳喜燕领着田香歌从虎王庙前走过，又穿过防护林，来到老黄河岸边一个高处才停住了步。

田香歌问："你把我领到这里干啥？"

柳喜燕说："看看咱们家乡的老黄河。老黄河是媳妇桥的一大景观啊！"

"你不是找我有急事吗，说呗。"

"是有急事，可不知你认为急不急。"

"别卖关子了。这儿只有你我二人，尽管开门见山地说。是不是你怀上孕了，向我报个喜？"

"去你的吧，瞎猜。不是告诉你了嘛，你不找上对象，我永不怀孕！"

"你是你，我是我，赌这个气干吗？"

"咱说正事。老实对你说吧，我心里头天天都窝着一件不幸福的事。"

"啊？"田香歌一惊，"有啥不幸福的事？"

柳喜燕说："这件不幸福的事，是由我的一位贴心好朋友的不幸福引起的。"

田香歌没有说话。

柳喜燕挺干脆地说："香歌，尽管你和尉蓝相处得很好，尽管媳妇桥的村民都很拥护你，可你心中还是有一汪苦水。婚姻不幸是最大的苦衷啊！这一点，我是很明白的，经常暗暗为你发愁。"

"谢谢你关心我。"田香歌感激地说。

柳喜燕观察着田香歌的表情变化，突然问："香歌姐，我问你，我堂哥苗秀河给你来过信没有？"

田香歌以为柳喜燕有了苗秀河的音讯，惊喜地问："咋，他给你们写信、打电话了？"

柳喜燕回答："没有没有，我是想向你打听一下。"

田香歌感到失望，说："他怎么会给我来信呢，是我伤害了他……"

柳喜燕说："伤害他的不是你，是林防风。秀河哥是真心爱你的，什么时候也不会怨恨你。现在他肯定不知道你和林防风已经离婚了，更不知道你在领着大家画虎呢，也不会知道你当选了村支书。如果知道这些，他会立马回来的。"

"真的吗？"田香歌问。

"你别问我，问问你自己的心，就知道是真是假了。"

柳喜燕说："秀河是个实在人。我在琢磨，现在应该让在外头的他了解你田香歌的处境，他也该对咱的文化产业帮帮忙了。"

田香歌说："他能回来太好了。问题是怎么才能让他回来，你有法没有？"

柳喜燕笑笑，说当然有法。

田香歌催她快说。

柳喜燕胸有成竹地说："我早策划好了，咱就写一篇名叫《媳妇桥的第二任女支书》的报告文学，在《商元日报》上发表……"

田香歌笑道："这是玩的哪一套？"

柳喜燕说："你听。文章的内容分三大部分。第一部分写离婚后的田香歌坚持和原来的婆母生活在一起，不做儿媳做女儿，照顾孝敬这位从村支书位上退下来的孤独老人。第二部分写她组织媳妇们开发虎文化产业。第三部分写共产党员田香歌深受群众拥护，在乡党委的支持下当选为村支书。这是一篇多么典型、多么有意义的文章，在《商元日报》上一发表，肯定得轰动啊，在外头的苗秀河就是不能亲眼看到，也会听到的，管保他立马回来。我看，这篇文章我能写好。"

田香歌说："你尽出洋点子，我坚决反对！"

柳喜燕两眼一瞪，问道："你为啥反对？"

田香歌说："我不需要你这个吹鼓手吹我。至于苗秀河，我相信他总有一天会回来的，因为他不会忘记媳妇桥。现在他为什么不回来，是他还不该回来。"

柳喜燕有些不高兴，却也无话可说。

田香歌对柳喜燕说："你的心意我领了，可你这个主意偏了轨，我是不能采取的。这会儿你是想不通，慢慢会想通的。咱们既然是好朋友，我也把我心中的话透露给你：我打心里爱苗秀河，但不一定能结合在一起，明天的情况如何，就等着面对明天的现实吧。我要做到贴近现实。"

第二十章

1

村街上，尉蓝对田香歌说："你看，家家的电灯都亮着。"

田香歌说："媳妇们都在忙着画虎哩。"

尉蓝说："香歌，告诉你个消息。下午我去看你九奶奶，她说前天秀河往他叔叔家打了个电话，让奶奶去接，祖孙俩通了一阵子话。"

田香歌问："秀河他现在在哪里？"

尉蓝说："九奶奶倒忘问了，只听他说是在外地卖画。秀河主要对奶奶说要吃好、休息好、活动好，要把剪纸当作娱乐，千万别累着了。对，秀河还问香歌好吗，奶奶告诉他香歌领着媳妇们学文化、学画虎呢，过得好。别的也没顾上说。我去找秀河的叔叔，照着来电显示的号码拨过去，是广州的一处公用电话。"

田香歌说："他在外面跑跑有好处，该回来时他自然就回来了。"

今晚月色很好，母女俩的心情同样很好。

2

这个夜晚，林防风和白露也在阳台上沐浴着如水的月光，观望着商元市的夜景。这时，林防风收到一条短信，他看一下就匆匆收了起来。

白露问是谁发来的短信。

林防风说一个朋友发来的，然后指着天空说："那颗星星一闪一闪的，它叫啥名？"

白露说："我不看星星，我要看短信。"

林防风说："一条短信，没啥意思。"

白露生气地说："还保密呢，准是小姐发来的甜蜜话，你呀你，脊梁上背茄子——生外心了！"说着，将手伸进林防风的衣兜掏出了手机。

林防风奈何她不得。她看到了短信的内容："防风弟，咱们好久没有见面和通话了。难道你真的要听尊夫人的话与我断交吗？别忘了，我对你有过帮助。请回电。江浪生。"

白露生气地说："我早说过，那个江浪生不是好人！他对你有过啥帮助？"

林防风说："他是没话找话，我咋会用着他帮助。这样吧露露，往后不准他到咱家里来就是了。"

白露说："我愿意嫁给你，是因为你有文凭、有工作、有能力。我把一生的幸福全寄托在你身上，你要是跟江浪生学坏了就苦着我了。"

林防风说："露露，你只管放心，我现在就回短信，跟他一刀两断！"

3

江浪生正打算睡觉，收到林防风"一刀两断"的回信，他火了，把手机摔在床上，说："断就断，你林防风算个啥玩意儿，无情无义的东西……"

然后，带着一肚子气关灯睡觉。

4

天一亮江浪生就起床了，把皮鞋擦得锃亮，洗了手脸梳了头，夹起皮包，搭上了去媳妇桥的客车。

赵来好和陶丽杏刚刚吃过早饭，江浪生就走进了院子。

江浪生好久不来，陶丽杏真有些想念，一见面就说："好长时间没音信，我还以为你失踪了呢。"

"别提了，忙坏了。"江浪生说着从包里抽出一张小报，"这是我办的《平原新潮报》，在商元市和周边地区都很有影响力，赵主任可以在这报上扬扬名！也可以介绍其他村子的班子成员上我的《平原新潮报》。"

赵来好问："上这报纸不是白上的吧？"

江浪生说："需要收费。不过费用由村里出，我这有正规发票，还可以给你搞点儿回扣。名利双收，你何乐而不为？"

赵来好说："村里出钱也有困难，我现在可不敢冒这个险，让人家抓住小辫子了不得。"

陶丽杏插话道："先别说这报。浪生，你还没吃早饭吧？我去给你做。"

江浪生说吃过饭了，接过赵来好递来的水，动情地说："每次我来，你们对我都很热情，我很受感动。不瞒你们说，那个林防风不行，他太不近人情了！"

陶丽杏问："林防风他怎么啦？"

江浪生说："他和我一刀两断啦！"

赵来好有所不信，说："林防风那人挺好的，不能吧？"

"真的。"江浪生找出手机上的短信，"你们看，这是昨天晚上给我发来的'一刀两断'的短信。"

赵来好皱起眉头思考着，然后变了一个神色，看着江浪生说："肯定是你得罪了他，不然他不会发这样的短信。"

江浪生解释说："我没有得罪他呀！"

赵来好说："别犟了！你不明白，人家林防风是国家干部，苏书记是他的至亲，你得罪他有啥好果子吃？"

江浪生不服气地说："赵主任，你？"

赵来好说："我这个小小的村主任，可不敢得罪上头的人物。"

江浪生说："林防风算啥上头的人物？"

赵来好板着脸说："人家总比你根深腰硬！这样，往后我这个家你就少来吧！"

陶丽杏忍不住了，冲着赵来好说："赵来好，你说的什么话！"

江浪生满脸怒色地站起来，掂起包就走。陶丽杏想拦没能拦住，眼睁睁看着江浪生气呼呼地走了。

赵来好"哼"了一声说："这种人，让他走就是了！"

陶丽杏大发雷霆："赵来好，你敢把江浪生赶走，我今天跟你没完！"

赵来好有些胆怯，但没有认错，而是回避着说："我要和香歌一块去乡政府开会，香歌在等着我呢。我走了。"

陶丽杏用愤怒的目光看着赵来好推着自行车走出了院门。

5

赵来好、田香歌骑着自行车出了村子，很快就赶上了前头步行的江浪生。

田香歌跳下车子说："原来是江记者啊。"

赵来好也下了车子，只是没有言语。

江浪生看着田香歌说："哦，香歌同志，你好。"

田香歌点点头说声"好"，惊奇地说："你啥时候来的？都还没见面呢，怎么就要走？"

江浪生支吾着说"工作很忙"，赵来好感到无聊，说："香歌，我先走了。"说着就骑上自行车紧蹬几下，远远离开了田香歌和江浪生。

田香歌好像明白了什么，她问江浪生："你现在在忙什么事情？"

江浪生回答："忙报纸呗。"

此时陶丽杏也骑着自行车追上来了，边忙着下车边对江浪生作介绍："香歌现在是村支书了，你还不知道吧？"

江浪生满脸带笑地看着田香歌，说："恭喜，恭喜。"

陶丽杏满脸笑容，望着江浪生说道："江记者，你为啥非要走呢？你看，香歌也不想让你走。"

田香歌接道："是啊，就别走了，我去乡政府开会回来，领你一家一家串串门，看看媳妇们画的老虎，有好多话要跟你说。你在媳妇桥住几天也没事，谁家的饭都能吃。"

陶丽杏向江浪生使个眼色，意思是：这是多好的事，快快答应留下。江浪生笑笑，对田香歌说："田支书，那，我就不走啦？"

田香歌应道："好，不走啦。我开会很快就回来。让嫂子领你先到我家坐会儿，午饭就在我家吃，住处由来好嫂子安排。"

6

赵来好和陶丽杏在家中吃午饭，各自憋着一肚子话。

等闺女蕾蕾挎着书包上学走了，赵来好开了腔："田香歌会招待江浪生吃饭，你没想到吧？"

陶丽杏问："你这话是啥意思？"

赵来好说："我是说田香歌怎么能看上江浪生呢？"

陶丽杏白瞪了男人一眼，说："田香歌为啥就不能看上江浪生？你说江浪生是没有仪表还是没有文化？香歌她当上村支书了，难道就不考虑个人的事了？你这个猪脑袋！"

赵来好说："这下江浪生该满意了。也好，他在媳妇桥有了吃饭和落脚的地方，省得再来咱家找麻烦。"

陶丽杏说："你咋突然这么烦他，他厮你眼里啦？"

赵来好说："你别恼，以前他哪次来我慢待过？这一次，还不是他说林防风和他一刀两断了吗？"

陶丽杏说："他俩一刀两断，碍着你啥事？"

赵来好说："我总觉得，江浪生常常来咱家，被林防风知道了不好。"

陶丽杏说："动脑筋要动到点子上，能多结交一个人就多结交一个，说不定谁就能给你帮帮忙，只要当心别上当就中。"

赵来好的心活动了，问："这么说，还要和江浪生搞好关系？"

陶丽杏肯定地说："那当然。还有那个屠义仁，也要和他拉上关系。别忘了，石虎出手，还得靠这个老家伙呢！"

7

下午，田香歌领着江浪生一家一家串门参观画虎。

两人在曹冒烟家聊了一会儿，然后出门继续转。曹冒烟突然有了个想法，放下画笔就往秋石榴家跑。

秋石榴正在用心画虎，看着曹冒烟说："你来干什么，没好事吧？"

曹冒烟抿嘴一笑说："想你了。"

秋石榴说："我不想你，一冒烟呛死人。"

"呛过你几回？"

"我说冒烟，你别逗我了。准是有个野男人去你家了，这是韩玉雪让你出来给人家让空的吧？"

曹冒烟说："秋石榴，我斗嘴斗不过你，咱说个正事，刚才香歌陪着那个记者，到你家来没有？"

秋石榴回答："来了。"

曹冒烟又问："你细看江浪生那个脸没有？"

秋石榴说："我画我的老虎，我看他的脸干啥，我又不给他相面。"

曹冒烟说："他也到俺家去了，我倒是打量他那个脸了，咋越看越和甜瓜相似呢。"

秋石榴说："去你的吧，甜瓜是个胖脸，他是个瘦脸，错得多了。"

曹冒烟说："一个胖一个瘦是不假，可是那'形'、那'神'像哇。"

秋石榴说："我见过江浪生好几次了，也没看出来啥，你才是瞎琢磨呢，我看你别叫冒烟了，叫二细吧，净是胡乱想。"

8

田香歌领着江浪生串了好几家，最后又领着他回到自己家，两人坐下攀谈起来。

田香歌问："江记者，我们画虎，你办《平原新潮报》，两者比较哪样更有意义？"

江浪生说，不是一码事，不能相提并论。

田香歌说："农民画画，政府会大力支持。可是，有些事是国家不允许的，比如你办的《平原新潮报》。"

—— 107 ——

江浪生说："我这是不公开发行的小报，还是可以的。"

田香歌说："有一天上边会下令禁止这类小报的。"

江浪生说："不过目前商元市还没有下令禁止。"

田香歌说："那是因为还没有发现它。"她劝江浪生选择一样正当的事业来干。又问他对画虎是不是有兴趣，真有兴趣的话可以参与嘛，若能帮助跑跑市场，村里愿意给他报酬，具体办法可以商量。

江浪生没说话。

赵来好从外面走进来，很亲热地来请江浪生去家吃晚饭。

江浪生随赵来好走到十字街口停住了步，说自己就不去他们家了，要从这里叫辆三轮车去乡汽车站乘车回商元。赵来好挽留不住，看着他离开了村子。

赵来好回到家，对陶丽杏说："江浪生不来，是不是田香歌对他说什么了？"

陶丽杏听了，又气田香歌又气江浪生。

9

江浪生坐在客车上，想着心事。

今天，他随田香歌串门参观画虎，很有感受。尤其是对田香歌有了真正了解：这是个有文化有志向的新农民，自己和她不般配。

然后他又想起了前妻谷雨她，自己真不该跟她离婚。

唉，现在啥也不说了，当务之急是办好《平原新潮报》，弄到一笔钱，然后去找谷雨赔情道歉，和她复婚，给她治病，把她接到市里好好过生活。

他又告诫自己：往后少来媳妇桥，赵来好这个人不行。

第二十一章

1

十月怀胎，白露产下一个白胖小子。转眼过了百天，林防风问白露："你说咱妈会不会来看孙子？"

白露说："你不是托赵主任捎去信了嘛，来不来由她，反正咱们算看得起她了。"

2

时下是晚春。这天，尉蓝独自站在庭院里，望着满枝绿叶的大柿树出神。算一算，儿子离开这个家已是第三个年头了。

当娘的也想过儿子，但打心里没有办法原谅他。这几年有田香歌相伴在身边，她觉得过得挺好。

昨天，赵来好来报信，说儿媳妇给她生个胖孙子，儿子和儿媳请她去呢。

去还是不去，她没有拿定主意。

晚饭后，尉蓝端详着赵来好捎来的照片，照片上的小孙子胖乎乎的，看得尉蓝满心欢喜，感觉小孙子在喊奶奶，她多想抱抱他呀。

田香歌端着一盆热水走进来，说："妈，来洗脚吧。"

尉蓝把照片放桌上，说："不能每次都让你给端洗脚水啊！"

田香歌笑道："这有啥，还能累着我了？天黑了，我行动比你方便呗。"

尉蓝说："我才六十四岁，不算老。"

田香歌满脸挂笑，突然问："妈，你哪天去市里头看宝贝孙子？"

尉蓝还是回了一句"让我想想"。

3

第二天晚上，田香歌再问这个话题时，尉蓝说："想好了，不打算去了。"

田香歌问："你不想见见孙子？"

尉蓝从桌上拿起那张照片，说："有这照片，我天天看看就中了。"

田香歌说："光看照片咋会中？你想抱抱孙子亲亲孙子咋办？再说，你也该去见见他们了。"

尉蓝叹口气说："儿子和儿媳，我不想。"

田香歌说："妈，你不要往我身上想，你去看你的孙子、看你的儿子和媳妇，我心里是乐意的。"

尉蓝什么也没有再说。

晚上睡觉前，她忍不住滴下几颗热泪。

4

次日上午，田香歌提着个帆布包，陪着尉蓝来到商元市。路上千叮咛万嘱咐："妈，你在这里想住几天就住几天，啥时想回啥时给我打电话，我来接你。记住我的话，不管住多少天，千万不要生气、不要劳累，要吃好、睡好。"又说："媳妇给你买不买衣服，都随她的心意吧。真买来了，你也别坚持不要。"尉蓝说知道。

一直把她送到林防风家的楼下，田香歌才告别回去。

5

为欢迎婆母的到来，白露操持了四样菜，还拿出一瓶红酒，尉蓝说："弄这么多菜干啥，家常便饭最好。"

林防风说："三荤一素四个菜，三个人吃不算多。妈怕浪费，咱吃完它。哎，还没顾上告诉妈呢，儿子我升科长了，算给您老人家争光了。"

尉蓝看着儿子说："哦，高升了，妈没想到的事。我也告诉你个消息，田香歌现在是媳妇桥的村支书了。"

白露淡淡一笑，林防风也笑了，说："您老人家不也曾是媳妇桥的村支书兼村主任吗，结果老了就是现在这个样子。"

尉蓝不爱听这话，不过也没反驳。

林防风端起酒杯，说："明天是五一节，我提前陪老娘过节日，也算给您接风了。明天我得去桂林出差，参加一个产品展销会。我这个业务科长是特邀嘉宾，不去咋能行，所以得请妈谅解，这就叫'当差不自由'。妈，来喝上一杯。"

尉蓝说自己不能喝酒，白露拿起筷子说："妈，那你吃这红烧肉，一点儿也不腻，味道可美了。还有这烧鸡，你吃个鸡腿吧……"

很少动荤腥的尉蓝，为难地拿起筷子，心说：媳妇不了解情有可原，儿子你就忘了妈从不喝酒、不爱吃大鱼大肉吗？

6

第二天一大早，林防风就出差走了。临走前，他交代白露要善待妈，不要跟妈闹矛盾，白露睡眼惺忪地嗯啊着。

但是，龃龉很快就出现在了婆媳之间。白露嫌她做的饭淡而无味，嫌她连个地也拖不干净。看婆婆做家务实在达不到自己满意，白露就让她照看孩子。可小孩认生，一到尉蓝手上就哇哇直哭，搞得白露烦透了，觉得家里多个人自己反而更累了。

尉蓝有自己的生活习惯，也有自己的价值判断，心里总是下意识地拿白露和田喜歌比较，白露越是对她使脸子，她越是认为这个儿媳真不行，远远不如田喜歌朴实、厚道，对自己一点儿也不贴心。

7

林防风、白露都不爱干家务，家里除了客厅等明处还比较光鲜外，厨房里油腻腻的，卧室、阳台的柜子顶上、墙角等地儿随处可见灰尘。这天，白露抱着孩子串亲戚去了，尉蓝决定帮他们认真打扫一番。

打扫到白露他们的卧室，尉蓝怕弄脏了床上的被褥，想把它们叠起来收到柜子里。其他三组柜子都塞得满满的，唯有挂衣柜空荡荡的，里面竖着个大纸卷。纸卷捆扎得很潦草，松松垮垮很占地方。尉蓝很奇怪好好的衣柜为啥不挂衣服，于是就把纸卷抱出来想捆紧凑一些，也好腾出空间放些东西。

打开纸卷，尉蓝更惊奇了：这不是村里媳妇们画的老虎吗？像，上面这几幅真像香歌的手笔！可仔细端详又发现了不一样：赵来好在村里收画时，反复要求不要题款不要盖章，可这些画全都有题款和印章，好像是一个叫王大寅的人画的。尉蓝忙着干活，没有去多想，把这批画重新卷紧凑、捆结实放回去，就开始继续打扫卫生了。

下午，累得腰酸背疼的尉蓝正靠在客厅的沙发上休息，白露抱着孩子回来了。把孩子递给尉蓝，她去卧室换衣服。

尉蓝正逗弄小孙子，就见白露气哼哼地冲出来，愤怒地问："你这人咋恁随便，咋能在我的卧室里翻来翻去？这商元市不是媳妇桥，得懂点儿规矩……"

尉蓝说，我就是帮你们打扫一下屋子，咋就是翻来翻去了，咋就是不懂规矩了？

白露不答话，夺过孩子转身进了卧室，"砰"地关上了门。

8

尉蓝坐在客厅里难过了一会儿，想起香歌临别时对自己"千万别生气"的叮嘱，也就不生气了。

只是，尉蓝内心已经做出决定：等儿子出差回来，自己马上就回媳妇桥。儿子这个家，以后能不来就尽量不来。

不久，林防风满脸春风地出差归来，母子说了几句话，尉蓝就说要回去，说是在城里住不惯，夜里睡不着，老是做梦回到了媳妇桥，"一会儿咱抱孩子去照相馆找个像，取出照片我就得走！"

林防风见母亲态度坚决，只得抱着孩子去照合影。

第二天下午，尉蓝揣着跟孙子的合影，乘车踏上了回乡路。

第二十二章

1

穿着新衣服的秋石榴背着包从村外风尘仆仆地走过来，在十字街口遇上夏豆花。秋石榴一本正经地教训夏豆花："不在家中认真画虎，溜出来干啥？"

夏豆花瞧瞧秋石榴的衣着，说："穿得那么漂亮，到哪儿野性去了，咋没让野男人给领走？"

秋石榴不斗嘴了，说："今儿送金砖去商元搭火车。我俩在商元逛逛，转悠到古玩字画街，据着咱画的老虎家挨家户挨户问了个遍，结果没有一家愿意代卖……气得我也不陪金砖等夜车了，先搭汽车回来了。"

十字街口是媳妇桥的社交中心和信息交流中心，不一会儿柳喜燕等一众人都围过来了，议论着秋石榴带来的信息。到小卖部买酱油的陶丽杏正好路过，也站在外围听议论。

秋石榴说："古玩字画街有个老板说，最近这是咋了，前天刚有个年轻女子上门推销老虎，今天又来一位。我赶紧打听来人的模样，店老板一开口我就准知道是香歌，因为我知道香歌去商元送老支书了……"

"你没有问，香歌推销得咋样？"夏豆花说。

秋石榴有些丧气，说："估计跟我一样，到处吃闭门羹！老板们的说法比较一致，说名人字画还差不多，无名小卒的字啊画啊没有市场，赊销也不干，怕瞎忙活……"

2

还真让秋石榴猜中了，在商元古玩字画街上吃闭门羹的那位女子正是田香歌。

那天，把尉蓝送到地儿，田香歌就在商元市转起了书画店。除了古玩字画街这处专业市场，她还转悠了散落在大街小巷的多家书画门店，她满怀希望而来，收获的却是深深的失望：

有的老板指着满屋的山水画人物画，清高地说，老虎不登大雅之堂，是野路子绘画，我店里要是挂这玩意儿，品位立马就下去了。

有的老板翻看一下田香歌带去的作品，有些蔑视地说，画工太差，练好了再说吧。

有个老板说话更气人，居然说："农村媳妇，真想致富，可以多喂几头猪、多养几只羊。乡下媳妇想画老虎挣钱，我看比抢银行都难！"

现实很无情，但田香歌并未绝望。第二天下午，眼看在商元暂时无路可寻，她点点身上的现金，决定到开封、登封等旅游景点较多、中外游客不断的地方去探探市场。

媳妇桥的一众媳妇在十字街口忧心忡忡之时，田香歌正搭车从少林寺去洛阳。

3

十字街口的那场议论是在众人的忐忑不安中结束的，唯独陶丽杏带着莫名的快意，晃着手里的酱油瓶回了家。

陶丽杏想，眼下媳妇们手上积攒的画作已经不少，要是推销不出去，起头人田香歌的威信能不受损？只要田香歌倒了霉，自己的心情才好，日子才好过。又一想，妈呀，自家的财运来了呀。

路上正好遇见裴多嘴，两人如此这般、这般如此地嘀咕了一会儿，第二天都知道了村上媳妇们画的那些老虎，拿到城里白给都没人要，是白耗油瞎耽误工夫。

村里有心眼儿小的，看着自家那摞画作，唉声叹气地吃不下饭。

4

时机成熟，陶丽杏开始点拨赵来好，说："这帮媳妇画的老虎，现在是一张也卖不出去，田香歌到处找销路，商元、开封、洛阳、中岳庙、少林寺、龙门，书画店老板个个都是摇头。现今媳妇们的意见可大了，都说要不是赵主任拿现钱收了一批，就更抓瞎了。还说要是赵主任能继续收就好了。"

赵来好说："交完那一千张，屠义仁、林防风就没了下文。打了几次电话，林防风也没个准话儿。他不出钱，我咋收购？收了也找不到下家出手……"

陶丽杏说："有赊销就有赊购，她们现在急得团团转，又有你上次现金收购、分文不欠积下的信誉，她们一定会同意先赊账，打个欠条，等货出手再付款。真卖不出去也不怕，没钱有货在，还能亏了本？"

赵来好说："中是中，就是怕林防风手中的画积压下了，咱后面再转手给他的速度可就慢了……"

陶丽杏说："林防风林防风，非得让他得大头？你不会直接跟屠老板联系呀。屠老板口口声声说自己从这起生意中分文不取，他傻呀？我看他是放长线钓大鱼，你俩联手，少了个分利的，我就不信他屠老板会拒绝！"

5

柳喜燕每天照样在家里画画。她已跟人在外地的田香歌通过电话，她信任田香歌、支持田香歌，坚信香歌一定会带回来好消息。

韩玉雪慌慌张张地跑进来，说："喜燕，出事了，赵来好乘虚而入了！"

柳喜燕放下画笔，问："什么乘虚而入了？"

韩玉雪说："听说画出来的老虎断了销路，大家都急坏了。正好这时候赵来好登门收购，他不出现钱，是赊购，打欠条。价格也低，二十块钱一张。就这有人也乐意，说总比积压在家里变成废纸好。据我打听，赵来好眼下至少顺顺当当地收走了八百张……"

柳喜燕问："你画的，也给他了？"

韩玉雪说："他也到我家去收了，我说一切听香歌的，香歌不说话我贵贱不出手。赵来好不会来你家自讨没趣，我就来对你说说。"

柳喜燕问："夏豆花的也收走啦？"

韩玉雪说："也收走啦。喜燕，你说这事该咋办？"

柳喜燕说："别急别急，香歌很快就回来，肯定会有办法的，他赵来好得逞不了。"

6

在外转了一圈的田香歌回到了媳妇桥。她身体很疲惫，但精神状态很好。听柳喜燕、韩玉雪介绍完赵来好赊购画作的事儿，田香歌说："他这是想趁火打劫。不过咱先不说这事，你们二人马上去请大家来我家，我向大家介绍这回外出考察的情况，琢磨透了书画市场我们就有出路了！"

田香歌此行最大的收获来自洛阳龙门景区一家画廊老板的指点。

这是一家门脸不大的画廊。那天田香歌进去时，五十多岁的老板正在伏案画牡丹，看田香歌悄悄站在旁边观看，老板客气地打了声招呼："请随便看吧。"

她笑笑说："老师您这牡丹画得好漂亮！"

"看样子，你也喜欢画画。"

看人家有兴趣，田香歌取出了自己的画。

"噢，画的老虎，"老板上下左右细心地看了一遍，说，"画得还不错，很认真，刻画出了虎的精气神，配景搭得也合适，大氛围处理得不错……

田香歌说："那……那，请问老师，像我们这种水平，就说这张老虎吧，在书画市场上能销售吗？"

老板说："想走市场，我看现在还不行。"

田香歌问："为什么？"

老板指着店里挂的画，说："中国画讲究诗书画印融为一体、相辅相成，你看你这张画，虽然构图还不错，但最起码还缺少落款和印章。你看墙上这幅《雨夜听风图》，空白处了一首诗，用小篆题写了"雨夜听风"四个字，这画面就饱满、精神了许多。好多中国画画家都是书法家，建议你今后多练书法，多读书，多观摩前人的佳作。还有，三分画七分裱，装裱也很重要……"

田香歌问："老师，书画市场有没有啥定价规则？"

那位老板喝了几口水，回答说："物价局从来不管书画行，书画的定价我看主要是由经济大环境、作品质量这两点来决定。经济好，大老板、小老百姓手上都不差钱，购买艺术品的自然就多。上乘的艺术品，尤其是社会公认的名家名作，那价格在市场上就会越卖越高。名人大家的字画以平方尺论价，价格高低不等，也有地区差别、时间差别。就拿这画虎来说吧，北京的王大寅是大名家，在海内外都有影响，每平方尺能卖好几万。日本人最喜欢他的作品，一个四尺的条幅能卖四五十万人民币。他的画畅销得很，据说买主排队都排到三年以后了。你现在画的老虎怎么说呢，水平尚可但是没有名气，题上款儿敲上印，百八十元应该是有市场吧……"

从画廊告别出来，田香歌打听着来到一家美术专业书店，留下回老家的车票钱，剩下的钱全部买成了绘画参考资料。

大家翻看着田香歌带回来的新书，听完田香歌介绍的信息，心中的疑虑一扫而光。

夏豆花说："啥都别说了，眼下最当紧的是练书法、刻印章。哪怕是先写好几个字，也算是填上了个缺项……"

柳喜燕说："比这更急的，是拿回大家的作品，别让赵来好真给倒了手！"

大家七嘴八舌地说"对"，当即决定由夏豆花、柳喜燕带五六个人去讨要。

9

赵来好和陶丽杏刚吃过饭，夏豆花、柳喜燕一行就涌进了屋里。

柳喜燕开门见山地说："赵主任，大家选我们当代表，找你要画来了。"

赵来好嘴上装糊涂，问："要什么画？"

陶丽杏说："忽一下子来了这么多人，咋回事？"

秋石榴说："把八百张画还给我们，啥事没有。"

赵来好回过神来，强硬地说："我没偷你们的、没抢你们的，那是收购的，为啥要还？我可都打着欠条呢，将来卖出去一分钱也不少你们的。这可好，说变卦就变卦，是我不讲信誉还是你们不讲信誉？亏你们还整天喊着学文化学科学呢……"

柳喜燕说："嘿，赵主任理论水平就是高。可我问你，村民发展文化产业，画的老虎在销售上暂时出了点儿问题，你作为村主任，本应该说服大家稳定情绪才是，可你倒好，趁机压价收购，还是打欠条！大家熬眼劳神、辛辛苦苦画的画，二十元连成本都保不住，主任你也好意思把价格压怎低？现在我们已经找到了路子，要不你就现钱结算，要不就把画退给大家。"

赵来好结结巴巴答不上话，陶丽杏眼皮一忽闪计上心来，说："那些画嘛，你们来晚了一步，商元来的客户刚刚拿走……"

秋石榴一扯夏豆花的衣角，二人趁赵来好和陶丽杏不注意走进了里屋。

柳喜燕等人继续缠着要画，柳喜燕说："画拿走了，一定是付钱了，赵主任我去叫大家伙儿来领钱吧？"

赵来好慌神了，说："钱嘛，钱嘛，人家还没给，等着吧，钱到了我按欠条上门去清账。"

大家一致反对，你一句我一句地吵闹起来。

秋石榴、夏豆花在里屋很快找到了那批画，两人分别抱着画走出来，夏豆花说："画找到了，咱们走！"

陶丽杏恼羞成怒，说："走？休想！谁敢动我跟谁没完！赵来好，你快打

电话报警！说咱家招贼了！"

柳喜燕说："赵主任，你快打电话报警呀，我们不走了，等派出所的人来了，你摆你的理，我们也摆摆我们的理。"

秋石榴话里有话地说："对，等派出所的人到了，我也说说从前的事儿，这都是逼的呀！"

陶丽杏、赵来好蔫了，因为秋石榴掌握着他们太多上不得台面的事儿，真说出去，不光丢人现眼，没准儿还得去住不用掏钱的班房。赵来好故作镇静地说："真是泼妇刁民，都给我走，再不走可真就报警了……"

柳喜燕等人笑着大大方方走出赵家院门，赵来好追上来喊："把欠条还给我！"

柳喜燕回头答："等把画清点清楚，再还你欠条不迟。"

10

第二天，田香歌去乡政府找李书记汇报工作。

听完她要大力发展虎文化产业的汇报，李书记笑了，说："文化产业是新兴产业，从中央到省上、县上，都在大力引导积极支持。我今儿表个态，不论是乡党委、乡政府，还是我本人，都全力支持媳妇桥发扬虎精神、传播虎文化……现在销售上遇到一些困难，这样吧，马上我和乡长要分头带队去长三角、珠三角招商，乡里按略高于成本的价格收购你们四百张，一来是送给客人当礼品，二来是帮着宣传出去。"

而后，李书记建议田香歌按现代企业管理制度运作村里的文化产业，条件成熟后应成立"媳妇桥虎文化产业公司"。

田香歌起身给李书记的杯子续上水，请求说："政府干部都是文化人，接触的人层次高，您看能不能号召一下干部们，在商元和周边地区帮我们联系销路，事成了村里可以给提成，对，应该说是奖金……"

李书记沉吟片刻，说："支持村民劳动致富，是大家的职责所在，好，下午开会我就讲，但是，提成也好奖金也好可不敢乱发！"

告别李书记走出乡政府大院，田香歌拐弯去邮政所取包裹。

包裹居然是苗秀河寄来的，除了几本画虎方面的资料，还有一幅苗秀河画的《双虎图》，这幅画有很高的造诣，看得出苗秀河几年来在画虎方面没少着眼着心着力。

捧着包裹，田香歌心跳加速，脸上绽出红晕。

当天一回到媳妇桥，田香歌就召集柳喜燕、夏豆花、秋石榴、韩玉雪等几个骨干开会，先说了见乡党委李书记的情况，说："李书记对咱们是大力支持的。我提个建议，我们要抓紧把现有的画题款用章，一部分请书记乡长带出去，余下的我们送到商元，好话说尽请各家书画店代销，我们必须先把本地市场打开。"

夏豆花为难地说："我们几个的字写得像死乌鸦，咋落款呢？"

田香歌笑笑，转向柳喜燕说："你就别装聋子了，快去请媳妇桥首席书法家苗秀山校长吧……"

柳喜燕说："就是，我咋把他给忘了，我这就叫他来。"

韩玉雪说："苗校长的字确实好，我爹说他有二王风范哩。"

于是田香歌就问韩玉雪："韩老师最近身体可好？"

那场醉酒风波后，虽然田香歌毫无计较，但韩冬青还是很难为情，几天后就找理由离开了媳妇桥。中间来过一次，看了大家的画，说了很多鼓励的话。

韩玉雪说："他身体很好，前些日子还让我给你、给大家带好……"

这时，甜瓜惊慌失措地跑来说："香歌，尉蓝老人家回来了……"

田香歌说："回来了好呀，你慌张个啥。"

甜瓜说："可她，可她，走到十字街就晕倒了！"

第二十三章

1

尉蓝被众人送进乡医院，医生诊断后立即给她输了液，说："这是心肌梗死，今儿幸亏送来得早，要不就坏大事了……"说这次至少要住院治疗两周。

说起病因，医生说，诱发心肌梗死的原因很复杂，过劳、暴饮暴食、便秘、吸烟饮酒、激动、生气、寒冷刺激等都会导致心肌梗死。

田香歌说："走的时候好好的，没回到家咋就病倒了呢？"

医生问明情况说："要是在儿子家发了病，儿子也不会让她一个人回来呀。具体原因，你还是问老太太吧。"

2

回到病房，看尉蓝已经清醒，田香歌试着问："您咋就突然病倒了呢？没有谁惹您生气吧？"

柳喜燕快人快语："是不是防风惹你了？你那个儿媳妇，对你好不好？"

尉蓝没有说话，却流下了眼泪。

众人见状，忙转移话题，但心里都明白了个八八九九。

田香歌让大家先回去休息，自己留在医院伺候尉蓝。

大家走后，尉蓝声音虚弱地说："香歌，啥话你也别问了，反正是我在他家不愉快，以后也不会去了！"

田香歌劝她啥事也别想，眼下就一心养病。

为了让尉蓝高兴，田香歌说起了这次外出考察的见闻和感想，说起了李书记对虎文化产业的支持。尉蓝若有所思，突然问："王大寅是干啥的？"

田香歌说："一个老画家，画虎名家……"

尉蓝说这就对上了，然后把在林防风卧室里见到一卷画的事儿说了："我看着像你们画的，可那上头题着字盖着章，题的就是王大寅的名字。寅就是虎嘛，这个名字不常见，我记得牢！"

田香歌想了想，说："估计啊，那些画还真出自咱媳妇桥，赵来好当了二道贩子。王大寅一张画就卖好多万，防风手上的不可能是真迹……哎呀，他们真是制造、贩卖假画呀，违法了！"

尉蓝急了："这小子居然敢干犯法的事……"

田香歌怕影响她的病情，安慰她说："您别急，也别气，容我想个办法拉他一把，不能看着他做过了头。"

3

赵来好对陶丽杏说："尉蓝这回病得不轻，我得去看看，要不脸面上过不去。"

陶丽杏说："你别慌着去，快打电话通知林防风是正事，等他回来你再去医院探望。"

林防风接到赵来好的电话，心里就慌了神。自己出差十几天，一回来母亲就坚决要走；母亲走后，白露没少编派她的不是；再说，母亲身体一向可以啊……思来想去，他意识到一定是白露惹老人家生气了。他知道母亲的脾气，一辈子不愿让别人因为自己而麻烦而不愉快；他也知道白露的脾气，做错了事一贯是不认错，还要强词夺理地把错推到别人身上。他觉得这回一定得回去看望母亲，自己不能在媳妇桥落下不孝的骂名。

白露倒不反对他回乡看望生病的母亲，但给他出主意说："都说衣锦还乡，如今你当上科长了，坐公交回去的话，丢人可就丢大了。"

"咋，你说我跟单位要辆车？可司机班那几位大爷不听科长的啊……"

"你笨，下面恁多供货商想跟你拉关系，他们难道没有车？"

"这不好吧？"

"啥叫不好，你比舅舅差的可真不是一星半点儿！"

白露打了几个电话，几家公司听说林科长的老母亲生病了，当即表态要派人派车去看望。

第二天，林防风志得意满地带着个不大不小的车队衣锦还乡了。

4

曹冒烟驾驶着农用车，载着韩玉雪、柳喜燕、甜瓜等十几个人回媳妇桥。这些人有的是昨天陪着来送尉蓝的，有的则是听说曹冒烟要开车来接柳喜燕他们回去，搭车来看望尉蓝的。

车厢里，大家议论着林防风真不像话，几年不回家也就罢了，老人去看他，他却把亲娘气个半死。

甜瓜打别，说："怎见得就是儿子气的？我看不一定……"

韩玉雪抢白他："不生气，会刚住几天就一个人回来？不生气，会病倒在路上？"

农用车行在大路上，正好碰上林防风带的车队。前头那辆车拦住曹冒烟问路，那司机牛气哄哄的，三言两语竟然跟曹冒烟吵了起来。林防风本不想跟这些乡亲见面，前面吵起来了只得下车劝解。

众人看是林防风，又见他这会儿才下车打招呼，都气坏了，围着他夹枪带棒地啥难听说啥。

林防风带着几辆车以及七八位朋友来看母亲，本想着衣锦还乡，没想到当众丢了大丑。这要是传到商元市，圈子里可就有了大笑话。

他灰头土脸地来到医院，尉蓝也不愿意搭理他，最后来了句："你只要正干，别干那违法乱纪的事儿，就算在娘跟前尽大孝了……"

娘这句话，让林防风听得后背冷飕飕的，心情膩歪到了极点，又说几句虚话，就乘车回商元了。

5

两周后，大病初愈的尉蓝出院了。

在医院忙活了两周的田香歌，回家安顿好尉蓝，换换衣服就去找赵来好。

田香歌进门就开玩笑："本想来赶个饭时，谁知你们都吃完了，连锅碗瓢盆都洗了。"

赵来好说："不要紧，你嫂子洗好了锅，正好给你做好吃的。表妹，你说吃啥吧。"

田香歌坐下，说："开个玩笑，我已经吃过了。我来呢，是想问表哥一件事……"

赵来好一怔，说："你就问吧。"

"也不是多大的事。是顺便打听打听，你在村里收购那一千张老虎画，是为哪位老板帮的忙，我可不可以认识一下他？"

赵来好想了想，说："按说是应该引见你们认识，可这位老板脾气怪，从来不见陌生人，我看就别见了吧。"

田香歌一笑，说："表哥还保密呢。"

陶丽杏插话说："香歌妹，不是你表哥保密，是那位老板不愿意暴露身份，所以你表哥不能乱领人去，为人做事要讲诚信不是？"

赵来好望着陶丽杏说："这些道理，表妹比你我都懂。"

陶丽杏连连应道："是的，是的。"

田香歌说："既然表哥不想说，我也不强人所难。总之表哥和那人都是老虎贩子。"

赵来好一惊："什么，老虎贩子？"

田香歌笑道："对不起，我用词不当，是老虎画贩子。贩卖老虎还了得，犯法呢。贩卖字画本不犯法，从中赚钱也算劳动致富。我们这些画虎的，不怕中间人赚钱，支持中间人赚大钱。我担心的是，收你画的那个人不走正道，拿着咱的画去干不该干的勾当。表哥，这事你可不能袖手旁观啊！要是真形成了案件，说不定还有你的法律责任呢！"

赵来好说："画卖给了人家，他咋卖是他的事儿，赚了赔了跟咱无关，咱也无权过问人家的事啊……"

田香歌说："作为朋友，你能忍心他走错路吗？"

赵来好说："人家比我有水平，路子走不错。"

田香歌说："走不错当然好，可万一走错了呢？你真为他好，就告诉我他是谁，我给他指一下帮咱卖画的正当路子。"

赵来好没有言语，田香歌又说："其实他是谁，我也能猜个八九不离十。"

赵来好瞪着眼问："你说他是谁？"

田香歌笑笑："你对我保密，我也暂时不告诉你。好了，咱们不说这个了，我想向你这位村主任报告一下咱村发展文化产业的下一步思路。"

赵来好露出轻松神色，说："你是支书，你咋说我咋办！"

田香歌说："县上、乡上要求每个村都要有自己的特色产业，我想把咱媳妇桥建成虎文化产业村，李书记很支持，建议咱们可先成立媳妇桥虎文化产业公司，还说可以帮咱们向上级申请文化产业扶持经费……你怎么看？"

赵来好说："我当然是完全赞同、大力支持。"

田香歌高兴地说："我要的就是你这句话。那，咱们就团结起来好好干！"

说完正事，田香歌就告辞走了。

6

第二天上午，赵来好正在家睡懒觉，陶丽杏从外面回来了，说："田香歌野心不小，鼓动力也强，村里人听了成立虎文化产业公司、发展啥子文化产业的计划，兴奋得跟老光棍要娶媳妇一样。我看她也是快活快活嘴罢了，看吧，到头来啥也干不成。"

赵来好说："你可别说，听她的话音儿，成功的可能性不小。"

陶丽杏问："咋，你真想让她成功？她弄成了，谁还看得起你这个村主任，没准儿到时候得被大家选下台呢。

赵来好说："我担心的就是这个。"

7

下午，赵来好正无聊地在街上转悠，陶丽杏急急忙忙拉他回家。进屋关上门，陶丽杏乐呵得像中了头彩，说："赵来好你憨人有傻福，我告你个好消息。"

刚才，她在家接到乡上刘善水副书记打来的电话，说李明远书记上午正式调离河寨乡，从今天下午起已由他刘善水代理乡党委书记。

赵来好高兴坏了，说道："刘善水，我的老朋友，你可以啊！代书记也行，代理一段就转正了，这是好事啊，天助我也！"

陶丽杏说："别光顾着在家高兴，你得抓紧时间去找刘书记汇报工作，别忘了一定得意思意思、祝贺祝贺！"

又说："前几天，一帮村民在马路上围攻、谩骂林防风，让商元来的一帮客人看乡上、村里的笑话，这可不是小事儿，不向乡党委汇报，你是要犯错误的。"

赵来好说："林防风那小子确实有错，村民之间吵个嘴，还值当汇报给乡党委？"

陶丽杏说："蹦出来的是枪头，枪杆子实际上是田香歌，为报自己婚姻失败被抛弃的私仇，组织村民大吵大闹，破坏咱们这儿的文明形象，破坏投资环境，根本不够格继续担任村支书……"

8

尉蓝的身体一天天好起来，但田香歌知道尉蓝心中有块心病始终未除：林防风毕竟是她的亲生儿子，制卖假画虽然不是重罪，可真被发现了，追究起来恐怕也得蹲班房。

为了让老人安心，已经深思熟虑的田香歌这天对尉蓝说："我准备去见见林防风，把他拉到正路上来！"

第二十四章

1

因为来过一次，这回田香歌很顺利地就找到了林防风家。

林防风不在家。田香歌亮明身份，白露有些尴尬，继而非常恼怒，冷冷地问："你来干什么？"

田香歌说想见见林防风，当面跟他谈些问题。

白露说，你们见面不合适，他不会见你的，"有啥话你就对我说吧。"

田香歌说："我有要紧的事儿，不马上给他说，他可能会出问题的！"

白露说："他出差了，再要紧的事儿你也见不到他！"白露倒是没说谎，林防风真是和屠义仁去了千里之外的旭海市。他们本来约定下月底出发，没想到情况有变，就提前去了。这次去，两人带走了那批伪造的"王大寅作品"。屠义仁说："林老弟，你辛苦一趟，我保证你得到一笔几十万元的利润。"

看真见不着林防风，田香歌说："问你也行，你们家那么多老虎题材的画作是从哪里买来的？"

白露气哼哼地说："这肯定是老太太散布出去的。哼，我们有画咋了，不犯法吧？"

田香歌没有理会她的态度，依旧平和地说："我想知道，是不是通过媳妇桥的村主任赵来好买来的。"

"是不是，跟你有啥关系？"

"如果是，那这些画就是我们画的了。赵来好送来的时候，是不是画上没有题款、没有印章？"

此时白露已经确信这批画真的来自媳妇桥，想想真是荒唐。但她嘴上不承认："我们没找赵来好买过什么画……"

田香歌认真地说："是就是，不是就不是。我今天来就是要说，你们不能拿着我们的画去造假，数量大了就是违法犯罪……"

白露猛然一惊，但还是摇摇头，一口咬定没有这回事。

田香歌叹口气，站起来说："请你转告林防风，听听我的劝告吧。"说完就告辞走了。

去商元书画街的路上，田香歌想，等林防风出差回来，还是得跟他好好谈谈，把他从歧路上拉回来。

2

细细品味了田香歌的劝告，白露本想劝阻林防风收手。

可一想到屠义仁拍胸脯许诺的"几十万元的利润"，想到这笔钱可以买房子买许多高档衣物，白露就改变了主意，拨通了舅舅苏果的电话，把田香歌刚才来家的事儿有加有减地说给了舅舅。

电话打到最后，白露气愤地哭了。

3

区委副书记苏果挂上外甥女白露的电话，就将电话打给了河寨乡党委代理书记刘善水。

刘善水听完情况介绍，双手举着话筒说："苏书记，苏老兄，您的电话、您的指示来得很及时。近来，媳妇桥的干部群众对田香歌意见也很大。好，我马上召开党委会研究田香歌的问题。"

党委会说开就开，很快形成决议，很快就传达到了媳妇桥村党员和村干部联席会议上，刘善水代表乡党委宣布："田香歌同志因为私人恩怨，笼络、指使部分村民围攻市里来的同志，破坏了河寨乡的文明形象和投资环境，影响极坏。经乡党委慎重研究，决定暂停田香歌同志的村支书职务……"

会场一下子炸了锅，尉蓝等几位老党员当场反对，质问刘善水不经调查为何要做出如此草率的决定。

刘善水高声宣布"散会"，匆忙走出会场乘车而去。

4

没有等到田香歌来面谈，林防风就真的出了大事。

旭海是全国臭名昭著的假书画集散地，书画界、收藏界一直呼吁当地政府予以严厉打击。旭海当局为了本地的税收、就业，对书画造假行当采取的是"明取缔，暗保护"策略，年年、月月、天天喊着"打击""取缔"，这个灰色产业却越来越兴旺。后来就有几位著名书画艺术家联名给中央领导写信汇报，领导作了重要批示，旭海市这才下了决心，这次是真的要打掉书画造假贩假产业链了。

活该林防风倒霉，他和屠老板两人带着假画来到旭海时，风声其实已经很紧了，所以屠老板联系好的买主迟迟不来见面。但"人为财死，鸟为食亡"，对方最终还是经不起利益的诱惑，与林、屠约定了交货地点。

买卖双方刚完成交易，埋伏多时的警察就围了上来，人赃俱获，林防风、屠老板被关进了看守所。因为涉案数额巨大，等待他们的将是刑事处罚。

白露接到旭海警方的电话，当场就崩溃了。

白露哭了半夜想了半夜，最后决定：先去旭海见林防风一面，然后再考虑自己今后的人生。

可襁褓中的孩子怎么办呢？她想到了姐姐谷雨。

5

往事不堪回首。

白露和姐姐谷雨本有一个幸福的家。不幸的是，父母在姐妹俩很小的时候就因车祸去世了。家庭遭遇变故后，谷雨被没有亲生孩子的江姓夫妇收养，白露则跟着舅舅、舅妈生活。舅舅苏果工作调动频繁，白露渐渐就跟姐姐谷雨断了联系。

再见到姐姐时，姐姐已经嫁人，男方是江家的养子，名叫江浪生，以前是个到处流浪的孤儿。白露虽然没有见到江浪生，但听姐姐说姐夫长相英俊、知书达理，白露很为姐姐欣慰。

因为江姓夫妇不喜欢谷雨跟原来家庭的人来往，为了姐姐的安定、幸福，白露从此再不登门去看望姐姐。

然而几年后，就传来江浪生喜新厌旧、逼迫谷雨离婚的消息，再往后就听说谷雨患上了癫痫病，独自一人生活，很不容易。白露多想马上去看姐姐，但思来想去怕江家多心，最后还是没有去，只悄悄给姐姐寄了几笔钱。

她后来终于知道了跟林防风有过甚密的这个江浪生，就是抛弃姐姐的负心汉江浪生。她虽然没有跟林防风说其间的纠葛，但从此坚决不许林防风再跟他来往。

6

在乡间一处农家院见到姐姐，说明原委，姐妹俩抱头痛哭。

谷雨问："这事儿，舅舅知道吗？"

白露说："舅舅能有今天，不容易哩，不能让这事连累他。"

谷雨说，是哩。

谷雨身患癫痫病，也没有生养孩子，够苦的。今天看妹妹有难，还是爽快地答应先帮她照看孩子。

第二天，白露含泪与孩子、姐姐告别。

第二十五章

1

因为田香歌无辜被停职，媳妇桥参加画虎的媳妇们，这几天情绪低落得很。

田香歌倒很平静，真的假不了假的真不了，这些天她突然来了灵感，决定实施一项大工程——刻画九十九只不同姿态的老虎，画一幅长卷，名曰《和谐图》。

说干就干，她立即开始收集资料、勾画草稿。

2

这天，尉蓝家的小院门口停下来一辆小轿车，司机下车高声问："请问，这是田香歌同志家吗？"

田香歌闻声放下画笔，说着"在，在"，快步走出去迎接客人。

从车上走下一老一少两位客人。老者满头白发，面色红润，颇有艺术家的风度。年轻人提着包，对老者颇为照顾和尊重。

老者看看迎上来的田香歌，问："请问你是田香歌同志吗？"

田香歌笑道："是，我叫田香歌，老人家，您是……"

老者说："香歌同志，我从北京来。我和咱商元市委的东方书记是朋友，东方书记让我来看看你们画的老虎。"

田香歌很激动，说："感谢领导的关怀，感谢老师上门来指导……"

陪同老者来的那位年轻人对着田香歌插话说："可能你听说过，这位，就是画虎大师王大寅先生。"

"啊！王大师，王老！"田香歌高兴极了，简直不知该说什么好，热情地请客人进了屋。

田香歌给客人敬上茶，随口问："王大师，您是第一次来商元吧？"

王大寅笑道："哈哈，商元不是第一次来，就连咱媳妇桥我也是故地重游了……"

"啊？"田香歌又是一个意外。

王大寅继续笑着说："半个多世纪喽。那次我来，大九还是个小媳妇，现在恐怕也老态龙钟了吧？"

"您认识九奶奶？"田香歌问。

"把她请来一问便知。"王大寅幽默地说。

田香歌给柳喜燕打电话，让她去请九奶奶，自己则陪着王大寅说话。

王大寅喝了几口茶，说："那是1949年年底，我从北京搭火车，换汽车，最后还坐了一段的毛驴车，一路辗转着来到媳妇桥，为的就是参观虎王庙，看虎王庙里那幅精妙绝伦的壁画……"

"那时你不叫王大寅，叫王山林，对吧？"九奶奶走进来，插话打断了王大寅的回忆。

王大寅笑道："对，对，您老人家还记着我当时的名字呢。一晃大半个世纪过去了，你、我这头发都变白了。"

九奶奶笑道："那也不算老！"

王大寅说："在您老人家面前，我还年轻着呢！"

尉蓝笑着说："不老，你们都不老！"

接到田香歌的通知，媳妇桥参与画虎的媳妇们迅速来到虎王庙，和王大寅见面。

此时王大寅已参观完了虎王庙，田香歌请他给大家讲几句。王大寅没有推辞，站在台阶上声音洪亮地说："我出生于1926年，属虎的，从小喜欢虎，一心想学画虎，听说老黄河岸边的媳妇桥有座虎王庙，我整天盼着来看看。全国解放了，天下太平了，我就专程来看虎王庙。那时的虎王庙，大殿上有幅名叫《百虎图》的壁画，精妙绝伦呀，我看得都快发痴了……听说是咱当地一位民间艺人的作品，太了不起了！"

尉蓝接道："那个画壁画的民间艺人，就是我姥爷！"

王大寅说："当时老人家外出了，我没能拜见，很遗憾。"他指着九奶奶，"可我见到了这位老人家，当然当时她还是个年轻媳妇，她给我讲了虎王庙的传说，讲了在抗日战争中她一张画救了全村几百口人的往事，还给我看了她的剪纸……自从那次看了虎王庙，我就感觉自己身上有了虎的灵气。回去后，我把自己的名字改成王大寅，开始刻苦研究画老虎……"

尉蓝请王大寅对复建的虎王庙谈谈看法。

王大寅想了想，说："主体建筑没有问题，挺好！虎王爷、虎王奶奶塑像，跟我上次见到的也没什么差别……只是，只是四壁少了壁画。我有个建议供村里参考：要尽快把《百虎图》画上！谁来画？我建议由咱媳妇桥的媳妇们来画。只要大家有饱满的虎精神，一定能画出精美的、不输给前人的壁画。"

大家激动地鼓掌。王大寅说："接下来我还要去上海参加活动，这次不能在媳妇桥多待。请你们记住，我还会来的。等下次来，一定让我看到《百虎图》壁画！"

大家又是一阵热烈鼓掌。

5

陶丽杏知道了有个外地老人来找田香歌，不知其身份和来意，就派裘多嘴去打探。

裘多嘴过来汇报说："是个北京来的啥子画虎大师……"

赵来好说："应该是个画虎大师。要不然，他一来画虎的媳妇们咋又情绪激动起来了？"

陶丽杏不这么认为，打发走裘多嘴，她对赵来好说："说是画虎的大师，我看是幌子，搞不好是为石虎来的。哼，她田香歌也不怕钱咬住手。来好，这回可不能让她占了先……"

第二十六章

1

谷雨制作虎头灯笼的手艺是跟养父学的，后来又加入了自己的创意，乡邻们都说她的手艺超过了养父。

这天，谷雨把孩子托付给邻居二婶，自己要去皖州市碰碰运气。

皖州市归邻省管辖，但距离谷雨家所在的荣城县只有几十公里的距离。皖州是历史文化名城，最近要举办文化博览会。

2

苗秀河自打离开家乡媳妇桥，先后到过杭州、苏州、福州、上海、广州、南京、合肥等地，一路上画画、卖画，访名师，看各大博物馆的绘画馆藏……日子过得很另类，但也潇洒、充实。最后，他落脚在南京——一个喜欢他作品的老板无偿提供一套别墅，请他住在里面写字画画。

几年光景，苗秀河成熟了许多，绘画技巧有了长进，也大概摸透了艺术市场的运作规律。

这天，他乘车去皖州参加文化博览会。

3

因为不舍得花钱租赁摊位，谷雨干脆把两盏虎头灯笼吊在主展馆对过的一棵垂柳树上。

很快就有不少围观者。一盏灯笼由四张虎脸组成，八只眼、八只耳朵，观赏者都说好看、吉祥。

苗秀河走出展览馆，就被这对虎头灯笼吸引住了，越看越感觉有味道。

有人问谷雨："这灯笼是你做的吗？"

谷雨回答："是我做的。"

苗秀河抬眼看了看谷雨，接着又将目光盯在虎头灯笼上，暗暗称赞做得精致。

又有人问谷雨："这对灯笼卖不卖？"

谷雨说："暂时还不卖。"

那人又问："为什么？"

谷雨说："想让更多的人看看。"

那人接着问："你家里还有没有？"

谷雨说："还有。"

那人说："那你就拿出来卖呗，肯定好卖！"

这时一位衣着光鲜的中年男人说："我看了半天了，特别喜欢这对灯笼，今儿我是强买强卖了。"说着他就掏出五张百元钞票塞到谷雨手里，他的两名随从则举手将灯笼摘下，三人分开人群扬长而去。

众人议论纷纷，谷雨没有说什么，望着他们的背影笑了笑，也准备走。

苗秀河大步赶上谷雨，说："哎，我想去你家看虎头灯笼的制作。搞好了，这是很有市场的文化创意产品……"

谷雨思忖一会儿，说："欢迎你去。"

4

第二天，苗秀河来到了谷雨家。谷雨简单展示了虎头灯笼的制作工艺，苗秀河感慨地说："制作这虎头灯笼，真是不简单，这些全是你一个人做的吗？"

谷雨说："是我一个人做，得瞅空干，因为还有几亩责任田要种。"

苗秀河说："你制作的灯笼，达到了相当高的艺术水平，是难得的工艺品，很有意义。可惜你目前的规模太小了，应该想法子大力开发才是。"

谷雨说："你说得很对，可扩大规模需要钱、需要人……"

5

二婶抱着孩子，在旁边默不作声地听他们说话。看他们越说越投机，二婶突然喊谷雨去自家院里给孩子拿衣服。

谷雨应声而去，二婶悄声对苗秀河说："小伙子，别怪我多嘴多舌，我得把谷雨的实情告诉你。她的确了不起，可她不能照着你说的那样大干。男人没了，她还得养孩子，手上没钱只是一个方面，要命的是她有癫痫病。这病忌讳大喜大悲，更不能劳累，为了她的平安，你就别鼓着劲往上推她了。"

苗秀河很是同情谷雨的命运，决定听从二婶的话。

等谷雨抱着小孩子的衣服从外面回来，苗秀河起身告辞。

谷雨问："你怎么说走就走呢，这么急？"

苗秀河说："我得赶回皖州，有急事。"

谷雨说："你常在外头跑，见多识广，有好的信息请给我通通气。"她把一张字条递给苗秀河，"这是二婶家的电话号码，有事情你打电话让二婶喊我。"

6

晚上二婶来看谷雨，看着在床上睡觉的孩子说："这孩子挺乖，天一黑就睡。"

谷雨拉二婶坐下，说："您来得正好，我有件事要对您说。"

二婶笑笑，说："咋，真想大办灯笼厂？"

谷雨说："当时我一激动，真的劲头十足。可是那人走后我慢慢一想，又落下来了。"

二婶问道："咋回事？"

谷雨说："办厂能是说句话这般容易？再说我还得给白露照顾孩子，钱啊人啊都不凑手，咋办厂，你说是吧？"

二婶说："你身体也不好，照护好自己最重要。"

谷雨说："说句老实话，这小孩来了之后我心里真是高兴，但估计以后也少不了花钱。所以啊，我想和您商量商量，明天还得麻烦您帮着照看孩子，我准备出去卖灯笼。"

二婶问："不年不节的，去哪儿卖？"

谷雨说："我准备去县里，在大街上转着卖。"

二婶问："怎么个转着卖法？"

谷雨说："我借辆三轮车，车厢里搭上架子，把灯笼挂上去，车一停保险有人上来看、上来问。价格我不求高，差不多就出手。"

二婶说："骑三轮车去县城，再转着卖，可够累的，你身体咋样？"

谷雨说："身体没问题。你只管放心，保证安全去安全回。二婶，这次到皖州一试，我算心中有底了，知道这虎头灯笼好出手。以后看吧，能办厂咱就办厂，实在办不了厂，只要有人需要这技术，我就一心一意地教……"

7

这个晚上，回到皖州的苗秀河，躺在宾馆里辗转反侧睡不着觉。

他这次来皖州，并没有卖画的打算，主要目的是看看，结果意外发现虎头灯笼，认识了谷雨。

谷雨的命运，让他唏嘘、同情。看来，靠谷雨一己之力是无法让虎头灯笼产业化的，如果谷雨愿意和媳妇桥合作，两者联合开发就好了。

对呀，应该马上跟谷雨谈谈这个思路。他本来是想打电话，后来觉得这么大事儿还是面谈好，于是第二天一早他就搭上了前往荣城的汽车。

车到荣城，他叫了一辆出租车直奔谷雨家所在的村庄。

8

谷雨骑着三轮车上了通往县城的公路。她身后的车厢里满满挂着打开的虎头灯笼，迎风晃动起来很是好看。这几天的经历让她觉得新鲜、感到激动，她忘记了疲劳忘记了自己的疾病……公路上车水马龙让她先是紧张，接着是一阵眩晕，她的癫痫病突然发作，即刻连人带车栽到了路边的河沟里。

此时正逢苗秀河乘车赶到，他立即请出租车调转车头，把不省人事的谷雨送进了县医院急救室。

谷雨在县医院脱离生命危险后，转入住院部住院观察。苗秀河帮她交了住院费，并一直留在医院细心照料她。

9

谷雨明天就要出院了，苗秀河扶着她来到住院部的小花园里散心。

谷雨说："这些天苦了你了。"

苗秀河说："没啥苦的。你身体好了，我这心里可高兴了！"

谷雨有些难过地说："秀河，可惜我的那些灯笼，全翻在河沟里砸坏了。"

苗秀河劝道："身体好了，你可以再做嘛，相信你会越做越好。"

谷雨突然笑了，说："想起来了，我家中还放着两对虎头灯笼呢，都是我舍不得出手的精品。等回去，一对送给你，一对送给二婶。秀河，我猜你一定喜欢。"

苗秀河说："我当然喜欢。我是个画画的，这两年一直在全国各地跑着画画、看画、卖画。你相信我的眼光，你的灯笼是艺术品，有艺术价值……"

谷雨一听乐得不得了，说要拜他为师学画画。谷雨笑笑，突然说："你的妻子一准也是个艺术人。"

苗秀河的脸红了，告诉谷雨自己没有媳妇。

谷雨有些不信，说他是在骗人。

苗秀河急得满头是汗，说自己不是骗人。

谷雨没有说什么，笑了笑，有些羞涩地低下头。突然，她把憋在心中的话说了出来："我的男人死了，我不想提到他，因为他伤透了我的心。请你不要问他的事。"

苗秀河表示不爱打听别人的事情。说完这话，他就不知该说什么才好。因为，他发现这个女子对自己有异样的感情。当然，他也喜欢谷雨，喜欢谷雨的善良、坚强，也因为她热爱文化艺术，觉得两人有共同语言。

想了想，苗秀河打破沉默，对她介绍了自己家乡的情况，说自己家在媳妇桥，与此地相距百里，但都属于商元市管辖。又说，自己从家乡走出来，不只是为了画画、卖画，主要是想广开眼界，到了一定时候还是要回媳妇桥的。又说，媳妇桥村头有座大名远扬的虎王庙，村里人已经在开发虎文化产业，谷雨的虎头灯笼可以加入进去，成为虎文化系列产品之一，到那时一定能取得不错的经济效益和社会效益。

谷雨兴奋了，脱口而出："我愿意加入媳妇桥的虎文化产业，你欢迎吗？"

苗秀河笑道："我当然是求之不得……"

苗秀河情不自禁地想起了田香歌。他爱过田香歌，而且爱得火热，可因为自己老是把"爱"藏在心里，最终与她失之交臂，至今每每想起来心头都会涌起酸楚、悲怆。看看眼前的谷雨，这也是个好女人，苗秀河心头泛起了甜美的涟漪，觉得自己不能再懦弱，不能再次错过上苍安排的姻缘，于是他突然拉起谷雨的手，红着脸直视着谷雨的眼睛说："谷雨，我爱你。"

谷雨抓紧了苗秀河的手，眼里闪着幸福的泪花，但很快就叹口气，说："秀河，我没有福气接受你的爱。"

苗秀河惊愕地问："为什么？"

谷雨说："我这病，你是知道的。"

苗秀河郑重地说："我当然知道你的病，但我愿意爱你一辈子，愿意精心照料你一辈子。"

10

谷雨出院回家后，苗秀河去给二婶送灯笼。

二婶已经知道了两位年轻人的选择，但她还是决定把心里的话和盘托出。她请苗秀河坐下，说："我呢，爱有啥说啥，该对人说明白的不能瞒着。那天，我在县医院问大夫了，大夫说谷雨的癫痫病难除根儿，精神受到刺激就会发作，一次比一次重，要是再遇上大的刺激保不准会有生命危险。我的意思，你要慎重考虑一下，不一定非坚持跟她结婚。按说我不该对你说这话。我想来想去，这也不算破坏婚姻自由，是实话实说，是不想看着你受连累，也不愿让谷雨再受刺激……"

苗秀河说："二婶没看出来吗？谷雨她是真心爱我。你是个明白人，我要是拒绝接受，对她的精神岂不是更严重的刺激？她这病只要注意预防，不会有大碍的，我保护好她就是了……"

二婶没想到面前这个年轻人居然是这样想的，真是好人啊。

接着，苗秀河又说："我慎重考虑过了，要和她结婚。"

两只花喜鹊落在枣树的顶枝上，"喳喳"欢唱着……

11

谷雨家的屋里、院内打扫得干干净净，床上被卧换成了新的，房门左右挂起一对虎头灯笼，玻璃窗贴上了红"囍"字。

今天是谷雨和苗秀河结婚的日子。二人商定一切从简，只到乡政府民政所领取结婚证，不再举办结婚仪式。

夜幕降临，粉红色的蚊帐和窗帘在节能灯照耀下，使房间染上了淡淡红晕。

谷雨梳理完头发，说话了："秀河，你还傻站着看啥？"

傻站着的苗秀河忙问："哦，有啥事？"

谷雨低声而温柔地说："把我抱上床去，来呀，看你那个傻样……"

第二十七章

1

秋石榴的女儿哭起来声音响亮有力。

秋石榴听到宝宝的哭声，大步走进屋，说："来了，来了，妈妈刚离开你就哭。"

田香歌走进来，看着给孩子喂奶的秋石榴，满脸带笑地说："看，我又来了。"

秋石榴笑笑说："咋能说又来了？你天天来我也不烦。"

"好，是我用词不当。"田香歌风趣地说，"不过呢，我可不能天天来陪你说话。"

"站客难侍候，还不坐下。"秋石榴指着沙发说。

田香歌说："如果我没记错的话，今天是孩子满月的日子。"

秋石榴点头说是。

田香歌说："所以我今天来看看孩子，和你拉拉呱。"她看着吃奶的孩子，"这小丫头真是一天一变样，一个月就大变样。今天，我可是啥礼物也没拿。"

"你又是鸡蛋又是红糖又是给孩子见面礼钱，拿得够多了，今天要是再拿着礼来，那就太俗气了，我可要把你赶出去了。"秋石榴笑了笑，"不说这个了，我问你，尉蓝大妈还好吧？"

"她挺好，过得挺有意思。"田香歌抿嘴一笑，看着秋石榴，"你猜猜，她这时候正在家干啥？"

这个难不住秋石榴，一猜就猜出她正在家临帖写毛笔字呢。秋石榴说："媳妇桥有一班画虎的媳妇画家，就是缺少书法家，光靠田校长帮忙也不是个事儿，尉蓝大妈正好填补这个空缺。"

田香歌说："书画同源，大家都需要练练书法。你可能还不知道，最近我们都在抽空临帖呢。"

秋石榴说："我是落后了。好吧，往后我迎头赶上。对了香歌，你被停职

————— 138 —————

的事，上头现在咋说？"

田香歌说："上头啥说法也没有，我的看法是，是非曲直总会澄清的，现在且不去理会，只管当好村民文化小组长，领着大家好好画虎。"

秋石榴又问知道不知道林防风的情况。

田香歌说："我哪里知道他的情况，他混得好他享福，他混得差他受罪，不去操他的心。今天是你和孩子的好日子，咱不提不开心的事儿。"就这样，田香歌把秋石榴还要说的话给堵回去了——去年年底，林防风因为制售假画且数额巨大，被人民法院判处三年有期徒刑。

两人说了一会儿别的事情，柳喜燕手中提个小包进来了。看见田香歌，柳喜燕刚要说话，田香歌起身说："喜燕你先把嘴闭住，我能猜出你是来干啥的。你来送钱，对吧？"

柳喜燕说："猜是猜对了，可我不承认你会算，因为昨天我给你送过钱了。"

秋石榴说："送钱是好事，巴不得你能天天来送钱。"

柳喜燕笑道："哟，好不财迷！"接着往前走了一步，伸着头去看秋石榴怀中的孩子，轻声说："小丫头睡着了，你这个当妈的还不知道呢。"秋石榴忍住笑，起身把小丫头放床上，盖好被子。

"石榴，听我对你说清楚，"柳喜燕说，"去年由我负责，把大家画的一千多幅老虎，送到商元市请人代卖，现在全部卖完，把钱拿回来了。我一家一家都清过账了，只剩你一个了。"

柳喜燕从包中拿出本子，念道："秋石榴，42幅，得款3360元，扣除装裱费1260元，剩余2100元。说明，装裱费每幅30元，画店老板按每幅80元结账，他能赚多少我可就不知道了。"之后，柳喜燕把一沓钱递给秋石榴，说："你数数。"

秋石榴随手把钱往桌上一放，对柳喜燕说："看你俗的，你还会多给我几张不成？"接着就拨打电话："喂，金砖，家中有几位女客，你在集上买几样好菜……"挂上电话，秋石榴说："二位听着，今天在我家吃午饭。我打电话通知夏豆花、韩玉雪她们都来，一起热闹热闹。"

2

餐桌上摆满了菜，还有两瓶葡萄酒，秋石榴、田香歌、柳喜燕、夏豆花、韩玉雪等依次入席。

田香歌端起酒杯，说："在座的都是媳妇桥画虎的骨干，相聚在这里很有意义。今天是个好日子，来吧，让我们为这个三口之家的幸福干杯！"

大家碰过杯，开始吃菜。

秋石榴笑嘻嘻地看看各位，说："我哪，结婚后一直不怀孕，也不懂是我的这块田地有问题不能出苗，多亏香歌帮我调理好了。可我自从画起虎来，又想把要孩子的事往后推一推，不料还是把关不严出了漏洞，不知不觉怀上了，都怪金砖存不住气。"

大家都笑起来，有的笑呛了，扭过脸把口中的菜喷在地上。

"汤来了。"金砖喊叫着端着一盆热汤放在餐桌上，高声说，"这是排骨冬瓜汤。"他走出去，不一会儿又端一盆走进来喊道："又来一盆，莲子银耳汤，放冰糖少许。"

大家又开始吃喝，都夸金砖的排骨汤做得好。突然，秋石榴问："咱们啥时去喜燕家吃宴？"

夏豆花接道："早着呢，你看她那肚子……"

随着这句话，韩玉雪把目光移到柳喜燕的腹部，想看看究竟。

秋石榴又发话了："我说喜燕，你要是也有我以前那毛病，就快去虎王庙掐月季花泡茶喝。"见夏豆花在笑，她忙说："是我说滑嘴了，现在不行，得等几个月才能去掐月季花呢。我是早点提醒你别忘了。"

柳喜燕不耐烦地说："去你的吧。我一切正常，就是不准备怀孕。"

大家一惊，秋石榴问："这是为啥，还要等到何时？"

柳喜燕反问："你这人真是，问这么清楚干啥？"

秋石榴说："不问心里难受呗。"

夏豆花说："是呀，我也想知道一下。"

老实的韩玉雪也跟着说："喜燕，你就说吧，这儿又没有外人。"

柳喜燕不得不开口说实话："好，说出来也无妨。我呢，要等到田香歌结了婚我再怀孕。"

田香歌以前就听柳喜燕说过这样的话，今天又听她这么说，感觉有些不舒服，但很快就恢复了平静，看了一眼柳喜燕说："你咋能这样呢？"

柳喜燕说："我可不是随便说说，是考虑好了的真心话。这是我的权利，也是和秀山商定好了的。"

在场的人，一时谁也没有言语。

金砖端着馍筐子走进来，喊道："热馒头来了。"

不料却招来秋石榴的抢白："你没看见这酒还多着哩，菜还多着哩，吃馍还早呢。去去，端走，啥时吃啥时喊你。"

"好的。"金砖顺从地应了一声，把馍端走了。

夏豆花忍不住笑出了声。

秋石榴瞪她一眼："你笑啥？"

夏豆花说："笑你秋石榴好样的，能把自己的男人训教得服服帖帖的。你也传传经，用的啥绝招？"

秋石榴笑道："啥绝招？这得保密。其实，比起你夏豆花的绝招，我还差得远——你能训得甜瓜给你啃脚后跟，俺还没学会那一招呢。"

夏豆花问："甜瓜给俺啃脚后跟你见啦？"

秋石榴笑道："那天他在书屋里亲口说的，还能假了。"

夏豆花说："你要信俺那个甜瓜的话你就信吧，他还说你搂着三条腿的蛤蟆睡觉呢，是真是假？"

在场的人哄然笑了。秋石榴接着说："没想到你夏豆花还会对付我呢。"

田香歌插嘴说："好了，好了，看扯哪去了？"

柳喜燕接道："总而言之，言而总之，媳妇桥的媳妇个个都不瓤劲。"

韩玉雪说："不瓤劲归不瓤劲，可也不能处处在自己男人面前称霸。"

田香歌说："玉雪的话靠谱。来，咱们喝酒、吃菜。"

秋石榴吃了两口菜，又发了话："各位听着，今天这酒你们不能白喝，菜不能白吃。"

柳喜燕问："你秋石榴又想起啥洋点子了？"

秋石榴说："也不是洋点子，是想请各位给小丫头起个名字，今天是她满月，也有个纪念性。"

柳喜燕随口说："就叫'满月'算了。"

秋石榴反对说："你别信口开河。我想给丫头起个既有意义又不俗气的名字，不能再学以前的父母，随意给孩子起名字，什么石榴了、豆花了。"

大家都笑了。

秋石榴说："真的，不然我也不请你们费这个脑筋。"

韩玉雪自言自语说："又有意思，又不俗气，叫个啥呢……"

"你儿子的名字叫合欢，起得就很好。"秋石榴说。

"不是我起的，是他姥爷给起的。"韩玉雪说。

"韩老师是艺术人，会起名字。"夏豆花说。

"豆花，你儿子名叫翔飞，起得也很好。"秋石榴说。

"那时，我和甜瓜起了几个名字都不满意，后来香歌说就叫'翔飞'吧，大家一听都觉得满意。"夏豆花说。

秋石榴最后定夺说："香歌会起名字，好，我丫头的名字也让香歌给起。"

田香歌说："给孩子起名字是父母的权利和义务，金砖不在场，你自己能做主吗？"

秋石榴说："金砖弃权了，我是全权代表。"

柳喜燕说："香歌，你就起吧，我看这回你是滑不掉了。"

餐桌旁的女人们都不吱声了，几双眼看着田香歌。

田香歌稍加思考，说："我琢磨出一个名字，让小丫头叫个'画廊'吧，大家品品看怎么样？"

夏豆花一听，"扑哧"笑了，笑得流出了眼泪，说："咱们是画虎的，给小丫头起名叫'画狼'，狼可不是吉祥物。"

听夏豆花这么一说，其他几位也笑起来。

田香歌也想笑，说："看嫂子扯哪儿去了，我说的这个画廊的'廊'字，是'广'字底下加个儿郎的'郎'。"大家又是一阵笑，笑得夏豆花有些不好意思。

柳喜燕说："画廊就是有彩绘的长廊，是挂满图画照片供展览的长廊，好意境啊。"

田香歌解释说："小丫头叫的这个'画廊'，是挂满咱媳妇桥千姿百态艺术作品的文化长廊……"

夏豆花说："这么一说，小丫头的这个名字太伟大了。"

韩玉雪说："画廊，画廊，这样的名字有内涵、有意境，是个不浅薄、不俗气的新鲜名字。"

这话引起了大家的赞赏。

"就这么定了，小丫头就叫画廊！"秋石榴说罢端起酒杯，"来，大家喝酒！"

各位端起杯子说："为画廊干杯祝贺！"说罢大家一饮而尽。

看桌上还有大半瓶酒，田香歌说："我提议，下面大家行个酒令吧。咱们都是画老虎的，就一个挨着一个说带虎字的成语，谁说不出来，或者说得太慢，罚酒一杯。"

大家齐声赞成，柳喜燕说："香歌你先说吧。"

田香歌说："虎啸生风。"

秋石榴说："风虎云龙。"

柳喜燕说："虎踞龙盘。"

夏豆花说："卧虎藏龙。"

韩玉雪说："虎体原斑。"

田香歌说："如虎添翼。"

秋石榴说："生龙活虎。"

柳喜燕说："龙腾虎跃。"

夏豆花说："虎不食子。"

韩玉雪说："虎生三子，必有一彪。"

几个人嬉闹到日头偏西，才笑嘻嘻地各回各家。

3

陶丽杏整天无所事事。这天，赵来好去乡政府开会了，百无聊赖的她，窝在家里拿着扑克牌算命。

给自己算算，给赵来好算算，又给女儿蕾蕾算算，都是好卦，一晃就到了中午，赵来好回来了，进屋就站在老婆身边，兴冲冲地问："算得怎么样？运气好吗？"

陶丽杏乐得一拍桌子，说："来好，咱最近肯定走大运！"

赵来好笑嘻嘻地说："还别说，我媳妇算得就是准！"

陶丽杏看着赵来好，问："你去开会，带来了啥好消息，快说给我听听。"

赵来好笑笑，坐在了陶丽杏身边……

4

屠义仁站在商元市的运河岸边，一个人在思索着什么。

屠义仁上次伙同林防风去旭海市贩售假画，被警方抓了现行。一进审讯室他就把一切都推到了林防风头上：画是林防风找人买的，假印章是林防风找人刻的，假落款也是林防风搞得，自己不过是法制观念不强，不该贪图小便宜陪林来旭海。警方一调查，发现主要犯罪情节还真都是林防风实施的。结果，屠义仁有惊无险，被关了几天，罚了五千块钱，批评教育一番就放了。林防风可就惨了，被判三年有期徒刑，到现在还在坐牢。

对于混世，对于发财，屠义仁一贯信奉"撑死胆大的，饿死胆小的"，旭海失手不算什么，不就亏了几万块钱嘛，来个大的就全捞回来了。站在运河岸边的屠义仁，正绞尽脑汁盘算如何把虎王庙沉进老黄河水底那尊石雕搞到手，这可是无价之宝呀，到手之后想不发财都难。他贪婪地看了看手中的石虎照片，决定尽快去趟媳妇桥，从陶丽杏这里打开缺口。

自诩黑白两道通吃的屠义仁，自认为看人从来不走眼。他觉得，要想搞到石虎，赵来好是个可利用但不可重用的人物，陶丽杏则是个可以重用的人物。只要多使点儿手段，这个陶丽杏就会往他的怀里投。

5

陶丽杏也念念不忘要拴住屠义仁这个神通人物。今天用扑克牌算命，接连几卦都是行大运，她就联想到是不是屠义仁要给她带来财运。

赵来好开会回来，坐在她身边笑嘻嘻地说："今天开完会，本想请刘书记好好吃喝一顿，但刘书记忙着去上头给组织部长送礼，我就回来了。"

陶丽杏说："刘书记头上的'代'字，时间可不短了，啥时间能去掉？"

赵来好说："我估计是快了，区委有苏果副书记说话，他不断上下打点。只要他在河寨乡主持工作，田香歌就休想再任媳妇桥的村支书。刘书记今儿又催我，催我快写申请入党……"

这时他的手机响了，接通一听是屠义仁打来的，问他石虎打捞出来没有，他回答还没有。

陶丽杏伸手接过手机，对屠义仁说："屠老板，我是丽杏。是这样，我和来好对打捞石虎的事儿，是不会放弃的，一直在瞅有利时机。你只管放心，这个宝贝跑不了……"

挂上电话，两人又议论申请入党的事，陶丽杏说："你想入党，得先过村支部这一关，我看这一关你就过不去，九奶奶、尉蓝、田香歌不会为你举手，好些个党员都不会站在你的立场上……"

赵来好傻眼了。陶丽杏出了个点子，说："我看，目前你先得在村里着重树立威信。这样吧，先抓住你娘，你要在你娘跟前充孝子，让村里先改变对你的看法。"

赵来好很是高兴，这时他忽然想起一件事，慌忙走到院里从自行车上提下一食品袋，说："看我忘了，我给你买了几个火龙果，味道可美了。"

陶丽杏留下一个，将剩余的递到赵来好手里，说："拿去巴结你娘吧。巴结得好，她会为你做正面宣传的。你娘心里美了，咱抓住九奶奶就不难了，你娘跟九奶奶走得近。尉蓝、田香歌，也得听九奶奶的。还有，只要抓住你娘，她还能为咱提供石虎的下落呢，当初往老黄河里撂时她也参加了。"

6

赵来好提着火龙果来到麦穗家，说："娘，这是我特意给你买的火龙果，是外地产的水果，味道可好了，你还没吃过呢。"

麦穗对儿子的举动感到稀罕，心说：这是咋回事，太阳打西边出来了？不过她表现得不喜不烦，说："我吃过这东西，香歌给我送过，味道不咋地啊。"

赵来好把东西塞到娘手里，一时没话可说，就转身走了。他回到家如实地把娘说的话学给陶丽杏，摇摇头说："看来，巴结也是白巴结。"

陶丽杏说："你别急，没有香火熏不晕的神。"她笑笑，附在赵来好耳边嘀咕一阵。赵来好连连点头，说："中，中，明天就这样办。"

麦穗正在院里接水，忽见儿子儿媳一起走了进来。

陶丽杏满面带笑地说："娘，您在接水？"

麦穗对二人的到来不惊也不喜，随口答道："该做饭了。"

赵来好说："娘，您别做了，到俺家去吃吧。"

"娘，俺是专意来请您的。"陶丽杏说着上前接过水盆放下，搀住老人的一只胳膊，"走吧，那边啥都准备好了。"

赵来好忙搀住老人的另一只胳膊，说："你儿子天天瞎忙，今天好不容易抽出个空，想陪娘吃顿饭。"

麦穗有些莫名其妙，问有啥事情。陶丽杏说："啥事情也没有，就是想陪着娘在一起吃顿饭，说说笑笑，多开心。"说完两人架起老人就走，像是债主绑架欠债者。

赵来好家里备了一桌好菜，麦穗被按坐在正席。她发起怔，问："你们这是咋啦，弄这么排场的菜干啥？"

赵来好说是给娘过生日。

麦穗说生日还不到呢。

赵来好说："提前过好，老人提前过寿能健康长寿。最近村里没啥大事，我和丽杏一商量，瞅今天给您提前过生日吧。"

陶丽杏拿出一个生日蛋糕，说："娘，您看这个大蛋糕好不好？"

麦穗说："买这干啥，少说也得几十块钱……"

赵来好说："给娘祝寿呀。"

陶丽杏接上说："祝娘长寿百岁。"

麦穗"哟"了一声，对儿子和儿媳妇的举动有点想不明白。

赵来好说："这生日蛋糕是洋玩意儿，娘还没吃过吧？"

麦穗说："吃过，去年香歌给我买过一个。"

陶丽杏听了不高兴，讨厌这老婆子动不动就提田香歌。

赵来好说："我买的这个蛋糕是高档货，是特别加工的，奶油放得多。按道理说，吃生日蛋糕之前，还要点上蜡烛，孩子们一起为您唱生日快乐歌。那是洋礼节，农村不习惯，咱就免了。我看这蛋糕现在也别吃了，等吃过饭，你把它拿回你屋里，慢慢吃吧。"

陶丽杏就把生日蛋糕放在一边。

赵来好端起酒说："祝娘健康长寿！来，咱们共同干杯。"

麦穗有些不好意思，说道："我没喝过酒。"

陶丽杏说："看在您儿子的一片孝心上，多少也得喝点。"于是三人端杯饮酒。

蕾蕾放学回来了，麦穗招呼孙女坐在自己身边吃菜。大家说笑着吃起来。后来，赵来好对娘说："娘，到明天，我和丽杏陪着您去商元市里逛逛……"

8

麦穗跟着儿子儿媳搭车去了商元，游了人民公园，逛了商贸大厦，算是大开了眼界，感到很满意。回来之后，回想起来仍是心里挺乐。

晚上，她切一块蛋糕给蕾蕾吃，跟蕾蕾说起去商元市逛商贸大厦的见闻，说乘着电梯上、乘着电梯下，一层一层都看了，啥货都有，学也学不上来，真开眼界。

蕾蕾问："奶奶，我爸我妈给您买衣服没有？"

麦穗说："他们说要买，我没让，那衣服都挺贵的。"

蕾蕾说："那就没给您买？"

麦穗说："没买。我又不是没衣服穿，浪费那钱干啥。"

蕾蕾不满意地说："奶奶，我爸我妈是嘴孝心不孝，啥都办不到。"

麦穗说："看你这丫头说的……"

母亲的心够软的，麦穗很快就被儿子儿媳的表现感动了，逢人就夸这两口子有孝心。陶丽杏暗喜，心说，略施小计，眼见大功就要告成。

第二十八章

1

这天，陶丽杏在村街上听到一个惊人的消息，忙着回家告知赵来好："我在村里溜达一圈，你猜猜出啥新闻啦？是苗秀河回来啦！"

赵来好瞪着眼问："你见着他啦？"

陶丽杏说："见倒没见着，不过我保证这是真的。我见九奶奶家有不少人出出进进，出来的人都在说苗秀河，说他领来一个媳妇，还有一个不大的儿子。"

赵来好说："我还以为这小子失踪了呢，嘿，又回来了。还好，一人出去，回来一家，还算有点儿小本事。"

陶丽杏凑在男人耳边出了个点子，赵来好点点头说："我说老婆，叫你'点子稠'真没有叫错！中，听你的，我出面请他，给他接风洗尘。"

陶丽杏说："抓住苗秀河，就等于抓住了九奶奶。抓住了九奶奶，你在村里才算真正有了威信，入党也就不难通过了。"

2

苗秀河与谷雨结婚后，经常对她说起媳妇桥的情况，介绍九奶奶、尉蓝以及田香歌等村中善良、能干的媳妇们。又说起村头的虎王庙，虎王庙里虎王爷、虎王奶奶的传说，还说村里没准儿已经做成虎文化产业的大文章……

谷雨听了，说媳妇桥真是一块代代出好媳妇的风水宝地。

苗秀河笑着说你如今也是媳妇桥的媳妇了，也是一名好媳妇。

谷雨说："如今我只能说是媳妇桥的媳妇，要说好媳妇我还够不上，还得多多努力，争取当上好媳妇。秀河，你说咱们啥时候回媳妇桥，你媳妇可等着沾这块宝地的光哩！"

"回媳妇桥嘛，等到明年春暖花开吧。"

"为什么非等到那个时候？"

"咱们刚一结婚，我就把你领走，不太合适吧？"苗秀河笑眯眯地看着谷雨，"你在这里生活了好久，匆匆告别有些不近人情。我想，我要替你把今年的秋庄稼收了，从此把土地无偿交给二婶家。还有这个小院和房子，也要对二婶二叔有个交代。到了大年初一早上，我要去岳父岳母坟前送饺子，磕上几个头，请他们放心女儿以后的生活。"

过了春节，南京那边又催苗秀河去画画，这样又耽误了几个月，一家三口才动身回媳妇桥。

3

九奶奶家，谷雨、苗秀河以及苗秀山一家正围坐在九奶奶周围聊天，赵来好和陶丽杏走了进来。

赵来好一进门就亲热地握住了苗秀河的手，说："呀，秀河老弟回来啦！哥哥我可是想死你啦！"

陶丽杏也走上前向谷雨问好，近乎劲儿就别提了，好像是遇上了感情最亲密的姐妹，并接过孩子，笑着说："来，让大娘抱抱。看这孩子多聪明、多富态，一看就是个当大官的坯子。"

九奶奶让出凳子说："来好，你坐下，和秀河好好说说话。"

赵来好说："九奶奶，我不坐了，我想请秀河弟到我家去坐坐，还有弟妹，还有可爱的小侄子，都一起去。"

苗秀河不好意思地说："来好哥，改日再去你家吧，我刚刚回来没多大会儿，和奶奶、叔叔、婶子还有秀山弟，都没说几句话呢。"

九奶奶说："喜燕去河寨街上买菜了，来好你们两口子也不走了，都在这里吃饭，人多才热闹呢。"

赵来好还是不肯松开苗秀河的手，回答着九奶奶说："不能，不能，我们不能在这里吃饭。说啥也得让秀河弟一家三口到我家去过个饭时。喜燕买来菜不要紧，你们吃呀。"说着，就拉苗秀河往外走，陶丽杏也一手抱着孩子一手使劲拉谷雨，催着说："走吧弟妹，你一抬步秀河弟就敢动身了。你还不知咱媳妇桥的规矩呢，处处都是做媳妇的做主。"

苗秀河很为难，只好请示奶奶："奶奶，你看怎么办？"

赵来好紧跟着说："九奶奶，您老人家就开恩吧，给我来好一个面子。"

九奶奶笑了，不能不开恩了。

4

赵来好和陶丽杏把苗秀河一家三口请到了自己家，陶丽杏拿出瓜子、花生、奶糖招待他们。

赵来好拨通一个号码，说："我是媳妇桥的村主任赵来好，请给我家送来一桌好菜，尽量快点。"

不一会儿，就听见摩托车开进院子的声音，是河寨街上的饭馆送菜来了。

大家相互推让着入了席。麦穗也应儿媳之邀来陪客了。赵来好知道老太太和苗秀河感情不错，今天请她作陪一来能让苗秀河高兴，二来也能进一步宣扬自己的孝名。

5

柳喜燕买菜回来，发现奶奶家冷清了许多，进屋看看，问道："他们一家三口哪里去了？"

九奶奶说："来好和他媳妇来了，把秀河一家三口请走了。"

柳喜燕不高兴地"哼"了一声，说："当村主任的来请，面子不小哇！"

苗秀山的母亲说："人家实心实意来请，不去不合适。"

柳喜燕板着脸说："我把肉割来了，菜买来了，你们该咋做咋做吧，我不帮手也不帮嘴，我走了。"

说完，柳喜燕真的转身走了。

一屋人面面相觑，母亲问苗秀山："你媳妇气的是哪一回？"

苗秀山说："我也不知道。别理她，该做饭做饭，今天我下厨。"说着他站起了身。

九奶奶说："别看我年纪大，这眼可不瞎。我看得清楚，喜燕一见秀河领着媳妇回来了，就变得不高兴。"

6

柳喜燕回到自己家，倒身挺在床上，满脸带着怒气，两眼直直地看着房顶，心说："你苗秀河居然领着媳妇抱着孩子突然回来了，面对这种现实田香歌该咋办？"她跳下床，拿起手机拨打电话："喂，香歌，我是柳喜燕……"

田香歌一手提着个大包，一手拿着手机与柳喜燕通话："喜燕，我正在省城的古玩城，已串了好多家书画店，好几位老板对咱画的老虎很感兴趣，开的价格也比商元市高。再串几家，就能把这次带出来的画分完了。还是老规矩，人家赊销，卖完付款……"

柳喜燕无心听这些，只一个劲儿问她啥时能回来。田香歌听出了急于要她回去的意思，便问："喜燕，是不是有什么急事？"

柳喜燕说着"啊，没有，没有"，就挂了机。田香歌没顾得思索这些细节，就又走进一家店铺。

柳喜燕挂机之后，一直发呆地站着。她找不到合适的语言对田香歌说苗秀河回来的事，最后决定还是暂时不说为好，免得身在外地的田香歌伤心。自己作为田香歌的好友，面对苗秀河一家三口的意外归来，她真心为田香歌感都难过……

7

今天，夏豆花、蔡芹带着饺子馅来尉蓝家包饺子。蔡芹和好面，夏豆花、尉蓝几个人围着小桌动手包起来。

夏豆花边擀皮边夸尉蓝的气色和体质都比以前强多了。

尉蓝笑着说这都是香歌的功劳。

蔡芹说尉蓝就知道夸丫头。

尉蓝说："弟妹，你生了一个好闺女，让我给夺来了。"

蔡芹说："她小时候，我就对你说过，你喜欢这闺女，就让她认你当干妈，算咱俩的闺女。这话你忘没有？"

尉蓝笑道："啥时候也忘不了。我哪，好运，是无功受禄啊！"接着又夸起田香歌对她如何无微不至地关心，说："就拿这回说吧，香歌出去联系业务，老不放心我，还让你们来陪我。你们来就来呗，还带着调好的饺子馅，叫我多过意不去。"

蔡芹笑笑说："是我想老嫂子了！"

这顿饺子，她们吃得很高兴。

苗秀河突然登门了。他用小棍挑着两盏虎头灯笼，后面跟的是抱着孩子的谷雨。

苗秀河对大家简单介绍了谷雨，说："这是谷雨专门做的灯笼，要送给香歌。我差不多也学会了做虎头灯笼，咱村开发虎文化，这是个不错的产品……"

尉蓝、蔡芹、夏豆花都站起来跟他们热情地打了招呼，尉蓝顺手从谷雨怀里接过孩子。这孩子倒不认生，好像对这位老人有着特殊的感情，不等尉蓝逗他，自己就嘻嘻笑起来。尉蓝也跟着笑了，心想：自己的孙子也是这么大，也不知道他现在过得怎么样。

谷雨说："大娘，这孩子老沉，您抱着累，让他下来自己玩吧。"

"孙子来了，奶奶不抱抱会中？"尉蓝分外高兴，亲昵地看着孩子，问，"会喊奶奶不？"

苗秀河鼓励孩子说："喊奶奶。"

孩子小嘴一张，奶声奶气地喊了一声"奶奶"，尉蓝无比幸福地"哎"了一声，夸道："孙子真能。叫个啥名字呀？"

谷雨说："还没起大名呢，乳名叫个小羔子。"

尉蓝笑着问小羔子："是个虎羔子吧？看长得虎头虎脑的，多像只小老虎。"

又逗了一会儿孩子，尉蓝才将孩子放下，拿出葡萄分给大家吃。

苗秀河问："大娘，香歌呢？"

尉蓝说："她外出办事去了。"

苗秀河又问："防风弟也不在家？"

"哦，他……"尉蓝有些不自然，不过很快平静下来，说，"他也不在家。"

苗秀河的问话让蔡芹和夏豆花的神色很不自然。

柳喜燕突然走进来，尉蓝让她坐她也不坐，说："我是来喊秀河哥回家的，是奶奶叫他有事儿。"

奶奶传来命令，苗秀河不敢不听。尉蓝留谷雨和孩子多玩一会儿，苗秀河跟着柳喜燕往回走。

8

两人走到十字街口，柳喜燕说："秀河哥，是我有事想和你单独说说。"

苗秀河点点头，跟着柳喜燕走出村子，来到老黄河边。

再次看到熟悉的风景，万千往事涌上苗秀河的心头。

"秀河哥，你在想什么呢？"

"哦，喜燕，我没想什么。"

"不对。我知道，你是在想田香歌。"

"我很想见见她。"

"她也很想见见你。"

"她和林防风过得还好吗？"

"他们早就离婚啦！"

"啊？你说什么？"苗秀河大为吃惊，"喜燕，你是不是在开玩笑？"

天上飘着白云，微风荡漾着老黄河，粼粼波光扰乱着人的心绪。柳喜燕对着苗秀河，一五一十地讲述了田香歌与林防风结婚、离婚的事，又讲了离婚后的田香歌悉心照料尉蓝、带领大家发展文化产业的事，还为田香歌无辜被暂停村支书职务而抱屈。

说到最后，柳喜燕抱怨苗秀河："你在外地这么长时间，是赌的什么气，为啥不打个电话了解一下家里的情况，了解一下田香歌的情况？"

苗秀河不知该如何回答才好。

柳喜燕严厉地说："当初，你根本就不该出走！"

苗秀河嗫嚅着说："当初，当初都怪我心胸狭窄，想不开。"

柳喜燕说："香歌听说你出走了，痛苦得很！我问你，你爱田香歌，当初为啥不对她面吐真言呢？自你离开媳妇桥，我敢说香歌没有一天不挂念你。去年收到你寄来的书和画，她高兴坏了……而今你突然回来了，竟带着媳妇和孩子，田香歌知道了会是啥样的心情，这对她该是多大的打击！"

此时的苗秀河，一颗心已浸泡在痛苦之中，脸上写满了难过。他才深深感受到柳喜燕语言的厉害，柳喜燕又开口说道："我，还有香歌，做梦也不会想到你在外地已经结婚……"

苗秀河说："喜燕，你不了解情况，我和她必须结婚。"接着，苗秀河坦诚地讲述了自己和谷雨相识、交往和结婚的原因，然后对柳喜燕说："弟妹，谷雨是个好女人，也是个苦命的女人，我把她娶到咱们家，请大家一定善待她，可不敢伤她的心，不敢叫她精神上受到刺激，她患的这种癫痫病，最怕受到刺激。"

柳喜燕内心很震惊，嘴上说道："秀河哥，你真是个菩萨心肠……"

9

思来想去，柳喜燕决定还是应当把苗秀河的事儿提前透露给田香歌，让她先有个思想准备，免得一进村就被弄个措手不及。

接听柳喜燕的电话时，田香歌正坐在由省城开往商元市的列车上。车厢拥挤加上手机信号不好，她并没有全部听清柳喜燕的电话，但也知道了苗秀河已经归来，还带着个儿子，以及身患癫痫病的媳妇。

挂了电话，田香歌的心顿时有了重重的失落感，想流泪。但是很快又稳定了情绪，心想一切还是回去看看情况再说吧。

10

这个夜晚，苗秀河也是心事重重的。左思右想，他决定应该把有些事情告诉谷雨。

看谷雨也无睡意，苗秀河对她说："哎，你猜，今天下午喜燕弟妹对我说了些什么？"

　　"我咋会猜得着？"

　　"她说，咱们媳妇桥现在成了虎文化产业村，正打算成立虎文化产业公司呢！"

　　"这是好事。"

　　"这一回，你的虎头灯笼可要大发展了。"

　　"看来，我跟你回媳妇桥，是回来对了。"

　　苗秀河起身给小羔子披披被子，低声对谷雨说："我还要告诉你一件事。"

　　"你就说呗。"

　　"一件意想不到的事，田香歌离婚啦。"

　　"不可能吧？"

　　"千真万确！"然后他简单地说了一下其间的经过。

　　"唉，她也是命不好，"谷雨叹了一口气，突然说，"秀河，我错了。"

　　"你有啥错？"

　　"我不应该和你结婚，要不你娶香歌该有多好……"

　　"谷雨，你瞎说什么，咱俩结婚是因为有缘分。"

　　"香歌会恨你的，更会恨我。你对我说过，你曾爱过她，她也对你有好感。"

　　"谷雨，你多虑了，那都是过去的事儿了。再说，香歌从不忌妒人。过去的都过去了，现在是另一回事，这些香歌肯定是不糊涂的。"

　　"可是，我心里感觉不对劲呀！"

　　"你应该放心我呀。记住，我和你永远是夫妻，相敬相爱，白头偕老。"

　　"那，你就不理香歌了吗？"

　　"我，我和田香歌永远是好朋友。"

第二十九章

1

　　九奶奶、麦穗、蔡琴等村中老人，以及参与画虎的几十位媳妇，热热闹闹地聚集在尉蓝家的大柿树下，欢迎苗秀河、谷雨一家三口回到媳妇桥，欢迎他们参与村子里的文化产业开发。

　　开这个欢迎会，是田香歌在火车上想好的，也是她力主的。

　　在柳喜燕介绍苗秀河、谷雨和大家认识之后，田香歌说："哥哥嫂子都身怀绝技，都是咱发展虎文化产业急需的人才。秀河哥不但是有成就的画家，而且熟悉全国艺术市场的行情。谷雨嫂子是做虎头灯笼的巧手，她的到来将为我们的虎文化产业增添新项目，二位能回到家乡媳妇桥，太值得欢迎、太值得庆贺……"

2

　　欢迎会结束后，田香歌留苗秀河一家三口吃午饭。田香歌本来要请柳喜燕留下作陪，可她说着有事就头也不回地走了。不过此时的柳喜燕，虽然还生苗秀河的气，还在为造化弄人遗憾，但心里也在佩服田香歌的大度和得体，不再为她而担心。

　　饭后，尉蓝、田香歌、苗秀河、谷雨闲聊了一阵家常。后来，小羔子睡着了，尉蓝引着谷雨去另一间屋子放孩子，田香歌带着苗秀河去"幸福书屋"看自己最近买的画册。

3

　　安顿好熟睡的孩子，尉蓝和谷雨就坐在床沿上说话。

　　尉蓝住处的陈设简单、朴实，因而床头桌上放的那三个精致的相框格外显眼。这三个相框里，分别装着尉蓝和田香歌的合影、尉蓝和小孙子的合影、白露和孩子的合影。

照片很快就吸引住了谷雨的目光，谷雨拿起来细看，这个抱孩子的年轻媳妇越看越像自己的妹妹白露，于是问道："大娘，这个年轻媳妇是谁？"

"是我儿媳妇。"

谷雨还想再说什么，却忍住了，她认为不会这么巧。

尉蓝看谷雨一直盯着照片看，就问："侄媳妇，你认识我儿媳妇？"

"不，不认识。"谷雨说着把相框放回了原处。但此时，她心中已判定：这个女人，十有八九就是白露。

4

回到自家的谷雨，一直坐在床沿上发呆。下午看到的那张照片，已印在了她的脑海里，妹妹白露怎么成了尉蓝老人的儿媳妇？她想不明白。如果这要是真的，以后大家该如何相处呢？

日有所思夜有所梦，这天夜里谷雨做了一个梦，梦见了白露，白露坦诚自己就是尉蓝的儿媳妇，谷雨责怪她："你男人出事了，不在家，你为什么不回媳妇桥见见你的婆婆？她身体不好，你为什么不留在身边照顾她？我如今也是媳妇桥的媳妇了，啥事儿我都知道了，田香歌和林防风离婚，根源就在你身上。你，太丢我的人了！你让我以后在媳妇桥怎么见人？怎样面对尉蓝？怎样面对田香歌？你气死我了……"谷雨气得浑身颤抖，啥也说不出来，腿一软坐在地上哭起来……

苗秀河被谷雨的哭声惊醒，他伸手拉亮电灯，问："谷雨，谷雨，你怎么啦？"

醒来的谷雨一直不说话，不停地抽泣着。

苗秀河给她擦着泪水，说："不要怕，有我在这儿呢。"

谷雨满脸发呆……

5

早上，苗秀河正一边哄孩子一边做饭，柳喜燕来了，说："秀河哥，奶奶派我请你们去那院吃饭。往后，你家不用自己做饭，咱们一起吃得了。"

苗秀河有些不好意思，说："奶奶本来在这院住，现在已经让你家接走了，我咋能再麻烦你们呢？你回去吧，我慢慢能做。"

柳喜燕不肯回去，说："看秀河哥说的，外气了不是。奶奶说，谷雨身体不好，还跟着个缠手的孩子，要咱全家都给你帮帮忙。"

苗秀河说啥也不去，柳喜燕竟快步回家把饭菜给端了过来。

谷雨已醒，正躺在床上两眼发呆地盯着顶棚。她满心想的，仍是那幅妹妹抱着孩子的合影照片……

苗秀河端着饭菜进屋喊谷雨，这时的谷雨正口吐白沫地抽搐着。

柳喜燕吓得不敢近前，紧紧地抱着小羔子，言辞慌乱地跟田香歌打了电话。

田香歌气喘吁吁地跑来，看到谷雨的情况大为吃惊："哎呀，快打120！"

苗秀河说："我现在已有经验了，咱们不用怕，也不要动她，她一会儿就好了。"

"能好吗？"

"癫痫病一犯就是这样。"

"那也得去医院治疗，病好了才心净。这样吧，咱马上去商元，就住商元市人民医院，钱由我出。"

"钱我有。你不知道，我领着她看过不少医院，大夫都说目前没有好办法。"他指着桌上的几个药瓶说，"上海华山医院、南京军区总医院、商元市人民医院，我们都去看过，大夫们开的都是这几样药。现在不找大夫，我也知道买啥药了。我让她坚持服药，从没间断过。钱没少花罪没少受药没少吃，可就是见效慢。"

田香歌焦急地问："那，那就没有办法了？"

苗秀河说："医生一再嘱咐，不能让她精神上受刺激。这一天我很注意，坚决避免刺激她。可有时候她自己想起了什么可怕的事，也能刺激得她发病。"

柳喜燕说："那以后我们多跟她聊天，多开导她……"

苗秀河说："可不敢这样。她要是自己愿意把心事说出来，别人可以开导她，帮她卸下思想上的负担。如果她不愿意说，你可千万不要追问，别人越问对她的刺激越大。你们要想帮助她开导她，可以变个角度和她聊天，比如讲故事、说笑话，来转移她的思维。"

田香歌、柳喜燕都点点头，几个人不再说话，站在床边关切地看着谷雨。

谷雨终于不抽搐了，闭着眼睛静静地躺着。

大家松了一口气。

谷雨终于睁开了眼睛，有些迷糊地望着大家。田香歌忙坐在床边拉起谷雨的手，接过苗秀河递来的热毛巾帮她慢慢地擦洗脸和手，然后搀着她坐起来，说："嫂子，饿了吧，吃点饭吧。"

田香歌端碗喂她，谷雨有些不好意思，要自己端着吃。田香歌微笑着说："你别动手了，让我帮你端着吧，咱姐妹俩客气啥。"

第三十章

1

冒泉正听着收音机，有人朝他肩上拍了一下。

他问是谁，对方没说话，轻轻咳嗽一声。

冒泉一听就说："是香歌姐。"

推着自行车的田香歌笑道："冒泉老弟的耳朵真灵。"

田香歌刚从河寨回来，本想去找冒泉，没想到这么巧就碰上了。田香歌说："听说你现在成了农业技术专家了，还经常有人向你请教？"

冒泉关上收音机，说："还不是因为你送给我这个收音机，让我天天能听戏、学知识，真叫人心里亮堂。"

"我刚从河寨回来，"田香歌从包里拿出一样东西放在冒泉手上，"你摸摸这是啥，送给你了。"

"是个手机，"冒泉一摸就摸出来了，"香歌姐，我不要，我一个瞎子用不着这个。"

"你能用得着。你记性好，全村的电话号码你都能记住，脑子里装着好多科技知识，需要有个手机，这样大家找你请教也方便些……"

"手机挺贵的，咋能让你花钱？香歌姐，我不要。"

"实话对你说吧，这手机是老款的，功能不多，是打折处理的，花不了几个钱，拨号键少，正适合你用。我已给你开了户了，预交了30元话费，你现在就能用。"

推着自行车的田香歌和曹冒泉慢慢地走着。

香歌说："冒泉老弟，走着瞧吧，咱村画虎会画出名堂的。等村集体有了钱，我再给你换个高档手机。"

冒泉心里热乎起来，咧着嘴笑。

田香歌说："不要认为自己眼睛不好就是无用之人，你脑子好使，可以做很多事儿，也能够发家致富。等经济条件好了，你照样能娶上媳妇，和正常人一样过幸福日子。"

"娶媳妇我不敢想，"冒泉一本正经地说，"我尽量多干些事情，娶媳妇不娶媳妇那是小事。"

"娶媳妇是一件大事，"田香歌郑重地说，"你哥你嫂虽然人很好，但毕竟是分了家。你和你爹现在这个家，两口人两条光棍汉，算是很不完整的家庭。我看要一步一步地完善，先给你爹找个伴，就是给你找个后娘……"

"不中，不中。我爹恁大岁数了，人家谁能看上他？再说我还是个瞎子。"

"咋能不中？他多大岁数，才六十几岁能算大吗？碰巧了，找个合适的也不算难。再说，你爹有你爹的优势，一是心眼好，二是人缘好，三是勤劳，这些都招人喜爱。我早就琢磨着帮他物色个伴，这话对任何人都没说过，今天先对你说出来，主要是怕你到时候反对……"

"我想通了，香歌姐，你真能帮我爹找个伴，我冒泉不会有二话。怕只怕，我爹他不一定同意。"

"现在八字还没有一撇呢，我先不跟你爹说。真有了合适的茬口，我自有办法做通他的工作。"

2

田香歌一进家门，尉蓝迎上来说："快进屋吧，家里来了稀罕客人哩。"

就在这时，一位老太太从屋里走出来，握住田香歌的手，亲热地说："闺女，你还记得我不，你是我的救命恩人哪……那一年，你跑了几十里给我送药……"

田香歌想起来了，这位来客是何叶大姨。那一年，尉蓝辗转听说山东曹县乡下有位病人急需一种救命药，正好自己家里有，就让田香歌连夜送去。一晃多年过去了，田香歌、尉蓝早就忘了这事儿，没想到人家今天找上门了。

田香歌握着何叶的手，说："大姨，您这身体一向可好？"

何叶说："托你的福，我的病吃了你送去的药，再没有患过。我早就想登门来感谢，可当时听错了你报的村名，打听多年才打听到媳妇桥……"

两人正在柿树下说话，一位壮汉从屋里搓着手走出来，何叶赶忙介绍说："这是我娘家侄子，叫大黑。大黑，还不快谢谢你香歌妹。"

田香歌和大黑打完招呼，隐约觉得大黑有些面熟，好像在哪里见过。

3

宾主正在吃饭间，大黑瓮声瓮气地说了一句："我看呀，你们媳妇桥还是好人多……"

一句话说得田香歌、尉蓝都愣了。

何叶看大黑一眼，说："陈谷子烂芝麻，你不说也罢……"

大黑想了想，说："我看还是说说吧。"然后转向田香歌，问："你们还记得不，那一年，贵村村民赵来好，现在是村主任了，家里来了一帮讨要工钱的？"

田香歌立马想起了这段往事。十来个人在村里盘桓了两天，最后一分钱也没有要到，当时大家都说赵来好做得缺德，可乡里乡亲的也不好帮着大黑他们说话。

尉蓝说："当时我正在县里开党代会，回来听说了这事，我找赵来好问是咋回事，他敷衍我说是经济纠纷，他压根儿就不欠谁的钱……因为你们已经离开，这事我就没有追究下去。"

大黑说："看老书记的面子，看香歌妹子的面子，这事儿不说了！"

4

大黑骑摩托车带着何叶进村时，跟秋石榴打了个照面，秋石榴一眼就认出了他是谁。秋石榴决定戏弄赵来好一番，打电话向陶丽杏报告了这一消息。

陶丽杏接完电话就慌了神，问赵来好咋对付。

赵来好说："都恁些年了，谁来也不怕了。"

陶丽杏说："那两人去了尉蓝家，我看，少不了揭你的短。"

赵来好满不在乎地说："说了又咋着？那俩女人，一个是下台的支书，一个是被停职的支书，还能翻起多大的浪花？"

陶丽杏说："话是这样说，可她们要是掂着这事儿不放，你想入党可就难了！"

听了这话，赵来好蔫儿了。

5

秋石榴给陶丽杏打完电话，出门正好碰上裘多嘴，立即把大黑来村里的事儿告诉了他。

啥事让裘多嘴知道了，就等于进入了信息的高速传播通道。不一会儿，麦穗就听说了这个消息。

麦穗也知道儿子儿媳办过这档子缺德事，要是在过去她懒得管也管不了，现在眼看两口子要回心转意，于是就决定先去看看何叶。

在尉蓝家见到何叶，麦穗一时不知从何说起，田香歌就问她最近生活得咋样。

麦穗有话说了："儿子、媳妇，如今跟以前大不一样了，变得孝顺了……"

听别人夸儿子，何叶的情绪渐渐低落起来，眼里噙着泪花，不敢与麦穗对视。麦穗却没有发现何叶的情绪变化，突然问："大妹子一看也是个福气人，您有几个儿子？"

"哦，我没有儿子。"何叶低声说。

麦穗说："没有儿子有闺女也中，闺女照样孝顺你，养你的老，送你的终。"

没想到这话让何叶潸然泪下，忍不住哭出声来。大黑把尉蓝拉到屋外，说了姑姑的人生遭遇："我姑有过一个闺女，可在两岁时就丢失了，如今已经三十多年，也不知是死是活……现今姑父也去世了，她一个人孤孤单单的，想起这事儿就难受……大家别说这个话题了，让她哭一哭，过一会儿她就好了。"

屋里的麦穗很没趣，干坐一会儿起身告辞，临走前挽留何叶在媳妇桥多住几天，还诚心诚意地请她去自己家里吃住。

6

刚才在何叶伤心落泪时，正在自己家看电视的陶丽杏心情也突然变得低沉起来。电视里正在演寻亲的故事，她突然就想起了自己也是个从小被抱养的孩子，不知道自己的亲生父母、自己的家乡在哪里。

7

晚上吃饭时，看何叶的情绪还是很低沉，田香歌对她说："大姨，你不要再伤心再难过了，有啥困难，我们可以帮你解决。"

何叶说："没困难，没困难。"

田香歌说："你要是觉得一个人生活没意思，在老家太孤单，我看就不必再回去了，就在我们这里住下吧。"

尉蓝也跟着说："我同意香歌说的，大家在一起生活，热热闹闹的，香歌是我的闺女也是你的闺女。"

何叶说："我是真不想回去了。不过，我在你们家住着不是长法呀。"

尉蓝像听明白了什么，问："何叶妹子，咱姐妹不外气，有啥想法你就说

160

出来。"

何叶感觉不好意思，吞吞吐吐地说："我……唉……其实，其实也没啥想法。"

"大姨，"田香歌开门见山地说，"您若是想成个家的话，我可以出面帮忙。"

何叶的脸上泛起红晕。自己本是来看望尉蓝、田香歌的，并没有找对象的打算。再说自己一大把年纪了，哪能像年轻人似的说找就找呢，想到这里她对田香歌说："闺女，看你说哪儿去了，我自己过得也不错嘛。"

田香歌听出了何叶的言不由衷，推心置腹地说："大姨，成个家是正事。这事要是解决好了，你就会从孤独中解放出来。请你掏出真心话，到底想找个啥样的老伴？"

何叶像个小姑娘似的羞红了脸，笑笑说："我能有啥要求，只要他心眼好就中。"

田香歌笑着说："大姨，你别见怪，我提一个老汉，你看中不中，不中千万别勉强，权当没提。"

"香歌，你说说看。"尉蓝在一旁催促。

田香歌说："俺们媳妇桥的曹根成，论心眼是真好，啥活儿都能干。要说不足呢，就是家里有个瞎儿子，还没有成家。可这个儿子很聪明，生活自理不成问题，有机会了我也要给他张罗一门婚事……"

看表情，何叶没啥不乐意的。

尉蓝说："老曹还有个大儿子，叫曹冒烟。冒烟和媳妇玉雪都是好人，两口子本想让老人和瞎弟弟跟着他们一块生活，可老曹不答应，说单独过自由自在。虽说分家了，冒烟和玉雪还是不少操爹爹和弟弟的心。"

何叶说："中，我没啥意见。哎，香歌闺女，我要成了媳妇桥的媳妇，也跟着你搞虎文化产业。"

香歌听了很高兴，拍手表示欢迎。

何叶说："实不相瞒，我也有个小手艺——会做布老虎。只是以前我一个人过得烦闷，没心去做。"

"您会做布老虎，太好啦！"田香歌喜出望外，"这下，咱们的虎文化产业又多了个新品种！"

麦穗拎着两条鱼走进来，见她们都在笑，问道："看你们乐的，有啥喜事，说出来也让我跟着乐乐。"

中午她把何叶惹哭，懊悔得不行，专门买了两条鱼来给何叶赔不是。一看她们都在乐，觉得自己也不必再说中午那不愉快的事了。

第二天一早，曹根成和冒泉刚放下饭碗，田香歌就满面喜悦地来了。

"根成大叔，今天我是无事不登三宝殿，我是给你提亲来了。"田香歌笑嘻嘻地坐在曹根成对面，说了何叶的大致情况。

曹根成嘿嘿笑了，说："别出你叔我的洋相了，我这样个人、这样个家，还找什么对象……"

"根成大叔，何叶大姨还真看上了你这样的人、这样的家，你说咋办？"

"那也不成。她是不了解冒泉。冒泉平时说话也怪好，犯起轴来可不得了，对谁都是敢骂敢打的，有时对我也冲得要命。你问问他，我这话是真是假？我要是真给他找个后娘，他那样冲人家，人家心里啥滋味？能在这个家待住？"

冒泉咧嘴笑了，说："爹，我以前确实是喜怒无常，爱发脾气爱使性子，可现在已经改了呀。自从香歌姐鼓励我学习文化、自强自立，还给我送来收音机、音乐、戏曲、新闻、科技、健康指南等节目，除去了我的烦躁……爹，你说我近来表现咋样？"

曹根成说："近来表现还不错，除了那回拿木棍误伤了香歌，还真是没有发过火。"

冒泉嘻嘻笑着，对父亲表了自己的态度："爹，你能找个伴，是你的福也是我的福，我不会有任何意见的。我相信香歌姐提的这个大姨一定很好。这事真成了，今后我保证孝顺你们，瞎儿子没有大本事，但能做到听话、不惹二位老人生气。"

曹根成没料到儿子会说出这样的话，心里很感动，可是还是说："冒泉说的我也相信，不过还是不行，还有老大冒烟呢，他那脾气，是不会同意我找个伴的。谢谢你了香歌，这事不用再提了。"

田香歌看出来了，根成大叔心里是想找个伴，可又担心儿子反对。现在，自己这个介绍人得拿出意见了："根成大叔，我看这样，你呢，先去悄悄与这位大姨见见面，说说话，你们两个要是感觉合适，就给我个话，我去做冒烟的工作，我保证能说服他。"

赵根成无话可说，坐在那里一个劲儿地笑。

田香歌说出了自己的安排：明天，她要带尉蓝去市医院体检，让曹根成来家和何叶见面，"你们把大门一关，静下来说个痛快，把婚姻大事定下来。对了根成大叔，今天你要刮刮胡子理理发，做好思想准备，免得明天谈起来无话可说……"

9

　　第二天早饭后曹根成正在家换新衣服，大儿子曹冒烟突然闯了进来，一脸吓人的怒气，冲着老子撂出一句："爹，你不要去了，我不同意！"

　　曹根成张了张嘴，没有说出话来。

第三十一章

1

陶丽杏、赵来好看大黑来了，又走了，并没有上门闹腾、办自己的难看，总算是放下了心。

经过麦穗再三邀请，何叶搬进了麦穗的家。听到蕾蕾带回来的消息，陶丽杏的心又悬了起来：这个老婆子待在村里不走，到底是想干什么？

天快黑时，赵来好才从乡政府开会回来，一进门就被陶丽杏派上了任务，让他去打听这个老婆子的来历和留在村中的用意。

2

赵来好拎着两包点心来到娘住的院子里，没费劲就摸清了来龙去脉。

听他说完何叶的来历，陶丽杏说："这个老婆子常住媳妇桥，对咱可不是好事。要是她侄子哪天再来了，说不定就会对你不利哩！"

赵来好问她咋对付，陶丽杏想了想说："一个孤老婆子，活着也怪不易，我想找个茬口让她再嫁一家，让你娘来说服她，准能成事，省得她以后再来媳妇桥。"

"嫁给谁？"

"嫁给那个姓屠的。一下掉进福窝里，她会不乐意？"

"一个乡下老婆子，人家屠老板会看得上她？"

陶丽杏笑道："看上看不上，对咱都有利。屠老板真看上了，能白着我？不拿几千块钱的谢礼，我会饶他？他一个大老板，还在乎这几个钱？他看不上也没关系，他神通广大、认识人多，让他帮着给找一家呗。人靠衣装马靠鞍，别看是个乡下老婆子，弄身像样的衣服一包装，进理发店一整，就洋气了。市里头单身老头有的是，想找老伴的老头能怕花钱？对媒人还不得好吃好喝好伺候？咱照样有利可图……"

赵来好忍不住地笑了，说媳妇你真高，碰上一个乡下老婆子也能捞几分利钱。

陶丽杏说："这说明我的经济意识强，善于抓住每一个挣钱的机遇，既要抱住西瓜，也不丢掉芝麻。"

赵来好笑归笑，也不愿意放弃捞好处的机会，于是出主意说："是不是提前给屠老板透个话？"

"不用，"陶丽杏自信地说，"屠老板那边啥时候说都成，关键是先做好你娘的思想工作，再让你娘做好那个老婆子的工作……"

事不宜迟，赵来好当即又来到麦穗住的院子。何叶已在另间屋里休息了，麦穗一听赵来好的主意，就给拒绝了，说香歌已给介绍了曹根成，明天上午他们二人就要见面。

3

陶丽杏没料到田香歌能早她一步，况且又是嫁给媳妇桥的曹根成，她恨恨地对赵来好说："这一招厉害呀，一是扩大了她田香歌的势力，二是把这个老婆子留在了媳妇桥。她田香歌想啥时候弄你的事就啥时候弄你的事，这老婆子就是铁证呀。"

赵来好急了，催她快想主意。

陶丽杏说："看我给田香歌来个釜底抽薪！"说完，她就去翻找曹冒烟的电话号码。

曹冒烟性格倔、认死理，陶丽杏平时不跟他多交往，也不惹他，所以两家没有多少情谊，但也没有隔阂。陶丽杏知道曹冒烟爱面子，对孩子宝贝得很，所以每次看见曹冒烟抱着孩子在村里转悠，她都上去夸孩子几句，还给小孩买糖吃，弄得曹冒烟挺感动。同时她也知道，曹冒烟这样的人一旦觉得被谁伤了面子，肯定是天王老子也不饶。

看时间已晚，陶丽杏决定明天一早再打这个电话。

4

第二天一早，陶丽杏顾不上洗脸刷牙，就拨通了曹冒烟的电话。

电话里，陶丽杏装着关切地说："兄弟，我和你哥一向敬你是孝子，想不到你爹要往你脸上抹灰……"

"咋回事，俺爹还能给我抹灰？"

"你还不知道吧，你爹要找个老伴，今天上午见面，定下之后马上就结

165

婚。打昨个儿起乡邻们都在议论，说他为啥突然走这一步，还不是怕儿子儿媳不孝顺、不贴心、靠不住吗？你爹也是鬼迷心窍了，这不是办儿子难堪吗？要说老人再婚也没啥，可总得先跟孩子说一声吧？事先不跟孩子说，你让晚辈们的脸面往哪儿搁……"

陶丽杏这个打气筒可真厉害，一会儿就把曹冒烟忽悠得气呼呼的，挂上电话就往老爹住的院子赶。

5

陶丽杏点起了曹冒烟的怒火，又开始下一步的行动——亲自找婆婆去。

陶丽杏喜笑颜开地对麦穗说："娘，一会儿您去根成叔那里看看吧，对他跟何叶大姨的媒您要关心呀，他们成了咱要祝贺，不成的话也得说几句暖心话，以后再给二位操心另找茬口。"

麦穗说："丽杏你说得在理，乡里乡亲的就得多关心。"

陶丽杏说："不成其实也没啥，何叶大姨好找茬口，来好对你说的那个老头，人有钱，长相也年轻。你一提，何叶大姨准乐意。娘，咱多说几句话，就做成了成人之美的善事。"

麦穗哪知陶丽杏的用心，反倒觉得儿媳越来越懂事了，于是满口答应道："中，我去看看。"

6

田香歌一大早就带着尉蓝进城检查身体了，家中只留下何叶自己。

何叶等着跟曹根成见面，可左等右等等不来曹根成。正急躁着，麦穗来了。

7

麦穗是从曹根成家来的，她已得到实情，不能不来告诉何叶一声："大妹子，不必等了，根成不来了。他儿子不同意，他也不能强做主。他让我来，对你说声对不起。"

何叶火热的心变得冰凉，阴沉着脸啥话也不说。

麦穗也为何叶难过，她想起陶丽杏的交代，觉得应当暖暖这位妹子的心，把另一个茬口说给她听听，或许能让她心情好转，于是照着儿媳妇说的话，介绍了屠老板的情况。

166

没想到，何叶的脸色更难看了。此时何叶心中在想，麦穗大姐的儿媳妇，就是伙同她男人坑骗大黑那伙人工钱的那个女人，为什么要给我介绍对象呢？什么大老板，不靠谱。有些话麦穗大姐不说，自己也不能捅破，但憋在心里实在是难受，于是不软不硬地说了几句带气的话："麦穗大姐，老曹不见面就算了，那是俺俩没缘分。其他的再好我也不同意，钱多俺不眼热，还是回我的穷家过自己的日子去吧。我这就去给大黑打电话，让他马上骑摩托来接我。请你帮我给尉蓝看好这个家，等尉蓝和香歌回来，你对她们说清楚就行了。"

麦穗诚心挽留也没用，只好让她去打电话。

8

冒泉今儿起个大早，趁邻居家的车去河寨集买菜。家有喜事，得好好办一桌。

回到家，冒泉先把活鲤鱼放进水盆里，把青菜、猪肉往厨房里掂。听听家里无人应声，心想，俩人肯定正拉得热火着呢，这事肯定能成！那就中午先凑合一顿，晚上把香歌姐、尉蓝大娘都请到家来，大家好好吃一顿。

这时，他忽然听到里间床上传来爹的咳嗽声，才知道老人已经回来了，便说："爹，你回来得好早。"

曹根成说："我没有去，你哥来了，说他不同意，说我丢他的脸……我看，就算了吧。"

冒泉一听，就火了。

9

曹冒烟对老爹发完火，回到家仍然是怒气未消。

韩玉雪问他干啥去了，早饭也不吃就慌着出去。他阴沉着脸不说话，韩玉雪猜测必有大事情，便再三追问，非要明白原委。

曹冒烟无奈，只好如实说了今儿早上发生的事儿。

韩玉雪一听，就数落他这回做得不对，说，干预老人再婚其实也是不孝。晚辈即便不同意，说话也不能直来直去的。

曹冒烟不服气，二人就没完没了地辩论了一阵子，曹冒烟则走进卧室睡觉去了。

韩玉雪追到卧室继续跟他辩理，曹冒烟理屈词穷了，说："你韩玉雪如今变得伶牙俐齿了，我就这样做了，你说咋着吧？"

这时，院里传来冒泉的一声大喊："曹冒烟，你在家吗？"

曹冒烟一听弟弟直呼其名，就知道冒泉准是生气了，要找他发火。别看曹冒烟脾气大，在弟弟冒泉面前从来都是克制的，一是兄弟情义使他必须让着弟弟，二是真要交锋，文斗武斗他都占不了上风。想了想，他软下声音，附在韩玉雪耳边低声说："你对他说，就说我不在家。"

韩玉雪气得想笑，觉得有必要让弟弟教训他一番，于是对着外面大声答道："冒泉，你哥在屋里，请进来吧！"

冒泉怒气冲冲地闯进来，手里拿着一根木棍。

曹冒烟只得硬着头皮打招呼："老弟，找我有啥事？"

韩玉雪给冒泉让座。

冒泉没好声地说："嫂子，你闪开，我要动武啦！"说着就将棍子举了起来。

韩玉雪忙拦住，说："弟弟别打，咱俩一起跟他说理。"

曹冒烟躲在双人床的最里面，说："弟弟，别动棍好不，打住你小侄子就坏了。"说着话，两只眼睛紧紧盯着冒泉手中的棍子。

冒泉说："别骗我，侄子在他姥姥家住着呢。"说着就一棍子打在床上。曹冒烟躲得快，棍子没有打在他身上。接着冒泉又是一棍，曹冒烟又躲开了。这两人一个瞎打，一个巧躲，把韩玉雪吓得不知如何是好。

10

"冒泉住手！"

听到这是田香歌的声音，冒泉高高举起的棍子乖乖地放下了。狼狈不堪的曹冒烟这才擦了把汗，对田香歌投去感激的目光。

今天一早，田香歌就陪着尉蓝来到市医院。因为放心不下相亲的事儿，等尉蓝检查完身体，她们就打的回来了。本想着两位老人能顺利走到一起，没想到却是这样的结果。亏她及时赶到曹冒烟家，不然冒泉不定会闹成啥样呢。

田香歌不客气地批评曹冒烟："都说你孝顺，我看你对孝顺老人的理解非常片面，只注意物质奉养的'孝'，却完全忽视精神关怀的'顺'，在物质上尽心奉养，在精神上关怀呵护，两者加在一起才是完整的孝顺呢。再婚是老人的权利，你鲁莽地站出来干涉，就是不孝顺的表现……"

曹冒烟低头坐在床沿上，一句话也不说。

韩玉雪、冒泉轮番批评他，他的头越勾越低，恨不得钻进裤裆里，脸憋得比努着劲下蛋的母鸡的脸还红，终于憋出一句话："是我昏了，不是个人！"

两人住了口。他这才抬起头，像下了很大决心似的，说："看来，这回我真是错了……"

何叶被侄子接回了老家，情绪低落得很，半夜睡不着，早上一觉醒来，太阳已经升得老高。

她无精打采地起了床，打开院门大吃一惊：田香歌居然在外边站着。

田香歌站在农用三轮车的车厢里，笑眯眯地说："大姨，根成大叔派我来接你回咱媳妇桥。开车的这位，是大叔的大儿子曹冒烟……"

何叶没有多说什么，简单收拾一下，就上车跟他们去了媳妇桥。

第三十二章

1

在冒烟、冒泉兄弟的坚持下，在家里摆了六桌酒席，为两位老人热热闹闹地操办了婚事。

婚后，何叶对田香歌、曹根成说，自己要动手缝制几十只布老虎，送给媳妇桥的乡亲们。

田香歌说："行，您开单子吧，我去帮您备料。"

何叶从屋里拎出个布包袱，说："都是现成的，我都带来了。"

说干就干，几天工夫她就做出了十几只布老虎。曹根成笑眯眯地坐在对面，看她捏针走线，心里赞叹这双手真是灵巧。

这天，苗秀河抱着小羔子来串门了，何叶打发老曹给孩子拿吃的，招呼苗秀河坐下来说话。

说着说着就说起了谷雨。何叶问："秀河，谷雨的身体咋样？"

"上回犯病之后，身体虚弱多了。还好，今天早上吃了一小碗稀饭和一个鸡蛋。"

"你出来了，谁在家陪她呢？"

"豆花嫂子、石榴嫂子来家了，正跟她说笑话哪。"

2

谷雨身体很虚弱，但精神状态开朗了许多。这天，她坐在苗秀河的画案旁，吃着柳喜燕早上送来的番茄，听夏豆花、秋石榴在说笑。

她很感激大家轮流来陪她开心，说："你们天天轮班来陪我，不耽误画画吗？我心里过意不去啊……"

"我们来，你不烦就中。"秋石榴说罢，自己先哈哈笑了。

"我巴不得你们天天来，就是怕耽误你们画老虎。"谷雨说。

"啥事儿也不耽误，来你这里拉拉呱，我也能跟着换换脑筋歇歇神儿。"夏豆花说。

"我知道，这都是香歌安排的，怕我苦闷。香歌啊，想得周到，是个好人，也是个忙人。不知她又忙啥去了。媳妇桥的媳妇们，都是好人哇！"

秋石榴说："你也不例外，也是媳妇桥的好媳妇。"

夏豆花说："咱们媳妇桥，确实是出好媳妇的风水宝地。"她叹口气说："就有一点不好，香歌的个人问题老是不顺。"

夏豆花说这话是一时口滑，忽略了这话也能引起谷雨的胡思乱想。秋石榴忙引开话头，开玩笑说："连曹根成都老光棍发新芽了，回头咱也费费心，给尉蓝老支书操持一个……"

不料这话又勾起了谷雨的另一桩心事，她突然说："尉蓝大妈的儿媳妇，长得挺漂亮，她叫啥名字？"

秋石榴奇怪地问："咋，你见过她？"

谷雨说："我也就是在大妈的房间里，见过她的照片。"

"她叫白露，名字好美，就是心眼不正！"夏豆花脱口而出。她一直认为是白露的第三者插足，搅黄了田香歌的婚姻。因而尽管夏豆花从来没有见过白露，但说起她来往往都是气哼哼的。

谷雨一惊，心说："啊，真是妹妹。"于是她就沉默着不再言语了。

秋石榴也没在意谷雨的神情变化，顺嘴说："白露这名字确实不赖，你谷雨这个名字也不俗气，比豆花、石榴啥的上档次多了。"

夏豆花对秋石榴的话不满意，说："石榴，你咋能把白露和谷雨扯到一块呢，她俩可是一个天上一个地下。别看我没见过那个白露，说她心术不正肯定没错。先不说她勾引有妇之夫林防风，就说老支书那回去看孙子，在她家住了几天，回来就大病一场，差点儿没丧命。媳妇要是贤惠、懂事，婆婆会气成这样？"

夏豆花忽然明白了，说："刘善水不让香歌继续干支书，搞不好也是这个白露上的眼药。你想啊，区里苏果是白露的舅舅，刘善水是苏果的连襟，又是老下级，白露、苏果在里头指不定咋给香歌使坏哩……"

夏豆花闻听此言，更恨白露了，说："亏心人没有好下场。"

秋石榴说："这不应验了嘛，林防风犯事儿蹲了大狱，白露也跑得没影儿了。"

夏豆花忙拦住她的话头，说："石榴，你说这干啥？嘴上没个把门的！"

秋石榴伸伸舌头，说："放心吧，出了这个门，或是在老支书面前，我一个字儿也不会瞎说……"

谷雨听得清楚，心似刀剜般疼痛，她强打精神忍着，用手紧紧捂着心窝，说："我，好累。"

秋石榴和夏豆花刚把她搀扶到床上，她就开始口吐白沫、浑身抽搐……

3

谷雨的身体明显不行了，田香歌通过尉蓝请来一位老中医。老中医望闻问切一番，走出谷雨躺的里屋，对田香歌、苗秀河说："先不说原有的病情，目前看，病人的主要症状是气虚，先吃几剂中药补补气吧。"说完提笔开了方子，让苗秀河去抓药。

送走老中医，田香歌回来陪谷雨，她坐在床边，关心地说："你老在床上躺着，对身体、对治病都不利，越躺身上越没有劲儿。来，我搀扶着你，到院子里活动活动吧！"

谷雨点点头。

田香歌搀扶着谷雨下了床，一步一步挪出屋门，在院里慢慢地走动着。田香歌想了想，说："听我的话，把不愉快的事统统忘掉，以后的路长着呢……这回咱请这个中医，是方圆几十里有名的'活华佗'，吃了他的药，等你身体硬棒了，我陪你去看看老黄河。我呀，一看到那片大水，就觉得各种烦心事、各种不顺都被大水冲走了……"

谷雨听了点点头，却懒得说话。

香歌搀着她来到葡萄架下，拉凳子让她坐下歇歇。

二人并肩坐下，田香歌摸着谷雨的手，说："你身体虚弱，我看不是因为病，主要是因为老是躺在床上，越躺头越沉，越躺越乏力。躺下睡不着，就爱胡思乱想，越想越苦闷，越苦闷越刺激神经。所以我劝你，没有想不开的事，没有过不去的火焰山，该忘掉的必须忘掉，该放弃的必须放弃。往后，我天天扶你出来活动，生命在于运动嘛。"

4

苗秀河取药回来，跟田香歌说了两句话就煎药去了。

田香歌对谷雨说："中医说，气行血就行，血行病就停。吃了这药，你就有精神、有力气了。"

柳喜燕用童车推着小羔子从外边进来。见到孩子，谷雨露出微笑，起身去抱，刚被抱下车的小羔子也叫着向妈妈跑来。谷雨伸出双手抱住孩子，搂着孩子亲吻着，之后对着小羔子露出异常的眼神，似乎有好多话想对小羔子说。

田香歌对小羔子拍拍手说："来，让姑姑抱一会儿，不能老让妈妈抱，妈妈累了。"说着伸手将小羔子接过来。

小羔子在田香歌怀里打个饱嗝，田香歌逗他："喜燕婶子给你吃了啥好东西？"

柳喜燕说："俺娘俩串了好几家，看人家画老虎去了。走到谁家，都不缺他的嘴。"

田香歌问小羔子："告诉姑姑，那些老虎画得好不好？"

柳喜燕插话说："香歌，我向你汇报一下，大家有个共同看法，说光靠那些字画店代销，路子太窄，付款速度也太慢……大家觉得，得想法子拓宽销路。"

田香歌说："提得好。我也考虑过，下一步，咱们画的老虎要走出商元，争取打到北京、上海、天津、广州、南京等大城市，让全国都知道咱们这个画虎村，都想买咱画的虎。我和秀河哥商量过，他说现在各大城市都有不止一处的古玩城、书画街，还经常举办文博会之类的活动，我们要带着作品去亮相，宣传得多了、推广得勤了，咱慢慢就出名了。秀河哥还提醒我，要想方设法吸引媒体记者的关注。要是能做到报上有名广播有声电视有影，那宣传力度可就大了。"

5

苗秀河从厨房出来，说药煎好了，正在碗里凉着，停一会儿就让谷雨回屋去喝吧。

田香歌正要扶着谷雨进屋，冒泉摸摸索索走进院子，进门就高声问道："秀河哥在家没？"

"冒泉弟，稀客稀客。"苗秀河迎上前说。

冒泉走到葡萄架前站住，埋怨起苗秀河："你怎么一直关机？"

"这几天你嫂子身体不好，我怕铃声惹她烦，就把手机关了。你有什么事？"

"你南京有个朋友，打不通你的手机，着急找你，把电话打到了乡政府，乡政府让他找老支书。老支书接完电话要来找你，刚出门就碰见我，于是我就领命来给你送信儿……"

"人家找我啥事儿？"

冒泉说："你那朋友让转告你，说上海要举办文化创意产品博览会。他听你说过咱媳妇桥人擅长画虎，建议你带着作品去参加。大概就是这，时间地址啥的你回电话问他吧……"

苗秀河叹口气，说："按说这是个好机会，应该去。唉，可这家里有病人，我咋能走呢……"

有气无力的谷雨开口了："秀河，你放心去吧。去上海，给大家画的老虎找条好销路。我没事，你不要惦记我。"

柳喜燕说："秀河哥，你就去上海吧，我和香歌会照顾好嫂子的。"

田香歌说："我看，你就辛苦一趟吧。"

6

第二天，苗秀河就带着从全村收集上来的一包画作，从商元乘火车去上海。

临行前，谷雨感情冲动地抱着他说："秀河，你出门在外，别老是对我放心不下，要注意照顾好自己。对，有一件事需要你办，想着给小羔子起个学名，不能老是小羔子小羔子地叫了。"

苗秀河说："我记住了，你多保重。"

7

这天，田香歌一早就把煎好的中药用碗端来放在桌上。

谷雨的眼神一直盯着一个地方——窗前画案上方悬挂着的两盏虎头灯笼。这是她的杰作，所以百看不厌，而今天神色却有些发呆。之后，谷雨将目光移向坐在身边的田香歌，说："香歌妹，我想问你一句话。"

"你问就是了。"

"知道我为啥要做媳妇桥的媳妇吗？"

"知道，你是跟秀河哥有感情呗。"

"还有呢？"

"那就是你喜欢媳妇桥的风土人情呗。"

"没有说到节骨眼儿上。说实话吧，我是想来媳妇桥办个虎头灯笼作坊，和你们一起发展文化产业。"

"等你身体恢复了，咱就把虎头灯笼作坊办起来，中不中？"

"要是我不能参与，你还能办起来吗？我想听你说个'能'字。"

"你必须参与呀，你主导我辅助，咱把虎头灯笼作坊办得红红火火的。好了，不说这个了，该喝药了。"田香歌将药碗端起来，"不热不凉，喝吧。"然后将碗递给谷雨，看着她喝下去。

小羔子在院子里开心地推着童车，玩得很高兴。田香歌扶着谷雨站在一旁看着。谷雨的脸上时而发呆，时而露出一丝笑意。

8

天近中午，柳喜燕提着饭盒进来了，说："嫂子，我给你送饭来了。"

谷雨懒懒地说："又该吃饭了？我还不觉饿呢。"

田香歌把小羔子抱到小车上，说："喜燕送来了，你就吃吧。我推着小家伙去我们家，会好好照顾他的。"

谷雨点点头。

田香歌又交代柳喜燕说："晚上你就住这边吧。"

柳喜燕说："知道，秀河哥交代我了，说嫂子怕孤独，离不开人。"

田香歌又说："那我下午就不过来了。"

9

饭后，谷雨躺在床上休息，柳喜燕坐在一边观赏虎头灯笼。

一会儿，谷雨就起身坐了起来。柳喜燕问："嫂子，你咋只睡这一会儿？"

谷雨说："睡不着，喜燕妹，下午你回家去画虎吧，我想一个人安静地坐一坐，累了就躺在床上休息。你这样老守着我，我感觉不自在。"

柳喜燕问："你一个人待在家行吗？"

谷雨说："看你说的，咋不行呢？我这身体好多了，你走吧，没事的。"

10

柳喜燕走后，谷雨下床找出纸和笔，坐在案边开始写起什么。写着写着动了感情，泪珠儿直在眼眶里打转。几个小时后，终于写好了，她仔细地将这几张纸叠好装入信封，封上口，并在信封上写了字，然后放进了箱子里。做完这件事，她坐在床边忍不住哭泣起来……

柳喜燕提着饭盒送晚饭来了，谷雨还是眼泪汪汪地坐在那里。柳喜燕忙问："嫂子你怎么啦，哭啥呢？"

谷雨说："喜燕妹，啥也不因为，我就是想哭，就让我哭会儿吧……"

吃过饭，两人说了一会话，就躺下睡了。

次日早饭后，田香歌来了，说来换柳喜燕的班。

柳喜燕走后，谷雨说："香歌妹，我想去虎王庙看看。"

"好呀。"田香歌欣然答应。

田香歌骑三轮车拉着谷雨出了村，来到虎王庙庙门前，搀着谷雨下车，扶着她过甬道、上台阶，进了大殿。

田香歌陪着谷雨肃立在虎王爷虎王奶奶的神像前，田香歌说："虎王爷虎王奶奶法力无边、有求必应，咱祷告祷告许个愿吧！"

两个女人各自默默祈祷。

田香歌心里默默祷告：求虎王爷虎王奶奶保佑谷雨健康平安！

谷雨心里默默祷告：香歌是个好人，求虎王爷虎王奶奶保佑她一生幸福如意！

两个女人的祈祷都发自肺腑。

11

出大殿下台阶时，谷雨谢绝了田香歌的搀扶，犹如正常人一样和田香歌并肩而行。

田香歌说："你看，虎王爷虎王奶奶保佑你了吧，你的身体马上就会好起来的！"

谷雨笑笑，没有说话。

两人来到两株古柏前停下脚步，田香歌用手比画着说："以前，那尊石雕就立在这个位置。"

谷雨问："石雕能从老黄河里打捞出来不？"

田香歌说："能，一定能！"

12

参加画虎的媳妇们又一次聚集在尉蓝家的院子里，九奶奶、尉蓝也都在场。大家个个满脸阳光，听苗秀河介绍上海之行的收获。

苗秀河这回在上海待了十几天，不仅参加了文博会，还见到了不少全国各地的画商，带去的一千多幅作品销售一空，而且价格也不错，打响了媳妇桥画虎的名声。

苗秀河刚介绍完情况，众人正在鼓掌，谷雨突然扒开人群来到苗秀河面前，紧紧地抱住他大哭起来……这让大家错愕，回过神来的尉蓝、田香歌、柳喜燕等人欲上前劝说，谷雨却放开苗秀河，抱着尉蓝哭起来，然后又抱住田香歌哭……大哭一阵，谷雨突然口吐白沫、浑身抽搐。田香歌手忙脚乱地抱住谷雨，总算没有让她倒下。

13

　　谷雨这次发病，病情非常严重，乡医院、区医院都束手无策，最后转院到商元市人民医院。

　　经过会诊，专家说谷雨已是病入膏肓，请家属做好心理准备。

　　此时的谷雨，时而清醒时而糊涂。守在病床前的苗秀河、田香歌、柳喜燕等人，既难过又焦急。

　　又是一次长时间的昏迷，在大家的急切呼唤下，谷雨终于艰难地睁开了眼睛，看看苗秀河，看看田香歌、柳喜燕，发出了微弱的声音："小……羔……子……"

　　苗秀河明白了她的意思，告诉她："我已给小羔子想出了个名字，叫文博，你满意不？"

　　谷雨微微一笑，生命走到了尽头。

　　病房里传来男人、女人悲切的哭声。

14

　　老黄河岸边，树叶纷纷飘落在一座新坟上。

　　坟前，苗秀河烧着纸钱，流着泪喃喃自语："谷雨，我永远不会忘记你。你，安息吧……"

第三十三章

1

赵来好哼着小曲儿，在家恭候河寨乡党委代理书记刘善水的到来。

刘善水今天来媳妇桥，一是要以组织的名义找田香歌谈话，二是来赵来好家里"坐坐"。

陶丽杏也不出门乱窜了，一边自己动手一边指挥赵来好，两人把这个家里里外外打扫了个干净。

等陶丽杏把水果、茶叶、香烟一一摆放好，刘善水打来电话，说已经乘车出发了。赵来好挂上领导的电话，打通了河寨街上一家饭店的电话，要人家中午之前送来一桌好菜。

2

田香歌正对着院子里飘落的柿树叶子发呆，一辆小汽车停在了院门口，接着就望见刘善水走进了院门。她迎上去打招呼："呦，刘书记来了。"

刘善水"嗯"了一声，说："想来和你谈谈。"

"那好，请屋里坐，先喝杯水，再听您下指示。"

"就站在院里说几句吧。水，我这里有。"

田香歌从刘善水冷淡的态度上看出他是来者不善，不过她也不紧张，先听听他要说什么吧。

"没啥指示，"刘善水说，"我来，是要对你透露一下，你们村里的群众，对你意见很大，天天有人找乡党委反映你的问题，所以我不能不来找你谈谈。尽管你已经被停止了村支书职务，可还是个共产党员嘛。共产党员是群众学习的榜样，你现在的所作所为，怎么让群众学习呢？"

"刘书记，我真不清楚自己犯了啥错误，请领导明示。"

刘善水喝了口自带的茶水，说："其实你心中很清楚，怎么非让我指明？

也好，那我就直说了——这就是，谷雨的死与你有关！"

"笑话。谷雨难道是我害死的？"

"说是你害死的，这没有根据。说她的死与你有关，却有道理。"

"请说说道理何在？"

"你喜欢苗秀河是不是事实？"

"曾经喜欢过。这就是你的凭据吗？"

"你喜欢苗秀河，可谷雨这个病女人在前面挡住了你，使你对谷雨产生了敌意。谷雨有癫痫病，要想除掉她，多用精神刺激就可以了。"

"刘书记，请具体指出，我咋精神刺激谷雨了？"

"你经常到苗秀河家去，对吧？"

"对。请你接着说。"

"还让我说什么？这不都很清楚啦！"

"我到苗秀河家去都干了些什么，请你务必调查清楚，用事实证明我有哪些不轨行为，耍了哪些手段，猜测、猜想是站不住脚的，事实才是最有力的凭据。"

"现在，我不想把你的问题全部摆出来，要留下让你深刻思考自觉交代的时间。香歌同志，不要以为我刘善水只是河寨乡党委的代理书记，我是有权处理你的问题的。我现在要求你尽快写份检讨交上来，看一看你的态度再决定下一步如何处理你的问题。"说完这话，他就准备走。

田香歌看出了刘善水想结束与她的谈话，知道刘善水以后还会找自己的麻烦，这些她倒不怕。她想不通的是，上级咋会让刘善水这个颠顶、糊涂之人来当一乡最高领导，决定几万老百姓的命运？她想了想说："刘书记今天既然来了，请先不要急着走，我要以一位普通共产党员的身份，与你认真谈谈……"

3

赵来好、陶丽杏在家等候刘善水，等得都有点儿着急了。陶丽杏说："急归急，但心里高兴。刘书记此刻正在严厉批评田香歌，就让她哭去吧……"

饭馆服务员拎着两个大提盒进了赵家，说："赵主任，这是十二个菜。"

赵来好说："先放下，客人还没到，菜不忙往外端，你就连提盒也放在我家吧。对，还是记账。你先走吧，菜不够用我打电话通知你……"服务员点头同意，骑上摩托回去了。

4

田香歌用拉呱的方式，和声细语地告诉刘善水，共产党员要实事求是，共产党员要大兴调查研究之风，共产党员说话做事要慎重认真，共产党员要与百姓为善。这些都是她的肺腑之言，刘善水却听得不耐烦，打断她，说："好了，好了，田香歌同志，你不要用胡搅蛮缠的方式掩盖自己的错误，更不要反过来教育领导。你要明白，今天我是以领导的身份、以组织的名义通知你写检讨。不写也可以，但必须说清楚谷雨之死的真实原因，拿出与你无关的真凭实据来！"

田香歌微微笑道："好一个真凭实据！"

刘善水点点头说："对，真凭实据！"

5

赵来好望着餐桌上的提盒，问陶丽杏："刘书记也该来了吧？"

陶丽杏自作聪明地说："刘书记见了田香歌，批评个一半句就走，也太失领导的风度和水平。再等等，你急个啥？"

赵来好说："你这个点子出得好，这一状告得好！谷雨的死，谁也说不清到底是因为病还是因为别的啥，这一状足叫她田香歌吃不了兜着走。"

陶丽杏说："当初是尉蓝下台你上台，如今该是田香歌出党你入党了。"

两人相互望望，嘿嘿地笑了。

外面传来汽车喇叭声。

赵来好、陶丽杏瞧见刘善水走进院门，忙招呼着去迎接……

6

谷雨走了，苗秀河变得空虚，变得六神无主，变得面容憔悴。九奶奶分派柳喜燕照顾好小文博，并负责一天三顿给苗秀河送饭。

这天，苗秀河正对着窗前悬挂的虎头灯笼发呆，田香歌走了进来。苗秀河却没有理她，目光仍停留在那两盏虎头灯笼上。

"秀河哥，文博呢？"田香歌先开了口。

"喜燕接走了。"苗秀河冷淡地说。

田香歌看地上有很多垃圾，床上也很乱，就拿起笤帚把地扫个干净，然后去叠被子。看床单很脏，就扯下床单要去洗。苗秀河发了话："你拿着床单，要去干啥？"

田香歌说："床单脏了，我去洗洗。"

苗秀河猛然将单子夺回，板着脸说："不让你洗，我会洗！"他拿着床单退一步坐在床上，看也不看田香歌。

"秀河哥，谷雨的死我知道你很难过，我也同样难过，可是总得慢慢想开呀……她留有遗愿，让咱们在媳妇桥把虎头灯笼作坊办起来。我想和你商量一下，看怎么着手干。"

苗秀河冷冷地说："不要和我商量，你走吧！"

"为啥叫我走呢？"

"叫你走，你走就是啦！"

"你看你，发这么大的火干啥？"

谁知苗秀河越发疯狂了，先把手中的床单扔在地上，起身把床上叠得整整齐齐的被子忽一下扯乱，又气势汹汹地拿起一只玻璃杯摔碎在地上。

田香歌从来没有见过苗秀河发火，觉得不可思议，更感到生气和委屈，她流着泪说："我走还不行嘛！"

说着，田香歌就离开了苗家。

7

苗秀河今天为啥这样对待田香歌呢？他有自己的想法，也有自己的难言之隐。

他今天的突然变脸，目的是不让田香歌再到他家来。谷雨刚刚去世，他一个单身汉带着个孩子，怕田香歌常来让外人说闲话，对她影响不好。要是有人借题发挥，把谷雨的死栽赃到田香歌身上那就大遭特遭了，肯定会弄得满城风雨、村里人背后乱嘀咕。所以，他现在必须拒绝田香歌的帮助，必须得为她着想。他甚至决定，自己这一生绝对不能和田香歌结婚，如果跟她结婚，一是会大大破坏她的名声，二是文博这个负担会给她带来一生的麻烦。

苗秀河打定主意，要和文博相依为命地生活下去，不再找配偶了。

8

昨天刘善水那番蛮不讲理的批评，让田香歌生气，但并没有使她不敢再来苗秀河家。她放心不下苗秀河，更牵挂小文博，今天登门的主要目的是来帮忙，没想到苗秀河居然对她冷水激顶，怎不让她生气、伤心？但想到苗秀河近来所受到的生离死别的刺激，善解人意的田香歌又想开了。

在回东桥的路上，迎面碰见柳喜燕正带着文博玩耍，田香歌马上将脸上的不愉快换成笑颜，说："喜燕，你们这是去谁家？"

"看看大家画画，一起拉拉呱，这孩子在家待不住……"柳喜燕说着话，站在了田香歌跟前。

田香歌对坐在童车上的文博拍拍手，说："想姑姑了吧？"

"想姑姑。"文博伸着小手，奶声奶气地说。

"来，让姑姑抱抱。"田香歌将文博抱起，亲了一下他的小脸，问，"想我家你那个奶奶不？"

"想。"

"好，走，姑姑抱你去见奶奶。"

9

自田香歌负气离开，苗秀河就在屋里苦闷地呆坐着，心想：香歌，你一定在生我的气，可我是出自无奈啊，希望你能理解我的苦心。

柳喜燕搬着折叠在一起的童车进来了，苗秀河问："文博呢？"

柳喜燕说："让香歌抱去了。"

苗秀河一听就瞪了眼："你呀，唉！"说完就大步走了出去。

田香歌正抱着文博往家走，忽听身后传来"香歌别走"的严厉喊声。回头一看，见是苗秀河飞快地追来，她有些发愣。

苗秀河紧赶几步来到她身边，从她怀里一把夺回文博，一下子把文博吓哭了。苗秀河抱着啼哭的孩子，转头快步离去。

陶丽杏等几个过路人清楚完整地看到了这一幕，无不感到奇怪。

田香歌一动不动地站在那里，像是目送苗秀河，又像是在思考严肃的问题。

10

苗秀河抱着文博往回走的路上，遇上了追着要拦他的柳喜燕。

柳喜燕愤怒地问："你疯了，你干的这叫什么事儿？"

苗秀河理也不理，只管大步往家走。

进了院子，进了屋子，苗秀河抱着文博满脸带气地坐在床上，不停地喘着粗气。

柳喜燕也进了门，怒气冲冲地说："你说，你为啥这样对待香歌？"然后就是连珠炮似的质问、数落苗秀河。

苗秀河被柳喜燕问得无言以对，只得说了实话："我也不想这样对待香歌。可人言可畏，众口铄金积毁销骨，我该怎样对她？我是不想伤害她……"

"你就是在伤害她，咋还说不想伤害她？"

"唉，喜燕你不懂，我是不想让人拿谷雨的死往香歌头上泼污水！"

"我的秀河哥，你这是啥理论？亏你是个艺术家，这联想能力真是丰富。

182

难道谁想说香歌个啥就是啥吗？香歌对谷雨是好是歹是真是假，你清楚我清楚，众乡邻谁不伸大拇指称赞？"

"香歌对谷雨，那是好得没法再好了，这我当然清楚。可是，人心复杂啊，别人心里咋想背后咋说咱一是不知道二是管不住……所以我才冷淡她，不和她交往……"

"那你也得注意方式方法。"柳喜燕消了气。

"唉，谷雨这一死我也乱了方寸，好些事真不知该如何是好。你跟香歌解释一下，"想了想他改变了主意，"不请你捎话了，还是我自己找机会跟她道歉吧……"

11

雪花飘飘，柿树的枝条染上了白色。

苗秀河冒雪来到尉蓝家，没进屋就先喊了一声"香歌"。

正在认真画《和谐图》长卷的田香歌"哎"了一声，放下画笔出屋相迎，招手道："秀河哥，快屋里坐。"

苗秀河走到田香歌跟前，说："不去屋了。"从上衣兜里掏出一封信，"这是谷雨生前写给你的信，是我才从箱子里发现的。"他将信递到她手中，转身就走。

12

这是一封长信。

信中，谷雨写了自己与江浪生结婚和离婚、与苗秀河相识和结婚的前前后后；说了林防风的媳妇白露其实就是自己的亲妹妹；她感谢善良的田香歌对自己的关怀照顾；说自己已从夏豆花、秋石榴等姐妹的聊天中知道了白露对很多人的伤害，自己再也无脸在媳妇桥做媳妇了……

信读完了，信纸也被田香歌的泪水打湿了。

一直在案子那头临帖练字的尉蓝，不声不响地将一条毛巾放在田香歌手中，然后什么话都没说，仍旧回去临自己的帖。

田香歌擦过眼泪，觉得现在还不应该告诉尉蓝实情，因为自己的情绪很不稳定。她把信叠好装入信封，放入衣兜里，对尉蓝说自己要出去一下。

13

田香歌冒雪走出村子，来到老黄河岸边，在谷雨的坟茔前停下，默默地说："谷雨，你写给我的信我读完了……谷雨你糊涂呀，咋能认为从悬崖上跌下来是最好的解脱呢？咋不想想活着才有希望呀？你咋不学学那个笑口常开的弥勒佛呢……"

然后她冒雪走进苗秀河家，在院子里喊了一声，苗秀河就出来了。她把信递给苗秀河，要他也读一读。别的她啥话也没有说，就转身走了。

第三十四章

1

江浪生最近的心情很乱很糟。

这天他无聊地漫步在运河岸边，抬头看看新嫩的柳条，算算时间，马上就是清明时节了，感到好寒心，不自觉地拿出手机拨通了一个号码："喂，丽杏姐……"

手机那端的陶丽杏，声音里透着反感："你睡醒了是吧？没事了是吧？咋想起给你丽杏姐打电话啦？上回打电话请你都请不来，今天我是真不想理你了……"

"我早就想去看你，就是抽不出空儿。丽杏姐别生气，我啥时候都不会忘你的。"

"这还像个人说的话。"

"我想向姐打听一下，媳妇桥是不是嫁过来一个叫谷雨的？"

"你和她啥关系？"

"没啥关系，随便问问。"

"谷雨早死了，在老黄河滩上埋着呢。"

"啊……"江浪生大吃一惊，手机落在地上。

2

清明思亲人。

苗秀河来到谷雨坟前烧纸钱。纸钱的火焰燎烤着他悲切的心，为九泉之下的谷雨而悲痛，也为自己伤害田香歌而悔恨。他蹲在坟前，流着泪，对着谷雨的魂灵做着倾诉。

事情就是这么巧，江浪生今天也来祭奠谷雨。他是绕过媳妇桥、沿着老黄河岸边走过来的，他正要寻找谷雨的坟茔，发现有人正在一座坟前烧纸，于是将身子缩下，藏在一个土坑里。他不知道那个烧纸的人是谁，但无论是谁他都不能去见面。

等苗秀河烧完纸钱起身走远了，江浪生才走进坟地。一看见刻着"谷雨之墓"的小石碑，他就潸然泪下地蹲在了地上……

3

田香歌拿着一沓烧纸朝谷雨的坟茔走来，发现有人在烧纸。走近一看是江浪生，就站在他背后不动了。

江浪生烧着纸，凄婉地哭喊道："谷雨，我辜负了父母的养育之恩，辜负了你的情你的心，我是忘恩负义的王八蛋……后来我后悔了，想等挣到大钱后与你复婚，给你治病……我还没有挣到钱，你却走了……你在九泉之下，狠狠骂我吧……"他越哭越伤心，竟趴在地上连连磕头。

田香歌也落了泪，上前拉江浪生："别哭了，起来吧。"

江浪生起来一看是田香歌，显得很惊慌，支吾着想走。

"江记者，你和谷雨的关系我都知道。你知道自己错了，哭得这么伤心，说明你还是个有良心的人。"田香歌说。

江浪生低着头，不说话。

田香歌真诚地说："我想问一下，你今后准备走哪条路？要是以前选的路子不好走、走不通，欢迎你来媳妇桥参与我们的虎文化产业。"

江浪生吞吞吐吐地说："这个，这个还没有考虑，我还是走吧。"

田香歌目送江浪生走了之后，开始蹲在坟前烧纸，喃喃地说："谷雨你说，你那个妹妹白露去了哪里呢？"

4

清明过后，白露千里迢迢来到荣城，到那个村庄去找谷雨。

那次分手后，她先去看身陷囹圄的林防风。警方说，嫌犯羁押期间不许家属探视。她对林防风本无深厚感情，人家不让见她转身就去了广州，想去散散心，然后留下来找份工作。

在广州，她一无文凭二无能力，也缺少社会关系，混得很是艰难。

对林防风，她是无所谓的态度。但对儿子，却是日思夜想。终于，她下定决心——回故乡去接儿子。

迎接白露的是二婶。两人简短问候了几句，二婶说："你姐姐转运了，这回嫁了个好男人，过上了好日子……"

然后二婶就去给苗秀河打电话，说了白露来找的事儿。

挂上电话，苗秀河来找田香歌，问该怎么办。

田香歌说："白露有了下落，文博有了亲娘，这是好事啊！"

苗秀河说："你是不知道这个女人多难缠！"

田香歌说："咱拿出真情实意，她还能难缠个啥？我想，我得去见见她，听听她的真实想法。"

第二天一早，田香歌就搭客运班车去见白露。

一路打听着进了村、找到二婶家，二婶和白露正坐在院里拉呱。

听到有人敲门，看见二婶把田香歌迎进来，白露忽一下变得紧张起来。

田香歌笑呵呵地说："啊，好久不见，白露你好……"

白露没有应声，走出院门拔腿就跑。

田香歌追着她说："白露，你这是何必？回来吧，别跑啦！"

白露头也不回。

两人一前一后跑出村子，一路招引不少人好奇地看热闹。

白露终于跑不动了，一头栽倒在地上。田香歌也累得筋疲力尽，也跟着倒在白露身边。两个女人伏在地上喘了半天气，田香歌扶起白露坐在田埂上，说："白露，你要是生我的气，我向你赔情道歉。"

白露内疚地流着泪，想起了和田香歌之间的往事，心想：要是早听她的话，林防风也不会有牢狱之灾，自己一家三口还会幸福快乐地生活在一起。唉，早知如今，悔不当初啊！

田香歌帮白露拍着身上的土，说："白露，我愿和你成为好姐妹，咱们没有啥是不能沟通商量的，你说是吧？"

白露说："让我站起来活动一下，你放心，我不会再跑了，也跑不动了。"说着她站了起来，田香歌也随着站起来。

田香歌站起身来才发现前面就是一条大河，河面波光粼粼，有小燕子在水面上掠过，岸上垂柳轻轻摆动着嫩绿色枝条，和家乡媳妇桥的老黄河有几分神似。

就在田香歌走神看风景的当儿，白露却快跑几步"扑通"一声跳进了河里。田香歌没有多想，当即跳下去拉白露。

不会洑水的白露，一口一口地喝着水顺流而下。田香歌用力划水游着赶上白露，从身下把她托到河边，抱上了岸，扶她趴在一棵歪斜的柳树上吐水，轻轻拍着她的后背埋怨道："你咋能这样，真是傻透啦！"

7

回过神来的白露抱住田香歌，大哭起来。

田香歌的热泪也夺眶而出，劝白露不要伤心了。

"我错了，太对不起你了，太对不起婆婆了……"

"你只管放心，我到什么时候都不会埋怨你，妈也不会埋怨你……"

白露越发哭得厉害。

二婶慌慌张张地赶来，看白露和田香歌是如此情景，惊讶地问："咋了这是？"

白露依旧泣不成声。田香歌悄悄给二婶使了个眼色。

8

三人进了二婶家，二婶关上门，找出几件土里土气的衣服，说："别管好看不好看，先换上。"

白露换好衣服，问田香歌："我姐好吗，她咋没有和你一起来呀？"

"唉，你姐，她……"田香歌脸上的笑容一下子僵了，不知该怎么往下说。

"她咋了？"白露急切地问。

田香歌只能如实地说了谷雨的不幸。

白露疯了似的哭起来，二婶和田香歌也是泪如泉涌。

看白露冷静些了，二婶擦着泪说："我早听医生说过，谷雨这病活不长，唉，她这一辈子呀……"

田香歌说："秀河哥领她去上海、南京都看过，最后这回请的是商元最好的专家来会诊，实在是没招了……"

二婶说："谷雨要不是碰上好心的苗秀河，怕是去年就不在了。"

白露哭道："姐姐，你的命好苦啊！"

"人死是没法子的事儿，白露你也别哭了……对了，小羔子还好吗？"二婶帮白露擦着眼泪，转头问田香歌。

"小羔子现在长高了长胖了，有了学名叫文博，是苗秀河给起的。白露，

—— 188 ——

你看这个名字中不中？"

"中，我没意见。"

田香歌拿出手机拨通一个号码，说："秀河哥，文博在你身边吗？"

苗秀河说："文博这几天一直在你家住着，我怕老人家累，刚把他接回来。"

田香歌说："那你让文博听电话。"

田香歌把手机放在白露耳边，说："听听你儿子的声音吧。"

白露先是听到手机里传来苗秀河对文博的说话声，"文博，你妈妈在手机里边呢，你喊一声妈妈……"很快手机里就传来儿子奶声奶气喊"妈妈"的声音。这声喊，让白露热泪夺眶而出，她泪中带笑，对着儿子"哎"了一声……

9

晚上，白露和田香歌躺在一张床上休息，脸对着脸说起话来。

田香歌说："现在，林防风在旭海市第二监狱服刑，你还不知道吧？"

白露说："没判之前我去过一回，人家不叫见，以后就再没他的消息……你去看过他？"

"我没去过，但我了解情况。你想见他，我可以把地址告诉你。"

白露吞吞吐吐地没说去，也没说不去。

田香歌说："我认为，你应该去看看他，给他送去温暖，这有益于他的改造。他一定很想你。你明天就去吧，我给你拿路费。"

白露很受感动，又有些不解，就问："他那样伤害你，你为啥还要这么关心他，关心我和他的这个家呢？"

田香歌说："这算不上是多大的关心，其实我也做得不到位。我总认为，我和林防风都出生在媳妇桥，又是从小到大的同学。你虽然没去过媳妇桥，可你也是媳妇桥的媳妇，不管咋说，咱们还是有感情的。乡邻有困难，不伸把手不像话……"

"听你这么一说，我心里明亮了。实话告诉你吧香歌，我要说不想林防风那是瞎话，不过最近我不能去看他，因为我很难过，见到他准是更难过，怕的是我一哭就迷了，该对他说的话到时也不知该咋说了……要去看他，也得停停，让我平静平静。"

"也好。哎，要不这样，二婶的儿子儿媳都在旭海打工，今儿听二婶说孩子一直想让她去帮着照料家务，咱先让二婶代表你去看看他，行不？去个亲人，对他就是安慰。"

"这，这合适吗？" "二婶是个热心人，给她一说她准同意。娘家婶子代

189

表你去看林防风，他肯定高兴……"

第二天田香歌把这事儿跟二婶一说，二婶说行。

田香歌给二婶写了地址，又给二婶拿出路费。

二婶不接，说自己有钱。

"二婶，我比你有钱，我画虎卖钱来得易，拿着吧，这钱除了你路上花用，剩下的交给林防风，让他留着用。"田香歌硬是把钱塞进了二婶的衣兜里。

白露悄悄交代二婶："见到林防风，要实话实说田香歌的事儿……"

10

柿树下，尉蓝正逗文博玩儿，田香歌领着一名年轻女子走进院子，说："妈，你看谁来啦！"

尉蓝惊讶地迎上来，说："啊，白露来啦！"

"妈！"白露喊了一声，上前抱住尉蓝，哭着说，"儿媳我向您老人家赔罪来啦！"

婆母抱着白露说："好孩子，看你说哪儿去了！"说着，她抬手给白露抹去脸上的泪。

田香歌抱起文博来到白露跟前，说："文博，这是你的亲妈妈。"

白露接过儿子，带着满脸泪水亲着儿子。

文博已经不认识她，委屈地大哭起来，向外扭着身子要奶奶。

尉蓝接过文博说："文博不哭，你跟妈妈认生了是吧？"又转向白露说："娘儿俩多亲亲，孩子慢慢就会亲你的……"

第三十五章

1

藏身水底三十年的石虎终于要重见天日了。

那个阳光明媚的下午，在尉蓝指导下，柳喜燕、田香歌潜水定准了石虎在水底的位置，在石虎身上拴上粗粗的绳子。

众人齐心协力，终于把石虎打捞到了岸上，请进了虎王庙。

2

当天晚上，田香歌接到徐州画商马老板的电话。马老板说有个大订单需要和田香歌面谈，此外还想和她交流一下画的风格问题，田香歌高兴地说："好啊，我以最快的速度赶往徐州。"

第二天一早，田香歌就到商元赶火车去了徐州。

3

石虎出水这一天，赵来好不在村里，他跟着刘善水一班人去了外地。名义上是参观学习，实际上是公款旅游。

几天后他哼着小曲儿满意地归来，一进村就听说田香歌领人把石虎打捞出来了，他的心沉重起来，好似被人剜去了心头肉。

回家见到陶丽杏，他顾不上别的，张嘴就说："糟了，糟了，这注财算是跑了。"

陶丽杏笑赵来好是猪脑袋，说跑不了。"她田香歌敢说石虎属于她吗？出水才见两腿泥呢，她费劲捞出来，最后还不是在为咱服务。"

"我的好媳妇，我的大智囊，看你说得多轻松，你还能有啥好计策？"

"计策嘛，有的是，这回得利用好苗秀河。"

赵来好感到陶丽杏这话很可笑，说："早些天你说苗秀河和田香歌分裂了，最近你又说两人和好了，他们到底是怎么回事？苗秀河有啥可利用的？"

陶丽杏说："不管他们是分裂了还是和好了，我都有一套利用苗秀河的办法。不过，必须摸透苗秀河的心，必须看准苗秀河跟咱的关系是真近乎还是假近乎。"

因为旅途劳顿，赵来好的鼻子有些上火，进家揉揉鼻子，竟把鼻子弄流血了，陶丽杏给赵来好递上卫生纸，说："你的鼻子本来就爱流血，乱揉个啥……"

两人又商量一阵，陶丽杏出门去找苗秀河。

陶丽杏出门后，赵来好本想上床歇一歇，把兄弟熊三打来电话，说听说老大回来了，一会儿他和吕五带着酒菜来接风。

赵来好满口答应，说自己就在家等着。挂上电话，赵来好心想这俩把兄弟还真不错。

4

陶丽杏进门时，苗秀河正在给一幅画题字。

这幅画画了一雄、一雌、一子三只老虎，配以青绿山水作为背景，动物、山水有机融合在一起，他刚在画面的合适位置题上"和睦之家"四个字，陶丽杏来了。

苗秀河只好放下画笔，起身与来客寒暄："哟，嫂子来了。"

陶丽杏甜蜜地笑着，问："秀河老弟在忙啥呢？"

"不忙啥，嫂子请坐。"

陶丽杏没有坐，看看案上的画，"啧啧"称赞："老弟不简单，是个超群的男子。"

"嫂子真会夸人，我可没啥超群的。"苗秀河说着，倒杯开水递过去，"你今天来准有事儿吧……"

陶丽杏这才坐下，反问道："咋的，没事就不能来坐坐啦？"

"能，谁说你不能来啦？"苗秀河说着也坐下了。

陶丽杏笑笑说："我来你这里坐坐，还不是因为和你走得近乎吗？今后哪，还要更近乎呢！"

"啥更近乎？"

"到时候你就知道了，你这个有才的超群男子，我能不拉你一把吗？要帮你找个好媳妇呢！"

"谢谢嫂子的好意。媳妇呢，我不再找了。"

"不找能行？一个人过着多没意思。不但要找，还要找个好的。"

192

苗秀河听得不感兴趣，他把案上的画收起来，铺上一张毛边纸开始信手勾起草稿来。

陶丽杏起身走动几步，看看苗秀河，说："我那个男人赵来好，给你提鞋也不配。我当闺女的时候，要是认识你苗秀河该多好，硬粘也要粘上你。"

苗秀河有些不耐烦了，说："嫂子，你瞎说个啥？快说正事吧。"

"咋，想撵我走？秀河老弟，你可别隔着门缝把我看扁了，我可不是那种下贱女人。我是对你高看才说那些话……"

苗秀河不再理她，只管勾自己的草稿。

陶丽杏继续叨叨："你刚从外地回来那天，我和来好就去请你一家三口吃饭。你凭良心说，那一场招待怎么样，没小看你吧？我对谁也没有那样招待过！"

任她说什么，苗秀河就是闭嘴不答。

苗秀河的表现，使陶丽杏知道了这个人对她是虚以应付，那次请他一家三口吃饭算是白请了。不过她不能赌气走开，于是话锋一转，说："秀河老弟，你这两盏虎头灯笼怪好看，就送给我吧！"

"对不起，不能送给你。"

"不舍得呀？我说，你别叫苗秀河了，叫苗老抠吧！"

"别激我，你说啥我也不会送给你。你不知道，这两盏虎头灯笼是谷雨送给我的。"

"我和来好对你这么够意思，就换不来你的两盏灯笼吗？"

"这两盏灯笼是谷雨亲手做的，她不在了，我不能随便送人。你要是真喜欢灯笼，可以自己做嘛！"

"我要是会做，还张嘴向你要吗？"

苗秀河被陶丽杏搅得心绪大乱，画也难画下去了，干脆放下笔，对陶丽杏说："不会做可以学，我可以教你，任何人想学我都可以教。你有兴趣的话，可以办个虎头灯笼作坊，是个正经的致富门路哩。"

陶丽杏心说：屁吧，我做虎头灯笼？这算啥致富门路？我要干的大买卖说出来能吓死你。

"想好了没有，你想不想自己动手做？"苗秀河问。

陶丽杏偷偷撇撇嘴，马上又对苗秀河露出笑脸，说："那就做呗。可你得摘下来让我看一看呀。"

"不用摘，挂着你也能看。"

"摘下来总比挂着看得清楚。我不要你的，别怕。"

"今儿个就不摘了。你啥时学，自然会叫你看得清清楚楚的。"

"我得先看清楚，才能确定学不学。摘下来我看罢你再挂上嘛，也就一摘一挂的工夫。"

"你真够麻烦的。"

"你真够死板的。别磨蹭了，快摘下来让我看看吧!

无奈的苗秀河，只好踏着凳子举手摘下一盏灯笼。他把摘下的灯笼递给陶丽杏，正要跳下凳子，只听陶丽杏说："别下，别下，凑手把那盏也摘下。"

苗秀河说："别摘了，两盏都一样。"

陶丽杏说："你凑手摘下让我比较比较多好。老弟，摘下，摘下。"

苗秀河只得又摘下另一盏。

陶丽杏看着灯笼问："这么大，能合在一起吗?"

"能合。"苗秀河说着将手上的虎头灯笼合上，"你看，很方便。"

陶丽杏也有样学样将另一盏合上，然后把两盏灯笼拿在手上，说："让我拿回家细看看。"话音没落拔腿就走。

苗秀河一把抓住她，说："嫂子，你不能拿走。"

陶丽杏说："我看罢再送来。"

"那可不行。"苗秀河一口拒绝。

"不行也得行!"陶丽杏把灯笼拿得死死的。

苗秀河说："我是不会让你拿走的!"说着用力掰开了陶丽杏的手，夺回了灯笼。

陶丽杏大发雷霆："苗秀河，你能把灯笼送给田香歌就不能送给我，田香歌是比我香还是比我美?我知道你俩那些事，你只要不嫌丢人，我就让媳妇桥的大人小孩都知道!"

"我和香歌没啥丢人的事，随你的便吧，走你的吧!"

"我走是当然，你磕头留也留不住我!"陶丽杏说罢，气得狠狠一跺脚，就走了。

苗秀河瞅着远去的背影说了一句"哼，这号女人"，然后回屋把两盏灯笼撑开挂回原处。

5

赵来好没有等来熊三、吕五，却等回了气哼哼的陶丽杏。

陶丽杏怒发冲冠地问他："赵来好，你还是个男人不?"

赵来好吓了一跳，马上问："怎么啦?"

陶丽杏流着泪说："你在家这么痛快，你媳妇在外边叫人家欺负啦!"

赵来好勃然大怒："谁敢欺负你，你说!"

"我去苗秀河家了，他不是个人，硬是拉我抱我，我不依他，他死死地抓住我不松手。要不是我拼命挣扎，非吃他的大亏不可。真没想到他这么坏!"陶丽杏说罢，趴在床上委屈地哭起来。

赵来好气得咬牙切齿，说："苗秀河呀苗秀河，我饶不了你！"

就在这时，一辆摩托车开进院里，熊三和吕五带着酒菜来了。

赵来好忙从屋里走出来，说："二位老弟来得正好，快跟哥走一趟……"

6

三人气势汹汹地闯进苗秀河家里。

赵来好一进院子就高声大喊："苗秀河出来！你出来！"

苗秀河从屋里走出来，看见三人一时愣了。

"姓苗的，你为啥对我老婆无理？！"

"我没有对她无理。"

赵来好上前将苗秀河猛地一推，说："嘴硬是吧？"

苗秀河往后趔趄两步，站稳后说："有理说理，何必动手！"

一旁的熊三和吕五冲上来，不容分说开始痛打苗秀河。

站在一旁的赵来好，上来准备出手，谁知吕五抬手过高正擦在他的鼻子上，把他的鼻子弄流血了。赵来好捂住鼻子退在一旁，看熊三和吕五行凶。

跟着探听消息的陶丽杏赶来了，看赵来好的鼻子血流不止，忙大喊："来好流血啦！别打啦！快照顾来好要紧！"

二位打手这才住手。

7

从徐州归来的田香歌，在河寨集下车时，正好碰上曹冒烟，于是就搭他的车回村里。

徐州的马老板告诉田香歌，说有个东南亚的大画商对她们的画很感兴趣，愿意现金购买两千张，但人家也有条件，就是画面上要体现东南亚风光等艺术符号。这是个新课题，田香歌急着回来找苗秀河商量主意。

车子进村，田香歌没有回家，直接来找苗秀河，正好赶上了赵来好几人要离开。

看看躺在地上一动不动的苗秀河，田香歌质问几人："你们为什么打他？"

陶丽杏指着地上说："你看来好流多大一摊血，比杀两只大公鸡的血还多！"

田香歌顾不上和他们理论，伏在苗秀河耳边喊："秀河哥，秀河哥。"

苗秀河不答话。田香歌心疼得流下眼泪。

陶丽杏使个眼色，几人搀扶着赵来好走出院子。

柳喜燕、夏豆花、秋石榴、韩玉雪、曹冒烟等人闻讯赶来时，苗秀河已被田香歌扶着坐在地上。田香歌对大家说："我看，这不流血的要比流血的挨打挨得重。"

曹冒烟恶声恶气地说："刚才我要是和你一起来，有这几个王八羔子的好受！"他将手一摆，对大伙说，"都别愣了，快送秀河去医院！"

经检查，苗秀河身上有多处轻微伤，医生说虽无大碍，但建议住院观察几天。可苗秀河讨厌医院那气氛，说："反正又没有大伤筋骨，疼几天自然会好，回去吧。"

"你看这检查结果，身上好几处轻微伤呢。"

"既然是轻微伤，就别在这儿消磨时间了。"

拗不过他，田香歌只好去取些药，陪着他回了媳妇桥。

赵来好住进了商元市绿城区人民医院。

陶丽杏打电话搬出了刘善水，二人商定，马上找法医鉴定赵来好的伤情。

陶丽杏说："刘书记，您可得给来好做主……"

刘善水说："我心里有数，该打的招呼我自会去打！"

几天后，田香歌一行人来看望苗秀河。苗秀河特意在院子里走了两圈，意在告诉大家不必担心。

柳喜燕说："轻微伤也是伤，也要报告派出所把凶手拘留几天。"

夏豆花说："这俩人居然敢来媳妇桥撒野、行凶，真是无法无天了！"

秋石榴说："冤有头债有主，找赵来好算账！"

韩玉雪说："赵来好还是村主任呢，领着打手来家里打人，真是不像话！香歌，你说该咋办？"

田香歌说："无缘无故行凶打人，性质很严重，是应该报警。"

柳喜燕说："不能让秀河哥白受欺负！"

就在这时，两名警察大步走进院子，对着不知所措的众人问："谁叫苗秀河？"

苗秀河站了出来。

警察亮出证件说："苗秀河，你被刑事拘留了！"

田香歌上前一步，问："同志，为什么要拘留苗秀河？"

警察说："苗秀河殴打赵来好，经法医鉴定，造成赵来好颧骨骨折，属于轻伤。受害人已向我们公安局报案……"

柳喜燕问："谁能站出来作证，是苗秀河打伤了赵来好？"

警察说："我们只负责执行任务，你们不服可依法向上反映，请不要妨碍我们执行公务！"

说话间，警察给苗秀河戴上手铐，押上警车。

警车鸣着笛，快速离开了媳妇桥。

第三十六章

1

屠老板给陶丽杏打电话，催问石虎的打捞情况。

"我正想打电话向你汇报呢，货搞到手了。"

"太好了，我明天下午去看货，行吗？"

"行，行。我在家等着你。"

陶丽杏高兴地挂了机。这几天真是好事连连，不给她面子的苗秀河进了局子，石虎马上又能带来一大注钱财。

躺在病床上的赵来好埋怨起来："丽杏，你咋能答应他明天去咱家呢，你看，我还在医院里住着呢！"

陶丽杏说："你的伤又不重，可以回家去养。明天一早就出院。"

2

出租车载着赵来好和陶丽杏回媳妇桥了。赵来好特意戴上个大口罩，把鼻子捂得严严的。

进了家，赵来好躺在床上，称赞起陶丽杏："你这个点子够鲜的，现在我才磨开这个弯，原来你是要这样利用苗秀河。"

"不这样，咋把田香歌一班人的心给搅乱？咱咋能趁乱把石虎弄回家？"

3

何叶正在家中缝制布老虎，冒泉从外边带回消息：赵来好、陶丽杏从医院回来了。

何叶感到奇怪，说："回来啦？恁重的伤说好就好了？"

冒泉说："八成是假伤。赵来好这个人，有点子稠媳妇参谋着，啥坏事都能干得出。"

何叶也为苗秀河感到不平，说赵来好和陶丽杏做事太绝。她放下手中的活，说："我得去找赵来好的老娘说说，麦穗还是讲道理的，让她去管管儿子。"

冒泉说："娘，你去吧，给他娘狠狠烧烧底火，闹得越大越好，看他知道丢人不！"

4

没等何叶烧底火，麦穗就跟陶丽杏干上了。

麦穗听到儿子、儿媳从医院回来了，气呼呼地来到儿子家。她在院里喊儿子，结果把陶丽杏喊了出来，陶丽杏问："找你儿子干啥？"

麦穗说："从医院里回来啦？我有事要问他。"

陶丽杏不耐烦地说："他出去办事了，你有啥要问就问我吧。"

麦穗说："问你也中，我知道你比那小子还当家呢！"

陶丽杏生气地说："我比你儿子当家，这说明我会当家，处处都当得在理！"

麦穗说："我问你，你们为啥要把苗秀河弄进公安局关起来？"

陶丽杏说："俺俩哪有本事把他弄进公安局，是他犯了法，法律不饶他。这事咋碍着你啦？"

麦穗说："秀河心眼好，文文气气的，我不信他会打人，更不信他会犯法。"

陶丽杏"哼"了一声说："这是事实，你不信有啥用……"

麦穗生气了，指着儿媳妇说："这里头肯定有弯弯。我说丽杏，都是老邻居，何必把事儿做绝？"

陶丽杏恼羞成怒，问："你这是在说谁？是你儿子做得绝还是我做得绝？"

麦穗气冲冲地提高嗓门说："谁做得绝谁知道，人在做天在看！"

陶丽杏暴跳如雷，推搡着麦穗说："好，你骂我！不许你在我家，滚，你快滚！"

5

何叶来到陶丽杏家时，陶丽杏正用力往院外推搡麦穗，麦穗气得浑身哆嗦，嘴唇颤动着说不出话来。

何叶忙上前劝解，对陶丽杏说："她是你男人的娘你的婆婆，你咋能让她滚呢？"

陶丽杏翻了两眼何叶，拿腔作调地说："呦，你是谁呀？你也配教训我？"

何叶说："我是曹根成的老婆，也是媳妇桥的媳妇，论辈分比你长一辈。咋，你不对，我就不能说你啦？"

陶丽杏眼一瞪，说："少在这儿倚老卖老，你比谁长一辈？你是媳妇桥的哪号媳妇，我不认你这壶酒钱！你也快滚！你们都滚！"

村主任家门口的争吵声引来了村民的围观，曹根成上前说："不要吵啦！谁都不要吵啦！"然后劝麦穗："嫂子，听我的话，你回你的家歇歇吧！"

麦穗说："好，我听老弟的。"

曹根成扯起何叶的手，说："咱们也走，不在这里找气生，气身上病不值得。"

几个人正要离开，一辆面包车开到了陶丽杏家门口，屠老板大模大样地下了车。陶丽杏立即变了副嘴脸，上前热情招呼："啊，屠老板来啦，快屋里请……"

何叶顺声音看了看来人，觉得此人面熟，接着就看见他右耳下有块铜钱般大小的疤。一股悲愤之火打何叶的心头冒出，她"啊"了一声，感到头晕目眩。

曹根成扶住了险些摔倒的何叶，搀着她回家了。

6

屠老板被迎进屋，顾不上喝茶嗑瓜子，马上就要"验货"。

陶丽杏关好院门，赵来好带着屠老板进了那间放杂物的库房。拉开墙角竖的几捆玉米秆，石虎出现在两人面前。屠老板掏出一张老照片，拿出强光手电筒，把照片和实物两相比对了好半天，终于点点头，露出了笑容。

三人回到正房，喝着茶正准备商量后续的事儿，赵来好的手机响了。赵来好看是刘善水的电话，就踱步来到院子里接听。

屋里的屠老板笑眯眯地握紧陶丽杏的手说："祝贺咱们合作成功呀。车子就在门外，一会儿拉上石虎咱就走。你得跟着一起去，买主验货付款时你不在场可不行。只管放心，大哥我保管叫你事事满意。"

陶丽杏笑着点头，鬼迷心窍的她，此时除了发财心里已经没有了别的。

屠老板知道已经迷住了陶丽杏，心想，老子马上就财色双赢了。

这时，赵来好紧张地走进屋，说："不好了，乡里刘书记打来电话，说柳喜燕发现了虎王庙的石虎被盗，去派出所报案了。刘书记说你们村又是打架又是被盗，让我认真查查是咋回事儿。夏豆花、秋石榴这几个烦人娘儿们现在正在咱院子周围转悠，八成是盯上咱了……"

屠老板问陶丽杏如何是好。

陶丽杏想了想，说："不必紧张，来好，让你查你就查吧。不过，今天屠老板不能把货拉走。"

屠老板说："看来麻烦了。"

陶丽杏说："也没有多大的麻烦，我自有好点子对付，得让这石虎转个大弯子，然后让它插翅飞到你手中……"

7

夏豆花、秋石榴一行确实是在监视赵来好、陶丽杏和来客。

停了半晌，见来客从赵家空着手出来，很自然地上了车，车子一溜烟儿地出了村子，几人也就散了。

8

为苗秀河的事，田香歌赶到商元市，在公安局、律师事务所、司法鉴定所等处来回奔忙。这时柳喜燕给她打来电话，说石虎不见了，让她快回去。

她大吃一惊，立即搭车返回媳妇桥。回来后，立即请柳喜燕等人来家商议对策。

柳喜燕检讨说："香歌姐不在家，我没有把石雕看管好，没有组织人去虎王庙巡查……"

韩玉雪说："秀河出事了，石虎也跟着出事了，真是奇怪。依我看，媳妇桥村里有不露头的孬种！"

秋石榴说："公安说赵来好被打伤了，咋这么快就出院啦？刚出院就有人带着车来他家，神神秘秘的，是干什么玩意儿的？"

夏豆花说："那人走时，确实没带走啥东西。"

秋石榴说："我看不像个干正经事的。"

商量半天，没有一点儿头绪。

9

第二天上午，一溜三辆汽车开进了媳妇桥，拐入了村委会大院，引来不少人观看。

柳喜燕慌慌张张跑来找田香歌："区公安局局长、乡派出所所长带着警察来了，刘善水也来了，正在村委会院里听赵来好汇报。咱们是不是也去？"田香歌说："没有通知咱们，咱们就别去，等一等看领导怎么安排。"

10

对着局长、所长和刘善水，赵来好在汇报情况："田香歌带人打捞石虎，没有经过村委会同意，是背着我这个村主任干的。打捞出来之后，东西到底放在了哪里，我就更不知道了。对了，那几天我正好随刘书记外出学习考察去了。现在突然报案说被盗了，这咋可能呢？是不是监守自盗，没有证据我不敢妄下结论。刘书记指示我做好调查，我也没查出多少干货，只听有人反映那天夜里苗秀河家有动静，不知道是在干啥。还有，去年有个特殊人物，说是北京来的名人，到村里找田香歌，反复打听虎王庙的事儿……"

11

田香歌、尉蓝、柳喜燕坐在柿树下，等待领导召见问情况。

夏豆花闯进来说："赵来好领着那班人去了苗秀河家。"

田香歌惊奇地说："石虎丢了，去苗秀河家干啥？走，咱们去看看。"

12

几个警察正在苗秀河家的院子里查看什么。

一名警察说："看，这堆柴火有新近移动的迹象。"

几人动手将柴火搬去，发现了被石板盖着的红薯窖。

赵来好说，村里早不种红薯了，这窖现在应该是空的。

局长下令掀开石板看看。

几人将石板掀开，一名警察用手电筒往窖里照，忽然大叫："看，石虎就在里边藏着！"

苗秀河家院里院外聚满了人，田香歌、尉蓝、柳喜燕等都站在葡萄架下等消息。听到警察这声喊，田香歌大步走到窖口，顺着灯光果然看到了那尊石虎。她看了看在场的人，脸上露出微微的笑。

陶丽杏说："田香歌你来得正好，说说吧，这宝贝咋跑这儿来了？你这个村民文化小组长，把宝贝藏得好严实！"

"陶丽杏，你得意个啥？我当然知道这宝贝是咋来到这里的，但我不必在这个地方说，尤其不必面对你说！"

刘善水打着官腔，说："田香歌，你还有理了是吧？该拿出老实态度考虑自己的问题了，别忘了你是个共产党员！"

公安局局长说："田香歌，跟我们到局里去一趟吧！"

"好的。"田香歌答应着，把目光转向柳喜燕，说，"喜燕，你负责把宝贝看管好。"

柳喜燕说："我一定看好！"

13

赵来好和陶丽杏扬扬得意地回到了家。

石虎跑进苗秀河家的红窖里，是陶丽杏指使熊三、吕五干的。

昨天晚上，赵来好和陶丽杏用两瓶酒四个菜激起了熊三、吕五的"兄弟义气"，并表态以后不会薄待二位老弟。两人就在半夜时分，伙同赵来好用三轮车吭吭哧哧地把石虎运到了苗秀河家，布置了现场。

陶丽杏的如意算盘是，把水彻底搅混，自己才好浑水摸鱼。把石虎被盗栽赃给田香歌、苗秀河，在陶丽杏看来是一步一石多鸟的好棋。至于以后如何再把石虎弄到手，她自信到时候自能想出办法。

赵来好关上门，夸赞陶丽杏："你算叫我佩服到家了。嘿，连田香歌也让公安局带走了！"

陶丽杏说："走着瞧，我不但要拐弯抹角地发这笔财，还得让田香歌灰溜溜地离开媳妇桥。"

第三十七章

1

那天在陶丽杏家门口，何叶看到屠义仁差点儿晕倒。曹根成没有细想根由，就把何叶搀回了家。

进家躺到床上，何叶平复了情绪，喘着粗气对曹根成说："快让冒泉去请尉蓝，我有话对她说。"

不大一会儿，尉蓝进来了，进门就问："大妹子，你咋啦？"

曹根成说："跟陶丽杏吵嘴，气成了这个样。"

何叶坐起来，恨恨地说："不是吵嘴的事儿，是我在陶丽杏家门口看到一个人，有六七十岁。我看这个人面熟，又一眼看见他右耳下那块疤，断定我闺女当年就是被他拐走的。"

"啊？别急，你慢慢说。"

2

三十年前的那个春日，何叶抱着两岁的小女儿去外地串亲戚。

这是娘儿俩第一次坐火车，何叶既紧张又兴奋。

挨着何叶座位的，是位衣着讲究、气度不凡的男子。他，就是年轻时的屠义仁。

屠义仁上下打量一番何叶母女，套出了基本情况，从包里拿出一包饼干，说："给孩子吃吧。"

何叶说："不，她不吃。"

谁知闺女却伸出了手。屠义仁把饼干放在孩子手里，说："拿着，这是高级饼干，好吃。"

何叶说女儿："真贪嘴，快喊伯伯。"

"伯伯。"小女孩甜甜地喊了一声。

"哎，真能！"屠义仁夸着小女孩，又拿出一瓶果汁说，"吃完饼干喝这个。"

何叶感激地说："这位大哥，您准是个大干部。"

屠义仁大笑着点头，何叶这时看清了他右耳下有块铜钱大的疤。

后来何叶要去厕所，就委托屠义仁帮着照看孩子。因为对火车上的情况不熟，再加上排队等候，何叶这一去就是好久。等回到座位，"好心的大哥"和宝贝闺女都没了踪影。

邻座说："那位同志，带着孩子说去买好吃的，估计是去餐车了……"

就在何叶焦急、忐忑之际，列车停靠在一个小站。一分钟后，火车再次开动，她却看见那个男人正抱着她的女儿大步往出站口走……

3

何叶讲完悲伤往事，流着泪对尉蓝说："没错，就是这个人把我的闺女抱走啦，你说我该咋办？"

尉蓝说："走，我陪着你马上去公安局报案！"

当天中午曹冒烟驾车拉着何叶、尉蓝来到商元市绿城区公安分局，正逢局领导接待日，于是直接向局长汇报了情况。

局长说："你们反映的情况很及时，我们正要找这个人。前几天，有个在押犯交代了一起旧案，说和一个叫屠义仁的合伙拐卖过人口，正好二位给我们送来了线索……"

下午，公安局局长接到河寨乡派出所所长的电话，报告了媳妇桥发生了珍贵文物被盗案。局长对虎王庙早有耳闻、很有兴趣，决定第二天亲自带人去现场。

局长是见多识广的老公安，在轻易就起获赃物的那一刻，他就意识到了案子背后必有文章，于是，就把田香歌带到了局里。

4

田香歌随局长进了办公室，局长掩上门，两人开始交谈。

局长先说了何叶、尉蓝昨天来报案的事儿，田香歌说："现在虽然没有证据能证明屠义仁跟石虎被盗有牵连，但我看他值得怀疑。"

局长说："据那个在押犯交代，屠义仁倒卖过文物，但具体情况不清楚。据我们调查，林防风的案子跟这个人也有牵连……"

田香歌说："局长，苗秀河出事后，接着石虎就出事，确实蹊跷。还有，苗秀河竟成了伤人的罪犯，这叫人实在难以信服……"

5

走出公安局，田香歌又来到市检察院，拜见了检察院的罗法医。

对田香歌的咨询，罗法医作了解答："从法医学讲，颧骨与腮骨之间有一条模糊缝隙现象是自然的，说成是骨折这是曲解；从逻辑学讲，如果被打伤的话，应该外骨也有伤，外骨没有伤仅内骨有伤是不可能的。"

田香歌问："如果做复鉴定，能不能鉴定出真相？"

罗法医说："省级鉴定部门的仪器和技术更先进，建议你申请到省上去做复鉴定。"

6

赵来好躺在床上，对陶丽杏说："今儿来了这么多领导，我不出面不行。可这一出面，会不会让人家看出我的伤是装的？"

陶丽杏说："没事，伤在颧骨上，谁的肉眼能看见？从现在开始，你继续装下去，我对外人说你累着伤处了，又疼得厉害了。"

说罢，陶丽杏透过玻璃窗往外望了望，就看见田香歌正准备进院门。赵来好急忙换了个姿势，盖上了被子。

田香歌走了进来，说："来好哥，公安局放我回来了。我来看看，你的伤情怎么样……"

赵来好用手捂着鼻子，装作痛苦的样子说："还是疼得很。"

陶丽杏既没有让田香歌坐下，也没有说别的。她知道此人到来必定有事，先听听她说些什么，自己好对付。田香歌不理陶丽杏，依旧对赵来好说："这样吧来好哥，我陪你去省城，找省级法医鉴定部门做一次复鉴定吧，也是为了更加准确。路费和鉴定费由我出。"

赵来好吃了一惊，不高兴地说："咋，你要过问这事儿？"

"我不能过问吗？"

"哼，你没这个资格！"

"我有苗秀河写的委托书，有办案部门的证明信，咋没资格问呢？"

"我知道你和苗秀河有关系！"

"有啥关系？"

"不错的关系……"

"是的，我是和苗秀河不错，可我跟你也没有仇呀。"

赵来好忽地坐起来，气哼哼地说："难道我这骨折是假的不成！那法医鉴定可是写得一清二楚，你休想推翻，休想为苗秀河翻案！"

田香歌严肃地说："是冤案一定要翻，不是冤案翻也翻不成。"

"你有啥资格判断是冤案？"

"我没有资格，可别忘了法律是有权力的。不客气说吧，我对区里的法医鉴定有怀疑，当然要提出去省里做复鉴定。你的颧骨要是真被打骨折了，为何不敢去省里做复鉴定呢？"

无话可说的赵来好，忽然意识到了什么，忙用手捂着鼻子，将身子躺下来，发出声声呻吟。

陶丽杏开口说话了："你看看你表哥吧，疼得这个可怜样，装能装出来吗？"

"嫂子，你是个明白人，你和表哥商量商量拿个主意吧。我走了。"

隔着玻璃窗看见田香歌走出了院子，陶丽杏这才来到床前说："来好，你何必和田香歌吵嘴呢，那天在医院，我说的话你都忘啦？"

7

那天，在区医院赵来好所住的病房里只剩下夫妻二人，赵来好小声问："法医鉴定报告是咋写的？"

陶丽杏悄悄地说："颧骨骨折，属于轻伤。这一下，苗秀河够上判刑了。"

赵来好问："托了谁的关系？"

陶丽杏瞧瞧室内没有其他人，才小声说："刘书记的关系。"

"不会出事吧？"

"刘书记说了，选择颧骨骨折，就是因为这种伤真假难分，就是去北京、去上海、去美国做复鉴定，结果还会是骨折。我估计，田香歌不会善罢甘休。这不怕，她提出到哪里做复鉴定你就跟她去哪里做，咱叫她落个丢人难看白花钱。"

8

赵来好将那天的话回忆一遍，轻松地出了一口气，感觉心里舒服了，于是起身坐了起来。

陶丽杏说："田香歌还会来的，她咋说你咋应就是了。"

过了一会儿，田香歌还真来了。没有来得及躺下的赵来好，这回先开了口："香歌，我想通了，跟你去省里做复鉴定。"

第三十八章

1

这两天，陶丽杏的心情糟透了。

先是听说了屠义仁被抓的消息，接着就接到赵来好从省城打来的电话，说复鉴定结果出来了，"报告说，我这裂缝是颧骨与腮骨之间的自然现象。"

陶丽杏说："不对吧？"

赵来好说："咱心里都明白是咋回事儿，回去再说吧……"

2

思来想去，陶丽杏拨通了江浪生的手机，说："我马上去商元，在运河公园跟你见面……"

两人见面后，陶丽杏说："浪生，我一直是真心对你好，你知道是为什么吗？"

"还不是因为咱们都是小时候就被拐卖的苦命孩子，又是中学同学，咱俩是地道的同病相怜，彼此理解对方的苦衷。"

"所以，只有咱俩结合在一起最为合适。"

"这咋可能……"

"我已下定决心，要离开媳妇桥离开赵来好，跟你携手远走高飞……"

"你和赵来好是多年的夫妻，还有孩子……再说赵来好也很疼你，百事顺着你，你这做法不地道！"

"没啥地道不地道的，一句话，我想走得越远越好。"

"你想去哪里？"

"自然有合适的地方。具体是哪里，你先不要问，只管回答我，你去还是不去？"

"我不能去。"

"你想在商元一直这样可怜地混下去吗？"

"我不再瞎混了，准备去媳妇桥跟田香歌学画老虎。"

陶丽杏气愤地说："好，咱们分道扬镳！"

江浪生真的大步离开了运河公园。

3

从省城开往商元市的这趟旅客列车中，脸色最难看、心情最糟糕的可能就是赵来好了。自己的伤是假的，苗秀河要从号里出来了，进去的该是自己了。左邻右舍又会如何议论、谴责自己呢？

愁啊！

田香歌从车厢那头走过来，把刚买的一袋橘子放在桌上，拿出一个大的递过来，说："来好哥，吃吧。"

赵来好接过橘子，马上又放在了小桌上。

田香歌吃着橘子，说："来好哥，乡里乡亲的不会有谁故意难为谁。我相信，苗秀河也不会过分追究你过分难为你，今后大家团结起来办些有意义的事儿，多挣钱快致富，你想想那该多好。"

赵来好不语，一直想着心事。

车到商元站之前，他收到陶丽杏发来的短信："你下了火车设法甩开田香歌，来运河公园见我。"

4

车到商元，下车的人很多，赵来好轻易就甩开了田香歌。田香歌急着去办苗秀河的事儿，也就不再找他，一个人去了公安局。

赵来好在运河公园见到陶丽杏，陶丽杏说媳妇桥咱是没法待了，远走高飞吧。

赵来好说："蕾蕾咋办？"

陶丽杏说蕾蕾自有奶奶照管，别考虑这么多。

赵来好说老娘恁大年纪了，咋能把孩子全推给她。

陶丽杏生气地说："你这会儿倒娘长娘短地充起孝子了，你不知道我最不想听这种话吗？我早就对你说过，我打小离开了亲娘，最不乐意听到谁喊娘！你说吧，你是要娘，还是要媳妇？"

赵来好怕陶丽杏再往下说更难听的，就说："丽杏，我离不开你。出去躲一阵也好……"

两人起身去了火车站。

5

媳妇桥村的十字街口，站着柳喜燕、夏豆花、秋石榴、韩玉雪、曹冒烟、甜瓜等一班男女，大家的目光都顺着大路朝正南望去。

出租车在众人面前停下，田香歌和苗秀河笑着下了车。

众人围上来问长问短。

苗秀河的冤狱平反了，石虎被盗案也真相大白：屠义仁对警方老实交代了一切。

6

徐州画商马老板听说田香歌完成了百虎长卷《和谐图》，打来电话邀请她马上带着作品来徐州，说东南亚那位大画商正好在这里。

那位大画商是个华裔，姓唐。唐先生对《和谐图》赞不绝口，想出价四十万元人民币收藏这幅作品。

田香歌起初有些不舍，马老板做她的工作说："唐先生得到了这幅作品，回去肯定要开展览会加以宣传。他在东南亚华人圈里很有号召力，这其实是在快速推介你们的作品……"

田香歌觉得有道理，就跟着唐先生的秘书去银行办了转账手续。

这笔钱田香歌没有装进自己的腰包，而是捐给了村里建设文化大院。不久，文化大院就在距虎王庙不远的荒地上破土动工了。

办完这件事，田香歌陪着白露去旭海市看望林防风。到了地儿才知道，林防风因为表现良好，又有立功表现，已被提前释放。

田香歌想：这个林防风，又去哪里了呢？

7

河寨乡党委代理书记刘善水，突然被纪委双规了。据乡政府有人说，刘善水正在会议室讲着话，看纪委的人板着脸进门，他吓得尿湿了裤子。

新来的党委书记姓孔。孔书记到任后既不开会也不下指示，先走村串户调研了半个月。

孔书记在媳妇桥住了一天，召开了群众代表会、全体党员会，最后决定立即恢复田香歌同志的村支书职务媳妇桥村文化大院建成了。

媳妇桥虎文化产业有限公司挂牌成立了。

大家建议要举行个热热闹闹的庆典，田香歌给拦下了，说："等咱请虎神石雕归位、复原虎王庙大殿的壁画之后，再搁一起庆祝吧！"

经过几个月的紧张工作，这一天终于到来了。

那天，媳妇桥的男女老少聚在虎王庙院子里参加庆典。时辰未到，就先参观了媳妇们在大殿墙面上创作的《百虎图》壁画。

大家正在赞美、议论壁画，就听院内响起欢快的音乐、院外炸响了鞭炮，主持人柳喜燕站上彩台，对着话筒宣布庆典开始。"下面请媳妇桥村党支部书记、新当选的村主任、媳妇桥虎文化产业有限公司董事长田香歌讲话……"

虎王庙里响起了雷鸣般的掌声。

白露、夏豆花等人在忙着帮田香歌搬家。尉蓝牵着文博的小手站在柿树下，虽面带笑容，眼里却噙着泪花。

田香歌握住她的手说："妈，我这是搬回娘家去住，又不是离开媳妇桥，您不必难过。我在东桥这个家住也好，在西桥那个家住也罢，都是您的闺女，都会永远孝顺您。我爹回来了，他让我搬回去住。再说，您儿子快要回来了。"

"防风他会回来吗？"

"会的。"田香歌回答。

白露说："我看不好说。"

田香歌说："这个家有他的母亲，有他的妻子，有他的儿子，他不会不回来的。"

白露说："他回来也好，不回来也罢，我是拿定主意要做媳妇桥的好媳妇。妈，如今只有您才是我的亲人。"她说罢，擦了擦泪水。

尉蓝安慰白露说："别难过，往后咱们一块儿好好过日子。"

尉蓝又对田香歌说："香歌，如今的你，村里的事、公司里的事都要操心，肩上的担子不轻哪！你不要老惦记着我……好，不说了，你走吧，你爹你娘还等着你呢。"

一行人正要推着三轮车出门，林防风突然进门了。

大家都吃惊地站住了。

"妈！"林防风哭喊着跪在尉蓝面前，流着泪说，"不孝儿子回来了，您打我吧骂我吧！"

尉蓝簌簌泪下，她没有拉儿子，也没有说话，只是不动地站着。

见状，田香歌、白露、夏豆花等人也都一言不发。

双膝跪地的林防风哭着说："我犯了罪，无脸见娘啊！我的母亲，是个一心为群众的好党员，是个关爱儿子的伟大母亲。小时候，您给我起个林防风的名字，自打我懂事时，就对我说，防风的意思就是在人生中时时注意防止邪风侵入，不然就中魔走错路。可我，没有把母亲的话铭记在心，结果还是未防住邪风入侵。我愧对了林防风这个名字，愧对了母亲一片苦心。我进监狱了，是这所特殊的学校把我的脑子洗刷清醒了，使我辨清了黑白。"

尉蓝抹了一把泪，喘了几口气，终于说话了："改了就是好孩子。"她伸手拉儿子，"起来吧。"

林防风又磕了个头，这才起来。

白露拿来一条毛巾递给尉蓝，说："妈，擦擦泪吧。"尉蓝接过毛巾擦擦自己脸上的泪，又帮儿子擦泪。

林防风看了看大家，说："媳妇桥的情况我全知道了，我感到无地自容。"他从衣兜里拿出一个本子，"刑满释放后我去学了字画装裱，这是我的结业证书，我想在咱媳妇桥开个装裱店，好好为大家搞装裱服务。"

10

田家的午饭，今天吃得很热闹。

田牛力喝了一盅酒，美美地咂咂嘴，说："我这个当爹的，真没想到闺女能混到这一步，能把媳妇桥带领得这么有出息！我也不在外打小工了，回来找活儿干。"

蔡芹瞪了老头子一眼，说："你不是说到死都不回媳妇桥吗？说话不算话了吧？看来，你这头犟牛还是被闺女征服了！"

田牛力不高兴地说："你瞎扯个啥！"

田香歌说："应该说，爹爹回来是对闺女的关心与支持。"

田牛力笑道："还是闺女会说话。"

"爹，我对您有个要求：往后您对闺女，该过问的还是要过问呀。"

"那是自然，不管到啥时候我也不能不操闺女的心。"

"爹这话我听了舒服。"

"闺女，你工作上的事，爹不管，相信你会干得很好，我关心的是你该成家了。苗秀河好，这个，我没意见。"

"爹，您咋知道我看中苗秀河啦？"

"别瞒我了，我啥都知道。你们都老大不小了，选个日子结婚吧。"

"您老别急，还要再等一等。"

"还等，等到啥时候？"

"媳妇桥有两个大活人不见了，这可是件大事，我心里不好受啊！"

"哪两个大活人？"

"赵来好和陶丽杏呀！"

"不见就不见了呗，他们不在媳妇桥是好事，省得老跟你作对，往后村里的虎文化产业开展得才顺当呢！"

"爹，您知道，搞虎文化产业的人得有虎精神，虎精神就包括团结精神，老虎就有这个优点，同类之间不相斗。赵来好、陶丽杏和咱是乡亲，这比同类近得多了，更应该搞好团结，更应该帮他们一把。我不能等他们回来，是要把他们找回来……"

第三十九章

1

这天，田香歌正在办公室上网查资料，门外有人探头探脑，似乎是想进来，又似乎是怕进来。

田香歌嫣然一笑，对门外喊了一声："老兄，请进来坐吧。"

江浪生红着脸进来、坐下，说了自己的来意。

田香歌欢迎他来参加媳妇桥的虎文化产业，建议他从事市场销售工作，"坐下来画虎，你一是没有基础，二是也坐不住。你在外边跑惯了，能说会道，还会写，搞销售正合适。你要愿意，我找位行家带带你……"

"找谁带我？"

"苗秀河呀！"

"行，我听你的安排。"

2

田香歌给苗秀河说了江浪生的事，苗秀河一口回绝，理由是江浪生愧对谷雨，自己鄙视这样的人。

田香歌劝苗秀河不要计较从前。

苗秀河说："这些我都懂，就是心里别扭。唉，你为啥偏派他跟着我呢，俺俩能融洽吗？再说，江浪生也不是咱媳妇桥的人！"

田香歌说："江浪生是有不少缺点，办了不少错事，可本质上不是坏人，也有文化。他现在想重新开始，决心很大，所以我才欢迎他来。秀河哥，你内心是会宽容他的，只是情绪上会别扭几天……"

苗秀河点点头，接受了江浪生。

如今，公司产品的种类多了，除了绘画，还有剪纸、虎头灯笼、布老虎等。苗秀河和江浪生这次带着产品出差，第一站是上海，之后还要去天津、北京、西安、成都……

3

何叶在床上躺几天了，曹根成劝她："别老是躺着，起来走走吧。想吃啥，我去做。"

何叶一脸愁容地说："我实在是啥也不想吃，实话告诉你吧，我是想闺女了，弄得心慌脑浑的。王八蛋屠义仁，明明是他把闺女抱走了，关进公安局恁些天了，还死不承认……"

"他不承认，也不能把手伸他喉咙里硬掏，得讲政策，公安局会有办法的。你不能急，几十年都等了，不差眼前这几天。别弄得闺女找到了，你却病倒了……"

何叶听了老头子这些话，忧郁变成了希望。于是，被老头子搀着坐起来，下床吃饭去了。

饭后，老两口正要出门去散散心，田香歌来了，说："大姨，告诉你个好消息。你的闺女找到了，屠义仁终于如实交代了。这不，我刚从公安局回来。"

何叶惊喜得了不得，问："快说，我闺女在哪里？"

田香歌有所迟疑，说："她……现在……"

这一犹豫令何叶心里一沉。田香歌冷静下来，把事情说个明白："当初那个屠义仁，把你闺女抱走是为了送给一个没有孩子的朋友，可他那个朋友想要男孩，屠义仁就又把你闺女卖到了荣城县一户姓陶的人家。经公安局调查，陶家老两口都去世了，但也落实出屠义仁交代的是真的，陶家买的那个闺女起名叫陶丽杏，嫁到了咱媳妇桥……"

"啊，是她？"何叶发傻地瞪起眼，一屁股坐在椅子上。

何叶无论如何也想不到陶丽杏居然是自己的亲闺女，自己来媳妇桥落户日子虽然不长，可对陶丽杏的为人也有较深了解。此时，她面色发黄，认为自己的命算是苦到家了，禁不住哭了起来……

田香歌正劝解何叶时，接到了母亲蔡琴的电话："问出你二哥的消息没有？快回来告诉我一声啊！"

4

田家院里，爬着丝瓜绿蔓的棚架下，放着一堆新刨的大蒜，田牛力正坐在小凳子上编蒜辫。旁边的蔡芹，在用刀剥着莴苣皮。

田香歌回到家，搬个小凳子坐下来给父亲当帮手。她笑着说："爹，娘，我二哥找到了。"

"找到了，他在哪？"二老惊喜地问。

"爹，你再说一遍我二哥当时丢失的情况，看跟我在公安局里听到的一样不？"

田牛力想了想，开始回忆往事："那年，你大哥六岁，你二哥两岁。一天你大哥崴住了脚脖子，我用毛驴车拉他去商元看医生，老二闹着也要去，我就把他也带上了。回来时，他俩闹着要吃包子，我就把车停在道旁，把驴拴在树上……当时包子还没出锅，只好等了一会儿，谁知等我买包子回来你二哥就不见了。"

"这就对了。"田香歌说，"屠义仁在公安局交代说，他路过你停在那里的毛驴车，见车上坐俩小男孩，便拿出两个苹果分给他们，随后抱起那个小的就走了……他把小男孩卖给了他那个朋友。五年后，他听说那个朋友的妻子生下了双胞胎儿子，就开始多嫌这个孩子。这孩子受不了虐待，后来就离家出走、到处流浪……"

蔡琴问："屠义仁说出老二的具体下落了吗？"

田香歌说："他不知道，可是我已经很清楚了。那个收留我二哥的人就是谷雨的养父，我二哥就是那个江浪生……现在的他，是咱媳妇桥虎文化产业公司的销售员，正跟着苗秀河在外出差哩。"

5

曹冒烟一家三口闻讯来看继母何叶，可也找不出合适的话安慰开导她，只好默不作声地站在她床前。

躺在床上的何叶问曹根成："你说真会是她吗，咋会是她呢？"

曹根成说："香歌不会说错，准是她。"

何叶"唉"了一声闭上眼睛，随即脑海里现出陶丽杏在村里的种种不是。这样一个心术不正的人，现在突然变成她的女儿了，她想不通啊，于是想着想着哭了起来，说："我没有这样的闺女，她不是我的闺女。"何叶然后忽然坐了起来，"老曹，我就把心里话说出来吧——我想离开媳妇桥。"

曹根成"唉"了一声，说："你咋能这样呢？"

曹冒烟跟着说："是呀，娘咋说这话？"

韩玉雪说："娘，你可别这么想。"

冒泉说："娘不能走！"

何叶流着泪说："我心里难受哇……"

这时田香歌来了，看见一家人都在流泪，就说："你们这是哭个啥？"

冒泉听是香歌来了，马上感到有了留住娘的希望，忙回答说："我娘不想在媳妇桥了，她要走。"

曹根成说："香歌，你来得正好，就劝劝你大姨吧。"

香歌问："大姨，为啥呢？"

何叶说："我来媳妇桥算到福窝里了。要离开媳妇桥，这心里像针扎一样难受，可我实在没脸在媳妇桥住下去了！我那闺女陶丽杏在媳妇桥作孽作到顶了……"

"大姨，我不赞成你的说法。"田香歌说，"你不该把陶丽杏看得这么糟糕。你对你闺女看到的只是所犯的错误，却没有看到她心中多年窝藏的苦。她小时就听说自己是陶家花钱买来的，所以心里早早就蒙上莫大的委屈，刺疼她的心，导致产生发泄的欲望，扭曲了本来的性格。如今你的出现，对她是医病的良药。她是你身上掉下来的肉，你不正是想她想这么多年了？怎么能因为一时的冲动做出错误的选择？那样会后悔的，会更痛苦的。大姨，你说呢？"

何叶沉默了。

曹冒烟说："娘，香歌姐说得对，你就不要再提离开媳妇桥的话了。"

6

也是这一天，蕾蕾跑到奶奶家，趴在床上哭起来。

麦穗问孙女："你哭个啥，谁欺负你啦？"

蕾蕾哭着说："奶奶，你说我爸我妈还回来不，他们到底跑哪里去了？"

不等麦穗说话，已闻讯回家的赵老干说："蕾蕾，别哭了，你爸你妈不在家，还有爷爷奶奶呢。往后爷爷不再出去干活了，天天在家守着你。你只管好好上学，上完小学上初中，上完初中上高中，上完高中上大学，爷爷供你供到底。"

麦穗给孙女擦着泪，说："不哭了，听话啊孩子。"说着，将蕾蕾揽在怀里。

蕾蕾不哭了，小嘴一噘说："奶奶，同学说我爸是办了坏事，没脸再回媳妇桥，才带着妈妈跑了的……"

麦穗说："让人家去说吧，你别理乎这些，只管好好上你的学！"

7

陶丽杏、赵来好说是要远走高飞，其实也没有走远飞高。

陶丽杏的养父有个堂姐嫁到了宿州。陶丽杏对赵来好说，咱这个姑姑和姑父经商多年，是宿州有名的大老板，咱去投靠他们，肯定差不了。

但真到了宿州，找上门去，才知道姑姑已经去世，姑父一家人对他们不冷不热的，说，想留下欢迎，生产线上正缺工人。

陶丽杏、赵来好哪出过这种力吃过这种苦啊，每天要马不停蹄地工作十个小时，吃食堂的粗茶淡饭，住集体宿舍的大通铺，俩人很快就吃不消了。赵来好提出要回媳妇桥，陶丽杏说："咋回？回去让人戳断脊梁骨，回去让大家伙儿笑话死？"

赵来好说："香歌不是个记仇的人，咱回去估计也不会受难为……"

陶丽杏说："你拉倒吧！要想让我回媳妇桥，除非她田香歌八抬大轿来请！"

8

田香歌还真登门来请陶丽杏、赵来好两口子回媳妇桥了，虽然没带八抬大轿。

田香歌一直没忘让人打听这两口子的下落，得知他们在邻省的宿州打工，马上带车来接他们。

见面那一刻，陶丽杏的嘴也不硬了，抱着田香歌放声大哭。

赵来好红着脸说："香歌表妹，这，这……"

田香歌说："表哥，有啥话咱回家再说！"

赵来好说："中，中，咱回家！"

9

今天，跟着苗秀河在外出差的江浪生情绪很不好，非常想借酒浇愁。

他上街买了酒和菜，回到宾馆对坐在床上看书的苗秀河说："来吧兄弟，今天咱俩喝点。"

苗秀河说："我从来没喝过酒。"

江浪生说："少喝点吧。我跟着你跑了七八个城市，学了不少本领……咱们今儿喝点酒说说话。"

"看你，不喝酒咱们也能说话。"

"不喝酒说话无味。"

"喝酒误事，不好。"

"我平时也不爱喝酒，只是今天想喝，因为我……咳，心里不痛快。"

"心里不痛快，就更不能喝酒了，这样容易醉。"

江浪生端起杯子喝了两口，说："醉不了！"

苗秀河说："你想喝，就少喝点儿算了，我无法陪着你喝。"

江浪生不高兴地端起杯子喝了一大口，说："好好，你不喝，我也不劝你喝。哎，我问你，香歌给你打电话说要去宿州把陶丽杏找回来，让母女团圆，是怎么回事？"

"香歌说，陶丽杏的生身母亲找到了，急着见闺女。"

江浪生"啊"了一声，端起酒杯一饮而尽，热泪盈眶地想：自己的生身爹娘为啥找不到呢，老天太不公平了！

苗秀河说："你别再喝了，喝得不少了。"

江浪生拿起酒瓶一饮而尽，哭着喊道："我对不起谷雨，我不是人，我去找她赔情！"他打开窗户，喊了一声："亲爹亲娘，儿子见不到你们了！"

说完，跃身跳下。

10

病房里，江浪生吊着受伤的胳膊，在和苗秀河说话。

苗秀河说："你看你看，喝酒误事吧！万幸啊，这是三楼，下面又是树枝草丛的，要不然不堪设想呀！就这，还落个胳膊骨折呢。"

江浪生说："唉唉，多亏你把我送进医院……"

"这事儿别再提了，主要还是你命大福大。"

苗秀河的手机收到新的短信，他看过之后笑了，把手机递给江浪生说："这是香歌发来的短信，你看看吧。"

"秀河哥，告诉你个好消息，我丢失多年的二哥找到啦！他就是江浪生。你替我向二哥问好。"

江浪生读罢这条短信大为惊喜，大喊道："谢天谢地，我有亲人啦！"

11

这天，媳妇桥村在文化大院召开村民大会。

会场布置得很特别，田香歌特意让人在主席台正中放两张藤椅，请两位特别的老人入座。

田香歌介绍说："乡亲们，这位是全国著名的画虎大师王大寅先生，王老师是咱媳妇桥的老朋友，今天是他第三次来到咱媳妇桥。王老师为我们带来的这位日本朋友，是位大画商，叫小林。小林先生其实也是咱们媳妇桥的老相识，当年我们复建虎王庙的那笔款，就是小林先生捐赠的！下面，请小林先生说几句。"

小林深深地鞠了一躬，用流利的中文讲道："媳妇桥的乡亲们，大家好！今天我又来媳妇桥了，也可以说是来到家了。我捐资重建虎王庙，主要是想表一表我对中国、对媳妇桥的一点心意。这次，我为友谊而来为合作共赢而来，要和媳妇桥虎文化产业公司签订一份大合同！"

小林话音未落，台下便响起热烈的掌声。

接着，主持人柳喜燕宣布："画虎大师王大寅先生，要收我们媳妇桥的田香歌女士为弟子。下面，是田香歌女士的拜师仪式……"

12

苗秀河家院里院外张灯结彩、喜气洋洋，正在举行婚礼。

新郎是苗秀河，新娘是田香歌。

主持人是腆着大肚子的柳喜燕，柳喜燕说："首先祝贺一对有情人终成眷属……新郎新娘本计划在年底举行婚礼，我说不行，因为年底我正好要做妈妈了，你们的婚礼哪能少了我这个媳妇桥第一主持呢？"

观礼的乡亲们一片掌声和笑声。

赵来好站在院门口的一块石头上，高喊："良辰吉时已到，鸣炮奏乐……"刹那间，苗家小院响起了欢快的《婚礼进行曲》、雷鸣般的鞭炮声，和着乡亲们的掌声、笑声、喧闹声，欢乐祥和的气氛弥漫了整个媳妇桥……